결혼의 연대기

결혼의 연대기

기에르 굴릭센 장편소설

정윤희 옮김

차례

1

"우리에 대해서 이야기해 봐."

"우리?"

"처음 보는 사람에게 이야기한다고 생각하고."

"흠, 한때 열렬히 사랑했던 사이지."

"그리고?"

"결혼해서 정식으로 부부가 됐고."

"그러고 나서?"

"엄마 아빠가 됐지. 함께 아이를 낳았으니까."

"그런 이야기 말고. 우리 이야기를 해 봐. 우리가 어떤 사이지? 우리에게 무슨 일이 있었던 거지?"

"한집에 살았던 사이지."

"서로를 많이 아껴줬었나?"

"당연하지. 서로 많이 아껴줬잖아."

"그런데 어느 날…"

"무슨 소리야? 나더러 그 이야기를 하라는 거야?"

"우리 사이에 무슨 일이 있었던 건지 알고 싶어서 그래. 도저히 이해가 안 돼서."

"사실은 나도 잘 모르겠어."

"그래도 한번 노력해보면 안 될까?"

"아무래도 어려울 것 같아. 아니, 별로 하고 싶지 않아. 내 입으로는 못 하겠어."

"그럼 내가 대신 말해 볼까? 내가 당신인 듯 말야."

2

그해 봄, 나는 그녀의 모습이 어땠는지 떠올려보았다. 모든 일이 벌어지기 전, 그보다 더 오래전 그녀의 모습을 말이다. 당시그녀는 최고의 전성기를 누리고 있었다. 어떤 장소나 상황에서도 당당했으며, 누구와도 대화를 나누었고 잘 어우러졌다. 주변사람들은 다정한 숲과 같았고, 그들과 편하게 어울렸다. 그녀는탐스러운 긴 머리를 유지하고 있었는데, 나와 함께 살기 시작하면서 머리를 짧게 자르고 검은색으로 염색했다.

그녀는 밤이면 침대 구석에 누워 얼굴을 한 손에 대고 잠을 청했다. 나는 그런 그녀의 등 뒤에 누워서 두 팔로 그녀를 꼭 끌어안았고, 둘 다 벌거벗은 상태라 그녀의 등에 내 가슴의 온기가그대로 전해졌다. 한밤중에 우리는 둘만 있는 듯 붙어 있다가도 아침이면 각자의 자리에서 눈을 떴다. 그녀는 아이들이나 나 때문에 이른 아침부터 잠에서 깨고는 했다.

우리가 사는 아파트는 환했고 그곳에서 우리는 서로 부드러운 목소리로 이야기를 주고받았다. 그렇게 오랜 시간, 미처 상상하지 못할 정도로 과분하게 행복한 순간들이 계속되었다. 우리는 철제와 하얀 합판으로 만든 북유럽 스타일의 타원형 테이블에 둘러앉아 아침저녁으로 시간을 보냈고 아이들은 그곳에서 숙제를 했다. 그 테이블을 사던 어느 토요일, 그것은 우리가 감당하기 힘들 정도로 고가의 제품이었지만 우리는 기어코 그 테이블을 집에 가져 왔다. 그러고 나서 그 테이블을 사용하는 데 익숙해지고 빚이 점점 쌓여갈 때쯤이 되어서야 테이블 가격을 다시 생각해보게 되었다. 나중에는 턱없이 크게 느껴질 게 분명했다. (우리가 헤어지고 나서 그녀가 그 테이블을 가지고 갔는데, 새 주방이 너무 좁다며 결국 중고로 처분해버리고 말았다. 그 테이블은 지금 누군가의 집에서 새로운 삶을 살고 있을 것이다.)

그녀는 자전거를 탄 채 밝고 녹음이 우거진 숲을 달렸다. 입을 벌린 채로 가쁜 숨을 몰아쉬면서도 계속 달렸다. 그녀는 건물을 오르락내리락할 때도 대부분 계단을 이용했다. 가만히 서 있는 걸 워낙 싫어해서 절대 엘리베이터를 타지 않았다.

그리고 바로 그날 아침, 다른 부서 직원들 앞에서 프레젠테이션을 하게 되었다. 발표는 순조롭게 진행되었고 그녀는 모든 이들의 마음을 사로잡았다고 느꼈다. 직원들의 얼굴이 마치 햇살을 받고 깨어난 새싹들처럼 그녀가 있는 쪽으로 움직였기 때문이다. 프레젠테이션 직후, 홍보부장은 매우 만족한 표정으로 다음 일정을 잡자고 요청해왔다. 두 사람은 서로의 이메일 주소를 교환했고, 그녀의 발표를 들은 몇몇 사람은 직접 찾아와서 값진 이야기를 들려주어 고맙다고 말했다. 그녀가 돌아가려는 찰나 한 남자가 그녀의 눈에 들어왔고, 그녀는 순간 자리에서 멈춰 서고 말았다.

그녀 자신도 왜 그를 보고 멈추어 섰는지 알지 못했다. 그 남자가 그녀를 똑바로 쳐다보면서 사람들 사이를 헤치고 걸어오는 동안, 그녀는 자리에 멈추어 서서 그 사람을 쳐다보았다. 그 남자의 눈빛에는 뭔가 특별한 것이 있었다. 부드럽지만 고집스럽고 자신감이 넘치지만 면밀해 보이는, 하지만 그게 뭔지는 확실히 알 수 없었다. (그녀는 나와 완전히 끝나버린 다음에도 당시 기분이 어땠는지 자기 자신은 물론 나에게조차 정확히 설명하지 못했다.)

그 남자는 키가 큰 편이라 어디서도 눈에 확 들어왔는데, 그저 키가 커서 그런 것만은 아니었다. 눈꼬리가 살짝 올라간 데다 얼굴이 긴 편이었고 청소년 때 여드름이라도 났는지 피부에 조그만 상처들이 남아 있었다. (비록 내 평가가 완전히 객관적일 수는 없겠지만, 그녀의 설명으로 미루어봤을 때 누가 봐도 뛰어난 호남형은 아니었다.) 그럼에도 그 호기심에 찬 눈빛 아니, 그 은은한 미소, 어쩌면 갸우뚱한 얼굴 속에 뭔가 치명적인 매력이 숨어 있었다.

그녀는 남자가 가까이 다가올 때까지 기다렸고, 남자는 북적거리는 사람들을 피해 성큼성큼 다가오면서 환한 미소를 지었다. 순간 후끈한 열기가 느껴졌지만, 그 이유는 알 수 없었다. 잠시 후, 두 사람은 서로 마주 본 채 가만히 서 있었다. 대체 무슨 말을 하려는 걸까? 그녀는 내심 궁금하고 호기심이 일어나는 마음이 표정에 조금은 드러나기를 바랐다. 그가 무엇을 원하는지 전혀 알 수 없어 어리둥절하고 당황스러웠지만, 뭐든 들어줄 용의가 있었다. 무엇을 원하든 최대한 고민해볼 마음의 준비가 되어 있었다.

이윽고 남자가 입을 열었다. 평소 그녀가 특별히 관심을 기울이고 있는 공중위생 분야에 대한 것이었다. 게다가 그녀가 생각하고 있던 바를 거의 비슷하게, 아니, 그녀보다 더욱 유려한 말솜씨로 설명하는 것이었다. (정말로 그랬을까? 남자는 그녀의 관점에 억지로 끼워 맞추려는 듯 다소 어색하게 이야기를 이끌어나가며 자기주장을 펼쳤을지 모른다. 물론 이건 어디까지나 내 관점에서 멋대로 해석한 부분이긴 하지만 말이다. 어쨌거나 그녀는 그 남자의 마지막 말을 듣고 자극을 받음과 동시에 신선하다고 받아들였던 것 같다.) 그 남자는 문밖으로 나와 계단 아래까지 그녀를 에스코트했다. 그리고 그녀가 세워둔 자전거 쪽으로 함께 걸어가서, 그녀가 자물쇠를 열고 떠날 때까지 계속 대화를 이어나갔다.

자전거를 타고 천천히 거리로 진입했을 때, 그녀는 곧바로 사무실로 돌아가야 했지만 괜히 미적거리며 시간을 보냈다. 그날 아침, 유난히 온 세상이 그녀를 돋보이게 해주는 것 같아서다. 평소에는 눈길도 주지 않던 단풍나무들과 피나무들을 보는데, 그 나무들마저 그녀를 향해 가지를 활짝 펼치고 있는 것 같았다. 여린 나뭇잎들은 미세한 바람에 살랑살랑 흔들리고 있었고, 반지르르 윤기가 흐르는 까치는 기품이 넘치는 모습으로 꼬리를 흔들고 있었다. 그녀가 어디로 가든 온 세상의 생명체들이 모두 그녀를 향해 가슴을 활짝 열고 있는 것 같았다. 그녀는 행복에 젖어 들었다. 현재의 삶과 자신에게 더할 나위 없이 만족했다. 그 순간 그녀는 아무것도 두려울 게 없었다.

조금 더 오래전 그녀의 모습을 떠올려보아야겠다. 지금은 중년에 접어들었지만, 한때 앳된 소녀 같았던 바로 그 시절의 모습을 말이다. 처음 나를 만났을 때만 해도 아내는 스물다섯이었고 나는 그보다 겨우 몇 살 더 많았다.

나는 그녀를 티미라고 불렀다. 그녀는 소녀티가 풀풀 풍기는 본명을 가지고 있었지만, 정작 본인은 그 이름을 별로 좋아하지 않았다. 그러던 어느 날, 그러니까 우리가 만난 지 한 달여 가량 흘렀을까. 아내의 오래된 아파트에서 우리는 침대에 함께 누워 텔레비전 채널을 돌리다가 우연히 '베짱이 티미Timmy Grasshopper'를 보게 되었다. 정확히 말하면, 그때 정말로 우리가 텔레비전을 봤던 건 아니었다. 그저 몇 시간이고 침대에 누워 뒹굴다가 잠깐 요기를 하고 또다시 침대에 눕기를 반복했으니까. 우리는 아주 오랜 시간 서로의 몸이 함께할 수 있는 것들이 무엇인지 깊이 탐구했고 마침내 휴식이 필요했다.

내가 먼저 목을 축이고 나서 텔레비전 채널을 이리저리 돌리다가 오래된 만화 채널을 무심코 지나쳤다. 그러자 그녀가 다시 그 만화 채널로 돌려보라고 말했다. 그렇게 우리는 만화를 보면서 누가 먼저랄 것 없이 깊은 감명을 받았고, 먼저 눈물을 보인 것도 나였다. 한창 자라는 딸아이가 떠오르면서, 그날은 물론 그 주 내내 아이를 만나지 못했다는 걸 깨달았기 때문이다. 딸아이 때문에 눈물을 터트렸다는 사실은 그녀도 눈치채고 있었을 것이다. 하지만 겉으로는 애써 내가 만화를 보고 감명을 받아 우는 거라고 믿는 듯했다.

그녀는 내게 다른 만화보다 그러니까 유명한 덤보나 피노키

오보다 '베짱이 티미'를 훨씬 더 좋아했노라고 말했다. 그녀는 베짱이 티미와 자신이 무척 닮았다고 생각하는 듯했다. 베짱이 티미는 일할 때마다 항상 최선의 결과를 내려 애썼다. 그리고 늘 우산을 들고 느릿느릿 걸어 다니면서 언제 어느 상황에서건 심지어 주위에 시커먼 어둠이 내리고 여기가 어디인지 모르는 상황에서도 변함없이 진지하고 낙관적인 태도를 고수했다.

"당신이랑 똑같네." 나는 말했다. "베짱이 티미랑 닮았어. 항상 일을 바로잡으려고 노력하고 목표가 생기면 절대로 포기하지 않는 것까지 말이야."

이미 그때 나는 누구보다 그녀를 존경하고 있는 상태였다. 그것이 그녀를 사랑하는 나만의 방식이기도 했다. 아내는 한참 지나고 나서도 내 방식을 이해하지 못했는데, 내 눈에 자기가 얼마나 멋지게 보이는지 알고 나서 오랫동안 가슴 벅차 했다. 그녀는 자신이 베짱이 티미와 닮았다고 생각해본 적이 한 번도 없었다고 말했다.

나는 평소 그녀가 허벅지 뒤쪽을 내 다리에 대고 비빌 때처럼 끈적끈적한 눈빛을 보냈다. 하지만 괜한 짓이었고 별 재미도 없어서, 곧바로 후회했다. 아마 그녀도 그런 내 마음을 눈치챘을 것이다. 평소 그런 행동을 하지 않았던 터라 왠지 모르게 낯이 뜨거워졌다. 티미는 잔뜩 긴장한 나를 풀어주었다. 뭔가 깨달아서 그런 건지 아니면 진실한 사랑에 감동받아서인지, 그 둘 사이에 뭔가 차이가 있는 건지 알 수 없었지만, 아무튼 뭔가 그녀의 마음을 움직인 건 분명해 보였다.

어쨌거나 그날 이후로 나는 그녀를 티미라고 불렀다. 그렇게 티미라는 이름은 그저 별명에서 더 나아가 그녀의 이름이 되었다. 나뿐만 아니라 우리 부부의 지인들과 회사의 동료들까지도 그 이름을 사용하면서 모든 사람이 그녀를 티미라고 불렀다.

사무실로 돌아온 티미는 환하게 켜진 컴퓨터 화면을 바라보며 자리에 앉았다. 이제 보고서를 훑어볼 참이었다. 보고서를 검토하기 시작한 지는 꽤 오래됐는데, 오늘은 평소보다 진도가 잘 나가는 편이었다. 어느 때보다 집중이 잘됐고, 이메일을 확인하거나 뉴스를 읽지 않고 보고서에만 완전히 빠져들었다. 그러다가 잠시 창문 너머 저만치 아래에 보이는 유치원 쪽으로 고개를 돌렸다. 꼬마들이 모래밭 주변에 옹기종기 모여 있었다. 하지만 티미의 머릿속은 온통 보고서 생각으로 가득 차 있었다. 보고서에 나오는 표 한두 개의 계산이 맞지 않아서 굉장히 찜찜했다. 그녀는 책상 아래에 신발을 벗어 던지고 맨발을 서로 문질렀다. 한쪽 손을 목 뒤로 넘겨 애무하듯이 천천히 어루만졌다. 다른 손은 블라우스 안에 집어넣고 배를 만지작거리다가 어느새 슬금 슬금 올라가서 브래지어의 한쪽 끈을 비비 꼬았다.

그때 전화벨이 울렸다. 수화기를 들려면 둘 중 한쪽 손은 하던 일을 멈추어야 했다. 아이가 아파서 출근을 못 한 동료가 회사에 있는 문서를 보내 달라는 전화였다. 티미는 회사 인트라넷에 접속해서 동료가 부탁한 자료를 이메일로 보냈다. 그러고 나서 방금까지 하던 일에 다시 집중했다. 어느새 머릿속은 저녁 식사와 남편 생각으로 채워졌다. 그리고 다시 공중위생 정책에 관한 생각에서 사이클링으로, 이번 주말에 자전거를 끌고 숲에 가도 될 정도로 날씨가 좋을지에 대한 생각으로 이어졌다. 혼자 자전거를 타러 가거나 어쩌면 아이들을 데려가야 할지도 모르겠다. 물론 혼자 가는 게 제일 편하겠지만 말이다. 그녀는 자신의 한계를 넘어 최대한 빠르게 페달을 밟고 싶었다. 그러다가 아직 화요일밖에 되지 않았다는 것을 깨달았다.

그녀는 다시 고개를 들어 시계를 확인했다. 꼬박 한 시간 동안 보고서에 매달려 있었다. 잠깐 화장실에 가서 소변을 볼까 싶었지만, 그냥 점심시간까지 참고 보고서를 검토하기로 했다. 보고서의 몇 부분만 케르스티에게 봐달라고 부탁해볼까 싶은 생각이 머릿속을 스쳤다. 하지만 곧바로 마음을 고쳐먹고, 혼자 힘으로 검토하기로 마음먹었다. 그녀는 야망이 큰 사람이었고 괜히 다른 사람에게 도움을 구했다가 남들 눈에 자신감이 없고 나약한 사람으로 보일까 봐 겁이 났기 때문이다. 컴퓨터 화면 위로 검은 그림자가 깜빡거렸다. 창문 밖에는 커다란 까마귀 한 마리가 유치원을 향해 날개를 펄럭이며 날아가고 있었다. 까마귀는 가느다란 나뭇가지 위에 한참 동안 흔들거리며 앉아 있었다. 그녀는 케르스티를 찾아가기 전까지 조금 더 버텨볼 참이었다. 우선 혼자 할 수 있는 데까지 최대한 검토해보려고 했다. 까마귀는 날개를 활짝 편 채 고개를 빳빳이 세우고는 조금 더 두꺼운 나뭇가지로 자리를 옮겼다. 그녀는 저만치 아래에 보이는 꼬마들에게 다시 시선을 고정했다. 고작해야 두 살 정도 되어 보이는 작은 아이들이 꼼짝 않고 모래밭에 모여 있었다. 하나같이 삽을 움켜쥐고 있지만, 모래를 퍼내는 방법을 알지 못해서 그저 모래를 헤집고만 있었다.

티미는 두 팔을 머리 위로 든 채 온몸을 길게 쭉 뻗었다. 블라우스 밑단이 상체 위로 말려 올라가면서 복부가 훤히 드러났다. 순간 아침에 불쑥 말을 걸어왔던 남자가 머릿속을 스치고 지나갔다. 그녀에게 호감이 있어서 집적거렸던 게 분명했다. 별 대꾸는 하지 않았지만, 거부감 없이 호의적인 태도로 대했다는 건 상대도 눈치챘을 게 분명했다.

사실은 그와 이야기를 나누며 내심 즐겁기도 했다. 티미는 특히 남자의 손이 마음에 들었다. 그의 두 손이 자신의 허벅지를 쓰다듬는 걸 머릿속에 그려보았다. 조금 거칠지만, 남성미가 넘치는 남자의 두 손이 그녀의 부드럽고 창백한 피부를 어루만져 준다면 어떨까. 요즘 들어 티미는 자신의 허벅지가 부쩍 마음에 드는 참이었다. 예전에는 허벅지가 너무 말라서 보기 싫었는데, 달리기를 시작하면서 허벅지에 근육도 붙고 몰라보게 탄탄해졌기 때문이다. 의자에 앉아 있는 지금도 허벅지 안쪽 근육이 그대로 잡힐 정도였다.

티미는 저녁에 집으로 돌아가면 강연이 끝나고 나서 어떤 남자가 자신에게 말을 붙였다는 사실을 남편에게 말하기로 마음먹었다. (나는 분명히 괜찮다고 했을 것이다.) 자신이 다른 남자를 쳐다보았다거나 다른 남자가 자신을 처다보았다고 말하고 나서 남편과의 사이에 벌어질 일들이 내심 즐거웠다. (내가 그런 이야기를 듣고 즐거워하는 것도 잘 알고 있으니 말이다.) 그 이유가 뭔지는 정확히 알지 못하지만, 어쨌거나 그건 중요치 않았다. 어차피 모든 걸 하나하나 따져가며 이유를 분석해야 할 필요는 없으니까.

티미는 자리에서 일어나 사무실 복도로 나섰다. 순간 맨발임을 깜빡했다는 것을 깨닫고 다시 자리로 돌아와서 신발에 발을 욱여넣었다. 예전에도 케르스티가 선뜻 도움을 준 적이 있어서 결국 케르스티에게 도움을 청하기로 했다. 사무실 문은 열려 있었으나 정작 주인은 보이지 않고 컴퓨터만 덩그러니 켜져 있었다. 잠깐 화장실에 가서 소변을 보고 오면 그사이에 자리에 돌아오겠지.

모두 외부 미팅을 하러 나가버려서인지 복도가 쥐 죽은 듯이 조용했다. 접수처를 지나가면서 자리에 앉아 있던 인턴에게 싱긋 미소를 지어보였다. 잠깐 멈춰 서서 인사라도 건네야 하지 않을까 고민했지만, 괜히 집중력을 흩뜨리기 싫어 그대로 걸음을 옮겼다. 화장실로 들어가서 문을 잠그고 거울 앞에 잠시 멈추어 섰다. 머리가 좀 지저분하게 길기는 했지만 나름 기분이 좋았다. 뭔가 스타일을 바꿔보고 싶기도 했다. 머리를 조금 자르고 살짝 염색해야지. 이제부터라도 화장을 좀 해야 하나. 아니다, 아이라이너 정도만 살짝 해도 되겠지. (물론 나는 티미가 화장하는 걸 좋아하지 않았지만 결국에는 익숙해지게 될 터였다.)

티미는 변기에 앉아서 물줄기가 엉덩이 아래 변기로 요란하게 쏟아져 내리는 소리에 귀를 기울였다. 시원하게 쏟아내는 소변 줄기의 쾌감, 천천히 그리고 조심스럽게 휴지로 닦아내는 쾌감, 아침에 일어나 옷을 입는 꼬마처럼 주섬주섬 바지를 걸칠 때의 쾌감, 그런 것들이 속을 뻥 뚫어주는 것 같았다. 그러고 나서 손을 깨끗하게 씻고 코에 대보면 상큼한 비누 향과 촉촉한 피부의 감촉을 느낄 수 있었다.

티미는 화장실 밖으로 나오려다가 다시 마음을 바꿔 거울 앞에 섰다. 찬찬히 자기 얼굴을 뜯어보면서 한 손을 바지 안으로 집어넣었다. 유난히 바지가 꽉 끼는 것 같아 지퍼를 열고 다시 바지를 내렸다. 가느다란 두 개의 손가락으로 미끄러질 듯이 부드러운 속살을 천천히 쓰다듬기 시작했다. 바지를 입은 채로 손가락을 무릎까지 내리는 건 꽤 힘든 일이지만, 좁은 곳을 비집고 손가락을 욱여넣는다는 것도 나름대로 짜릿했다. 다시 바지에서 손을 빼고 거울에 비친 자신을 바라보았다. 두 뺨이 불그스름하게 달아올랐다. 그러다가 머릿속에 검토하다가 만 보고서가 떠올랐다. 순간 직장 화장실에서, 그것도 자리에 서 있는 상태로 절정에 이르는 것이 가능할까 싶은 궁금증이 들었다. 아마도 쉽지 않을 것이다. 적어도 아주 특별한 뭔가가 필요하지 않을까. 벌거벗은 알몸의 흐릿한 이미지들이 머릿속에 떠올랐다가 서서히 사라져버렸다.

(그녀가 화장실을 나오기 전에 정말 그렇게 행동했을까? 이 이야기는 모두 내가 상상한 것에 불과할 뿐이고, 정말로 티미가 그렇게 행동한 것은 아니었다. 아마 티미라면 서둘러 화장실로 향하면서도 보고서 생각만 했을 테고 볼일을 보고 나와 손을 씻으면서 잠깐 거울을 본 것이 전부였을 것이다. 평소와 표정이 조금 다르다고 생각할 수 있지만, 그 이유가 뭔지 정확히 알지 못했을 것이다. 누군가 복도를 지나가는

소리가 들리자 잠시 화장실에 그대로 서서 발소리가 사라질 때까지, 주변이 조용해질 때까지 기다렸을 것이다.)

그 순간 티미는 정확히 무엇을 해야 할지 번뜩 떠올랐다. 그녀는 화장실 문을 열고 나와 서둘러서 복도를 가로질러 걸어갔다. 케르스티의 사무실은 여전히 비어 있었고, 티미는 곧바로 자기 사무실로 돌아가서 책상에 앉기도 전에 급히 움직이기 시작했다. 먼저 보고서를 전부 출력해서 마지막으로 한 번만 더 처음부터 끝까지 읽어볼 참이었다. 보고서의 기본 전제부터 이해되지 않았기 때문에 다시 제대로 읽어봐야 할 것 같았다. 프린터가 있는 쪽으로 걸음을 옮기면서 다른 사람을 마주치지 않기를 기도했다. 복도는 텅 비어 있었다. 프린터는 윙 소리를 내면서 작동했고, 온기가 남은 종이를 그녀의 손바닥 위로 뱉어냈다. 티미는 갑자기 노래를 흥얼거리고 싶어졌다. 물론 아이들이 자라고 나서는 좀처럼 노래를 부른 적이 없었지만 말이다. 불현듯 미친 듯이 달리고 싶은 충동도 일었다. 길고 높은 계단을 성큼성큼 올라가 아무것도 없는 계단 꼭대기에 선 자신의 모습도 쳐다보고 싶었다. 맨 꼭대기까지 올라가면 돌아가고 싶지 않겠지. 마치 영화나 꿈에서 본, 아니 영화 속에서 꿈꾸는 장면을 보는 것 같은 기분이리라.

길고 텅 빈 복도, 등 뒤에서 발소리가 들리는 것 같아 고개를 돌려 다른 사람이 있는지 확인해보았다. 그런 다음 다시 사무실 의자에 앉아 무릎에 출력한 보고서를 얹었다. 신발을 벗어 던지고 의자를 뒤로 휙 민 다음, 두 다리를 책상 위에 올렸다. 발이 유난히 큰 편인데, 그녀는 오히려 그것이 마음에 들었다. 그래서 맨발로 다니다가 털썩 앉아서 발가락을 힘껏 펼치고 있을 때가 너무 좋았다.

점심시간까지 한 시간 정도 남았는데 허기가 느껴져서 아쉬운 대로 사과를 깨물어 먹었다. 씨가 있는 곳만 남기고 씹어 먹은 다음 심은 창틀에 올려 두었다. 창틀에는 전에 먹다가 남긴 쭈글쭈글한 심이 두 개나 올려져 있었다. 집에서는 창틀에 쓰레기를 쑤셔 박을 수 없으니 사무실에서라도 마음대로 하고 싶었다. (내가 테이블과 조리대를 깔끔하고 청결하게 유지해야 한다고 까다롭게 굴어서 그녀는 사무실에서나마 자기 주변을 엉망으로 해놓고 자유롭게 지낸 것이다.)

갑자기 사무실 밖에서 시끌시끌한 목소리가 들렸다. 아마 외부 미팅을 나갔던 동료들이 돌아온 모양이었다. 그녀는 조용히 앉아서 발소리와 가방과 외투가 부딪히는 소리, 그리고 복도를 따라 들려오는 여러 목소리에 귀를 기울였고 그 주인공들이 누군지 가늠해보았다.

티미는 책상 위에 올려 두었던 다리를 내리고 의자를 컴퓨터 쪽으로 바짝 끌어당겼다. 보고서 파일을 열고, 출력한 보고서에 수기로 수정했던 부분을 하나씩 파일에 옮겨 고쳐나가기 시작했다. 사무실 앞으로 지나가는 동료들에게 반갑게 인사하고 싶었지만, 지금은 그럴 기분이 아니라서 일단은 참기로 했다. 조용히 앉아 있으면 동료들도 그녀가 한창 일에 몰두하고 있다는 것을 알 수 있을 것이다. 집중하는 것처럼 보이려고 애쓰다 보니 오히려 집중력이 완전히 흐트러지는 기분이었다. 보고서고 뭐고 당장 때려치우고 싶은 심정이었다. 차라리 사무실 밖에 나가서 시원한 공기를 마시고 싶었다. 오늘 아침에 우연히 만났던 그 남자의 이름을 검색하고 싶은 충동도 일었다.

티미는 자리에서 벌떡 일어나 케르스티의 사무실 쪽으로 향했다. 사무실은 여전히 텅 비어 있었다. 그제야 케르스티가 오늘 병원에 다녀와야 한다고 말했던 게 떠올랐다. 어쩔 수 없이 다시 자신의 사무실로 돌아왔고 잠시 쉬었다가 일을 하기로 마음먹었다. 그전에 먼저 메일을 확인하기 시작했다.

(티미는 '이메일'보다 항상 '메일'이라고 말했다. 나는 '메일'이 아니라 '이메일'이라고 말해야 한다며 어떻게든 아내의 습관을 고쳐보려고 했다. 하지만 따지고 보면 요즘 '메일'이라고 해도 누구나 알아듣는데 아내의 습관을 굳이 고쳐야 할 이유가 무엇이었겠는가? 그녀는 '이렇

듯 쉽고 간단하게 부를 수 있는데 왜 굳이 복잡한 방식을 고집하고 있는 걸까?'라고 생각했을 것이다.)

내가 보낸 것 말고는 달리 중요한 건 없었다. 그때 나는 아내의 모습, 그러니까 불과 몇 시간 전에 우리가 함께했던 순간을 떠올리면서 아내에게 이메일을 보냈었다. 아내는 그 순간을 까맣게 잊고 있었겠지만 내가 보낸 이메일을 보고 다시 그 모습이 떠올랐을 것이다.

손발을 바닥에 대고 엎드린 다음 팔꿈치로 온몸을 지탱하고 있으면 내가 뒤에서 하는 체위. 평소 아내가 좋아하는 체위였다. 그 상태에서 내가 아내의 엉덩이를 두 손으로 움켜쥐고 있다가 얼마 후에 아내의 목덜미 쪽으로 손을 뻗으면, 그녀는 침대 아래로 얼굴을 천천히 파묻는다. 아마 그녀는 그 모습을 떠올린 순간 베개에 입을 대고 비명을 지르던 자신의 목소리도 함께 떠올랐을 것이다. 아내는 자신이 내지른 비명을 듣는 걸 좋아했으니까. 내가 그녀를 잡으면 티미는 온몸을 내어준 채로 비명을 질렀다. 아내는 자신을 내어준 다음 누군가에게 잡혀 있다고 생각하는 쪽을 좋아했다. 우리는 거울 속에 비친 두 사람의 몸이 하나가 된 모습, 그러니까 한 사람이 다른 사람의 몸 위에 올라타서 상대에게 온몸을 맡긴 채로 격렬히 앞뒤로 움직이는 모습을 쳐다보았다. 티미는 우리의 그런 모습을 떠올리며 허벅지 안쪽에 전해지는 묵직한 통증을 느꼈다.

그녀는 곧바로 내게 답장을 보냈다. 잠시나마 내가 느꼈던 기분을 똑같이 느끼며 애정으로 가득한 답신을 보낸 것이다. 우리는 언제나 그런 식으로 이메일을 주고받았다.

그녀가 유치원이 보이는 쪽으로 고개를 돌렸을 때, 꼬마 하나가 그녀가 있는 쪽을 바라보고 있었다. 아마도 하늘을 쳐다보고 있었을 테지만, 그녀는 마치 창문가에 서 있는 자신을 쳐다보는 것처럼 느꼈다.

나는 그녀에게 더는 아이를 원치 않는다고 말했었다. 물론 아내도 같은 생각이었고, 우리가 함께 아이를 낳아서 키우는 단계는 오래전에 지나버렸다. 이미 우리 부부 사이에는 아이가 둘이나 있었고, 내가 첫 번째 결혼을 통해 얻은 딸아이까지 있었으니 그 정도면 자식은 충분했다. 무엇보다 아내는 자기 일을 더 하고 싶어 했다. 달리기와 자전거를 타는 일도 더 열심히 하고 싶어 했고, 암벽등반도 배우고 싶어 했다. 온종일 돌봐줘야만 하는 신생아가 없는 부모, 그들이 누릴 수 있는 모든 이점을 온전히 누리고 싶어 했다.

내가 보낸 메일 이외에 얼마 후 있을 미팅에 관한 내용과 보건부 웹사이트 기부금에 대해 논의가 필요하다는 소식이 담긴 메일이 있었다. 그녀는 마지막에 확인한 메일에 답장을 해야 하나

싶은 생각이 들었지만, 그냥 삭제해 버리기로 했다. 소소한 골칫
덩어리를 뿌리째 삭제해 버리는 기쁨을 누렸달까. 그러고 나서
그녀는 케르스티에게 메일을 보냈다. 평소 두 사람이 대화를 나
눌 때 즐겨 쓰는 장난기 가득한 어투로, '제발 나를 위해 이 지긋
지긋한 보고서에 있는 골치 아픈 내용을 검토해줄 천사가 되어
줄 수 있냐'는 내용이었다.

　그 보고서를 얼마나 오랫동안 붙잡고 있었는지, 이제 그 보고
서는 종이뭉치가 아닌 하나의 인격체처럼 느껴졌다. 그것도 좀
처럼 그녀가 원하는 대로 움직여주지 않는 골치 아픈 존재, 항상
어딘가 잘못된 것 같은 그런 인격체 말이다. (티미가 보고서 이야
기를 입에 달고 살다시피 해서 가끔은 나까지도 보고서의 안부를 물을
정도였다. "요즘 보고서 씨는 어떻게 지내?"라고 말이다.)

　그녀와 나는 종종 우리가 하는 일에 관해서 이야기를 나눴는
데, 주로 아내가 하는 일에 관한 것이었다. 그녀는 모든 것을 나
와 공유하는 것에 익숙해져 있었다. 갈등이나 협의, 소소하게 짜
증 나는 일들은 물론이고 흥미롭거나 놀랍거나 자신에게 영감
을 주는 일까지도 모두 나와 공유했다. 아내는 항상 긍정적이었
고, 의식적으로라도 그렇게 행동하려 애썼다. 그러다 보니 자연
스럽게 긍정적으로 행동하게 된 것도 있었다.

　메일을 보내고 나서 티미는 인터넷 뉴스를 읽어 내려가며 가

볍게 여러 가지 정보를 얻었다. 그러는 와중에 또 다른 메일이 도착했다. 처음 봤을 때는 누가 보낸 건지 알 수 없었다. 하지만 내용을 읽다 보니 누군지 감이 왔다. 강연을 해주어 감사하다는 따뜻한 내용으로 시작해 많은 도움이 되었다는 말로 끝을 맺은 글을 읽으니, 그의 목소리가 마치 귓가에 들리는 것처럼 생생했다. 그 다정한 톤과 호기심 어린 목소리와 매력 넘치는, 뭐라 설명할 수 없는 그 끌림. 그녀는 그런 매력과 온갖 칭찬과 긍정적인 단어 뒤에 뭔가 다른 꿍꿍이가 있을 거라는 느낌이 들었다. 그에게 다른 속내가 있는 것 같다고 할까. 티미는 그 신중함과 미묘하고도 적극적인 긴장감을 알아차렸다. 그리고 그 긴장감이 그녀 안의 무언가를 자극했다. (그 남자는 어쩌면 그저 자기중심적인 사람인지도 모른다. 이메일에 적힌 내용이 대부분 자기 생각이었기 때문이다. 물론 그 내용 자체가 그녀의 관심사와 정확히 일치하는 것이었지만 말이다.) 메일의 후반부에는 서로 협력해보자는 제안이 더해졌다. 얼마 후 그의 부서에서 새로 시작하게 되는 프로젝트가 있는데 그녀가 합류해주면 고맙겠다는 거였다.

티미는 그의 제안에 으쓱해졌다. 물론 지금 맡은 프로젝트 외에는 다른 프로젝트에 할애할 시간이 없었고 그럴 마음도 전혀 없었지만 말이다. 이런저런 이야기 끝에 마침내 그는 그녀와 자신이 매우 가까운 거리에 살고 있음을 피력했다. 티미가 처음 강단에 서 있는 모습을 보고 낯이 익었는데 대체 어디서 봤던 건지 도저히 기억이 나지 않았다는 거였다. 그런데 생각해보니 아무래도 두 사람이 같은 동네에 사는 것 같다고 했다. 그리고 자기처럼 조깅족이 아니냐는 질문을 던졌다. 아무래도 티미가 조깅하는 모습을 분명히 봤다고 확신하는 모양이었다.

(나는 그가 구글에서 우리 집 주소를 검색해봤다고 생각한다. 어쩌면 티미도 그의 이름을 구글에서 검색했겠지. 그는 티미가 분명 동네에서 조깅 하는 모습도 봤을 것이다. 동네에서 뛰어다니는 그녀의 모습을 유심히 지켜보았던 것일까? 게다가 '조깅족'이라는 단어를 쓰다니, 대체 요즘 그런 단어를 사용하는 사람이 어디 있단 말인가? 90년대, 아니 80년대에나 사용했을 법한 멋대가리 없는 단어다.)

티미는 그제야 남자가 쓰고 있던 엷은 갈색빛 렌즈의 안경이 떠올랐다. 티미는 그의 이름을 검색해보았고 자신보다 나이가 많다는 것을 알고 깜짝 놀랐다. 게다가 서로 집도 그리 멀지 않았고, 그의 집이 어디쯤인지 알 만한 곳인 데다가 심지어 그녀가 자주 다니는 쪽이었다. 그녀는 혹시 예전에 그를 본 적이 있는지 어떻게든 기억해보려고 애썼다. 인터넷에 있는 사진을 유심히 살펴보니 분명 예전에 본 기억이 나는 것도 같았다. 왠지 모르게 유약해 보이는 표정이나 다소 투박하지만, 눈에 보일 정도로 자신감에 가득 찬 얼굴이 어쩐지 낯이 익는 듯도 했다. 다른 사진을 검색하다가 회사 홈페이지에 있는 사진과 전문저널에 실린 인터뷰 사진을 찾았다. 그 외에도 스포츠 단체 웹사이트에서 여러 장의 사진을 찾을 수 있었다. 그 남자는 스키강사였다.

티미는 자리에 앉아 멍하니 벽을 쳐다보며, 자신이 다른 남자의 사진을 스스럼없이 검색하고 있었다는 사실을 깨달았다. 그래서 케르스티가 그녀의 등 뒤에서 갑자기 나타났을 때, 소스라치게 놀랐다. 발소리조차 듣지 못했기 때문이다.

"뭘 그렇게 놀래?"

티미는 인터넷 검색창을 닫고 싶었지만, 괜히 숨기는 것처럼 보이면 더 의심만 살 것 같았다. 그래서 의자를 홱 돌려 케르스티의 얼굴을 똑바로 보면서 컴퓨터 화면이 아닌 자신에게로 시선을 돌려보려고 애썼다.

"그렇게 살금살금 들어오니까 깜짝 놀랐잖아."

"마틴은 매일 내가 코끼리처럼 쿵쿵거리며 걷는다고 하던데."

"아주 자상한 남편이네."

"자기도 알다시피 우리 집에 계단이 워낙 많잖아. 그뿐이 아니야. 내가 기차 화통을 삶아 먹은 것처럼 숨소리도 거칠다고 하더라."

"사랑하니까 장난으로 그러는 거겠지."

"내가 보기에는 무슨 일이 터지길 손꼽아 기다리는 사람 같

아. 내가 병원에 간다고 할 때마다 무슨 중병이라도 걸렸으면 하고 바라는 사람처럼 굴거든. 이혼남이 되느니 차라리 홀아비가 되고 싶은 모양인데, 꿈도 야무지지 뭐야. 자기는 나랑 다르게 사랑을 듬뿍 주는 남편이 있으니 얼마나 좋냔 말이야. 그런데도 다른 남자 사진을 검색하고 있는 거야?"

"보건복지부에서 주관하는 프로젝트에 같이 참여해줬으면 좋겠다고 연락이 와서."

"아, 프로젝트! 요즘은 그걸 프로젝트라고 부르는 모양이지?"

"케르스티, 진짜 프로젝트 때문이라니까. 정말 일 때문에 연락 온 거야."

"자기는 그 말을 믿어?"

"그것보다 케르스티, 나 좀 도와줘."

"그 보고서 아직도 해결 못 했어?"

"아무래도 표에 오류가 있는 것 같아."

"그냥 보고서를 쓴 사람한테 다시 돌려보내면 안 돼?"

"어쨌거나 그 보고서의 책임자는 나잖아. 아무래도 기본 전제에 오류가 있었던 게 아닌가 싶어."

"대체 그 오류가 뭔지 한번 보여줘 봐."

케르스티는 평소처럼 그녀와 나란히 앉아 작업하려고 손님용 의자를 컴퓨터 화면 쪽으로 끌어당겼다.

티미는 함께 일하는 케르스티에 대해서 내게 자주 이야기를 했다. 가령 케르스티의 요트와 결혼 생활, 썰렁한 농담과 말꼬리 잡기, 세세한 부분에 병적일 정도로 집착하는 방식 등 시시콜콜한 이야기까지 모두 들려주었다. 그렇게 따지면 케르스티에게 분명 내 이야기도 했겠지. 어떻게 설명했을지는 알 수 없지만, 나는 아내가 결혼 생활에 완전히 만족한다며 케르스티에게 자랑했을 거라고 굳게 믿고 있었다. 평소 아내의 행동으로 미뤄보면 그러고도 남았다. 우리 부부는 다른 건 몰라도 결혼 생활만큼은 자부심이 대단한 편이었다. 남들은 모르는 기쁨을 우리만 경험한 듯 막 자랑하고 싶어 한달까. 마치 갓 태어난 아이를 보여주고 싶어 안달이 나서 유모차를 끌고 돌아다니는 부모들처럼 말이다.

티미는 인터넷 창을 닫고 메일 계정에서 로그아웃한 후에 다시 보고서를 꺼냈다. 그리고 퇴근 전까지 케르스티와 함께 보고서를 검토하는 일에 계속 매달렸다. 결국, 예상한 것보다 조금 늦게 회사를 나섰다. 그녀는 내가 집에서 기다리고 있다는 걸 알면서도 다 늦게 나올 때가 되어서야 퇴근해서 가는 길이라고 문자를 보냈다.

아내는 나를 사랑했다. 분명 그렇게 말했다. 우리는 항상 사랑하는 사이가 아니었던가? 하지만 그녀는 지금 그 사실을 전혀 기억하지 못하는 것 같다. 내 곁에 있던 여자, 그때의 티미는 더는 존재하지 않는다. 그녀의 옆에 있던 남자, 그때의 나도 더는 존재하지 않는다. 한때 '부부'로 함께 살을 맞대며 살았던 '우리'도 더는 존재하지 않는다. 이제 부부로서 우리 인생은 끝났고 티미는 오래전 우리의 모습을 까맣게 잊어버렸다. 그녀는 멀리 떠나버렸고, 서로 다정하게 이야기를 나누었던 우리가 어떻게 이렇게까지 된 건지 아무도 알지 못한다.

나와 함께하던 그녀는 누구였을까? 아내는 자신을 좇던 나의 시선을 기억하고 있다. 아내가 방 안을 걷고 있으면 나는 줄곧 자리에 앉아서 눈으로 그녀의 모습을 좇았다. 그녀도 자리에 앉아서 나를 쳐다보기는 했지만, 그리 자주는 아니었으며 보더라도 곧바로 시선을 거두었다. 하지만 별다른 일이나 대화 없이도 서로의 시선이 마주쳤던 순간은 기억하고 있다. 그때 서로를 바라보던 눈빛은 무엇이었을까? 그때만 해도 각자 그리고 둘이 함께하는 삶이 별문제 없이 흘러가고 있지 않았는가? 우리는 서로를 찾아냈고 함께 인생을 꾸렸으며, 그녀는 나와 함께하던 자신을 열렬히 사랑했었다.

티미는 친밀하면서도 겁이 날 정도로 애정이 가득한 눈빛으로 나를 쳐다보곤 했다. 그때만 해도 그 눈빛이 나는 물론 아내에게도 두렵다고 느껴지지 않았다. 나중에서야 그녀는 우리가 나누었던 친밀감의 정체가 무엇인지 정확히 깨닫게 되었다. 그러니까 상대가 보여주는 친밀감에 대한 보답, 일종의 기브앤테이크 같은 것이었다.

한때 그녀의 남편이었던 내가, 바로 이 집 그리고 우리가 함께했던 방에 앉아서 집 안을 걸어 다니는 아내의 모습을 여전히 눈으로 좇고 있었다. 하지만 티미는 이제 우연히 나와 마주칠 때가 아니면 더는 나의 얼굴을 기억하지도, 머릿속에 떠올리지도 않는다. 내가 어떻게 자신을 바라보았는지, 내 눈빛이 얼마나 확고하고 진실한 것이었는지 전혀 기억하지 못한다. 그저 누군가 자신을 예의주시했으며, 다정하고 진실하며 감탄과 동시에 존중하는 눈빛으로 바라봐주던 사람이 있었다는 정도만 알고 있겠지. 하지만 누군가의 그런 표정, 눈빛을 한 몸에 받으며 살아가는 것이 어떤 의미인지는 이제 전혀 기억하지 못한다.

티미는 늦은 오후 정체된 도로를 뚫고 자전거를 타고 집으로 돌아왔다. 보통 때 같으면 운동 삼아서, 남들에게 추월당하는 것을 참지 못하는 성격 때문에 최대한 속도를 높여서 자전거를 타고 왔을 것이다. 물론 그렇게 한 데에는 얼른 집에 돌아가고 싶은 마음도 있었을 테지만, 오늘만은 아니었다. 그녀는 손잡이를 잡은 두 손과 페달을 밟은 두 발, 그리고 바퀴 아래로 보이는 얼룩덜룩한 아스팔트 도로를 찬찬히 훑어보았다. 평소처럼 서두르는 기색이라고는 전혀 찾아볼 수 없었다.

집에 도착하자 자전거를 문 앞까지 끌고 가서 한쪽에 세워두고는 자물쇠를 채우고 느릿느릿 자갈길을 가로질러 걸어갔다. 뭔가가 그녀를 등 뒤에서 잡아끄는 것만 같았다. 한쪽 손에는 오늘 저녁에 다시 훑어보려고 가져온 보고서 꾸러미가 가득 담긴 서류 가방이 들려 있었다. 케르스티와 함께 검토했던 내용을 다시 살펴볼 참이었다.

티미는 주방 창문을 지나치면서 조리대 앞에 서 있는 내 모습을 바라보았다. 주방에서 냄새가 나는 걸 보니 저녁 식사 준비가 거의 끝난 모양이었다. 저만치 뒤쪽 방에서는 아이들이 떠드는 소리가 들렸다. 라디오에서는 노래가 흘러나왔으며, 집 안 다른 창문들도 활짝 열려 있었다. 뭔가 그녀를 잡아끄는 것 같았지만 그것이 정확히 뭔지 억지로 생각하지 않으려고 했다.

그녀는 그날 자신이 무슨 옷을 입었는지도 기억하지 못한다. 한창 여름이 가까워지던 때였으니 짧은 소매의 원피스였을 수도 있고, 아니면 빨간색과 초록색 무늬가 그려진 얇은 천 원피스였을 수도 있다. 아니면 내가 사준 청 원피스였을지도. 그것도 아니라면 남색 바탕에 하늘색 줄무늬가 난 원피스이거나 칼라가 달리고 허리에 얇은 벨트가 있는 빨간색과 초록색이 섞인 원피스일지도 모르겠다. 설마 목 아래로 깊이 파인 빨간색 원피스를 입고 강연을 하러 가지는 않았겠지? 아니면 무릎까지 내려오는 연한 스커트에 블라우스 차림이었나. 하얀색이던가 갈색이던가, 목 주위로 수가 놓여 있고 반짝반짝 광택이 나는 바로 그 블라우스. 그 블라우스는 조금 꽉 끼는 편이라서 단추 사이로 아내의 새하얀 속살이 그대로 드러나 보였다. 티미도 그 블라우스가 조금 야해 보인다고 생각했지만, 별생각 없이 입고 다녔다. 어쩌면 정장 바지에 티셔츠를 입었을지도 모르겠다. 린넨 바지에 꽃무늬가 있는 라일락 티셔츠였던가.

요즘 들어 그녀는 부쩍 가격이 나가는 옷을 사서 입고는 했다. 평소 같으면 옷을 어디서 샀는지 직접 산 건지 아니면 선물 받은 건지도 정확히 기억했을 거다. 하지만 지금 그녀는 그런 것조차 생각하지 않는다. 어쩌면 그날 소매가 짧은 미색 원피스를 입었는지도 모르겠다. 빳빳한 칼라에 치마 아래쪽으로 주름이 잡혀서 무릎 주위로 폭이 넓게 퍼지는, 블라우스 형태의 원피스 말이다. 그 원피스는 티미가 평소 좋아하는 옷이었고 케르스티가 '파워 재킷'이라고 부르는 회색 외투와도 잘 어울렸다.

티미는 집 안으로 들어온 다음 나와 아이들이 있는 곳으로 걸어왔다. 우리는 언제나 그랬듯 목이 빠지게 그녀를 기다리고 있었다. 그녀가 집에 돌아오면, 나는 그 모습을 바라보는 것만으로 행복하다고 느꼈다. 나는 주방 조리대 앞에 서 있다가 그녀가 있는 쪽으로 고개를 돌렸고, 그녀는 자신을 보는 순간 말랑말랑하고 부드럽게 녹아내리는 내 모습을 눈치챘을 것이다. 나는 티미에게 다가가 양쪽 팔을 뻗어 그녀를 껴안았고, 그녀는 가벼운 몸짓으로 나의 포옹에 화답했다. 그 배려심 넘치고 헌신적인 인사는 수많은 사람이 애타게 갈구하지만 사실 살면서 거의 누리지 못하는 그런 종류의 귀한 것이었다.

(티미는 오랫동안 나의 넘치는 애정을 받으며 살아와서인지 어느 순간 내 헌신적인 태도에 익숙해져 버렸다. 그런 모습을 보고 누군가는 내가 버릇을 잘못 들였다고 말할 수도 있다. 어쩌면 그녀가 그 모든 것에 심드렁해져 버리게 된 건 당연한 건지도 몰랐다. 티미는 이제 우리가 함께 일구어온 세상에서 벗어나, 다른 곳으로 막 옮겨가려던 중이었으니까. 하지만 그때만 해도 티미는 자신의 속마음을 정확히 알지 못했고, 나 역시 그녀가 멀어져가고 있다는 걸 깨닫지 못했다. *완전 시간 낭비 같아.* 티미는 그렇게 한순간에 모든 걸 내팽개치고 떠나버렸다.)

우리는 우리의 공간, 바로 이 집에서 함께 서로의 목소리를 듣고, 서로의 몸을 맞대고, 의자에 앉아 있고, 침대에 누웠으며, 손을 뻗어 온도를 조절하기도 했고, 전화를 받고, 컵과 접시를 날랐다. 아내는 소파에서 깜빡 잠들었다가 다시 잠에서 깼다. 나는 책을 읽었다. 우리 둘 중 하나는 막내가 숙제하는 것을 도왔다. 아내는 텔레비전을 봤고 나는 책을 더 읽고 기사를 썼으며, 아내는 논문을 대충 훑어보다가 우리는 나란히 소파에 앉아서 진심이 묻어나는 해맑은 목소리로 대화를 나누었다. 아내는 직장에서 무슨 일이 있었는지, 관리하는 분야에서 어떤 논쟁이 벌어졌는지 시시콜콜한 것까지 내게 이야기했다.

그러다가 강연 날 아침에 아내가 만났던 남자 이야기가 나왔다. 나는 궁금한 점을 물었고 티미는 대답했다. 그때까지만 해도 그저 가볍고 재미있는 대화거리에 불과했다. 나는 그 남자에 대한 아내의 묘사를 들으며 웃음을 터트리기도 했다. 빳빳하게 다림질을 한 셔츠, 요란한 무늬의 넓은 넥타이, 아내는 지나치게 비하하지 않는 선에서 그 남자를 재미있게 묘사했다. 본인도 그를 다소 매력적인 사람으로 표현하고 있다는 것을 알아챘을 것이다. 잘 알지도 못하는 남자를 그렇게 생생하게 묘사하면서 아내는 한껏 들떠 있었다. 순간 그 커다란 넥타이에 하얀 셔츠를 입은 남자가 우리 바로 옆에 있는 것 같았다. 게다가 내가 느끼기에 그 남자는 아내와 무언가 함께하기를 갈망하고 있었다.

잠시 후, 아내는 다른 방으로 가서 여동생과 통화를 했다. 그런데 막내 아이 때문에 방해가 됐는지 평소처럼 큰 소리로 내 이름을 부르며 도움을 구했다. 그리고 막내 아이에게 "아빠한테 가서 물어 봐."라고 말하고는 계속 통화를 이어나갔다. 당시 그녀의 여동생은 부부 사이에 뭔가 문제가 생겨서 이혼하려고 합의 중이었다. (우리 부부는 그 모습을 보고 살짝 불안해했다. 물론 알게 모르게 영향을 받았는지도 모르겠지만, 어쨌거나 우리에게 당장은 아무 문제도 없는 상태였다. 그래서 아직은 이혼 얘기가 나올 정도는 아니라고, 적어도 지금은 부부 사이에 큰 문제가 없다고 굳게 믿고 있었다.) 주방은 말끔히 정돈되었고 밤이 깊어가면서 집 안의 불빛이 하나둘 켜지기 시작했다. 시간이 흐르면 그 불들은 다시 하나씩 꺼지기 시작할 것이다.

우리는 침실로 향했고 나란히 욕실에 서서 양치를 했다. 아내는 다정하게 내 어깨에 손을 올렸고 거울 속에 비친 내 모습을 보며 미소를 지었다. 잠시 후 우리는 둘 다 벌거벗고 침대에 누웠다. 아내는 내 쪽으로 몸을 틀었고 나 또한 아내가 있는 쪽으로 몸을 돌렸다. 나의 한 손은 그녀의 허벅지에, 뺨은 그녀의 어깨에 대고, 다른 손은 그녀의 목덜미 뒤쪽에 둔 채 머리칼을 손가락으로 어루만졌다. 한 사람이 상대를 향해 몸을 벌리자 서로의 몸이 겹쳐졌다. 둘 중 하나가 환희에 찬 비명을 질렀고 곧이어 상대도 그에 동참했다. 우리의 목소리는 그렇게 조그만 방에

드리워진 외로움을 밀어냈다.

(하지만 어쩌면 겉보기에만 그렇게 느껴졌던 건지도 모른다. 이후 아내는 당시 어둠 속에서 울려 퍼지던 우리의 목소리를 애처롭기 짝이 없고 외로움과 새로움을 갈구하는 소리로 기억했기 때문이다. 정신적 고통에 못 이긴 두 사람이 서로에게 내뱉는 절규랄까.)

다음 날 아침, 티미는 운동화를 신고 끈을 묶으며 나와 아이들에게 1시간 후에 돌아오겠다고 큰 소리로 말했다. 그리고 현관 문을 닫고 밖으로 나섰다.

(바로 다음 날이었는지, 며칠 후였는지 모르겠지만, 그 사이의 시간은 아내의 기억 속에서 완전히 사라져버렸다. 우리가 함께 보냈던 수많은 날처럼 말이다. 아내는 그 시간을 더는 기억하지 못한다. 이제 그녀가 기억하는 거라고는 처음 그 남자와 만났던 날, 그와 두 번째 만났던 날 그리고 세 번째 만났던 날뿐이니까. 이제는 주변의 모든 것들이 어떻게 허물어졌는지만 기억하고 있을 따름이다.)

해가 낮게 깔린 늦은 오후, 티미는 달리기할 복장으로 갈아입고 기대에 가득 차서 자갈길을 가로질러 걸어갔다. 그녀는 항상 최상의 결과를 기대하는 습관이 있었고 그러다 보면 뭐든 자기 뜻대로 이뤄졌다. 티미는 우리가 사는 동네 부근부터 천천히 달리기 시작했다. 이윽고 도로 끝자락에 도착해서 숲길로 이어지는 담장 빈틈으로 넘어가려다가 어린아이처럼 미끄러졌다. 어쨌거나 티미는 숲길로 들어섰고, 드디어 마음껏 달릴 수 있게 되었다. 방금까지는 행인들과 아이들을 많이 마주쳐서 어쩔 수 없이 멈추거나 빙 돌아가야 했는데, 숲길을 따라 제법 안으로 들어오고 나서는 서서히 속도를 높일 수 있게 되었다.

숲을 따라서 난 길은 부드럽고 발바닥 아래가 폭신폭신했다. 티미는 자신이 내뱉는 호흡과 관자놀이까지 전해지는 고동치는 맥박을 그대로 느꼈고, 왠지 어깨가 뻐근했다. 하지만 온몸이 달아오르자 그 모든 것들이 사라졌다. 그리고 그제야 자신이 아무 생각도, 말도 하지 않고 무작정 앞만 보고 달리고 싶었다는 것을 깨닫게 되었다. 그녀는 주택가를 따라서 길게 이어진 오솔길로 방향을 잡았다. 가끔 주택가가 시야에 걸리지 않는 숲길 깊숙이 들어가서 좁은 길들이 거미줄처럼 엉킨 곳으로 들어갈 때도 있었지만 오늘은 사방이 탁 트인 곳에서 달리기로 했다. 이쪽 채광이 훨씬 더 아름답잖아, 그녀는 속으로 생각했다.

마치 꿈에서 모든 일이 계획대로 착착 맞아떨어지듯이, 그러니까 어떤 행동이 커다란 계획의 일부였다는 것을 나중에야 알아차리게 되는 것처럼, 티미는 숲을 내려다보고 있는 조그만 빌라들이 모여 있는 쪽으로 접어들었다. 그제야 이메일을 보냈던 남자가 그 빌라 중 한 곳에 살고 있다는 사실이 문득 떠올랐다.

1960대 풍의 조그만 빌라, 보존 상태가 그리 좋지 않아 보였고 간이창고 안에는 장작더미들이 수북이 쌓여 있었다. 오래된 해먹이 정원 한가운데 걸려 있고 보아하니 겨울 이후로 눈을 한 번도 치우지 않은 모양이었다. 그 남자가 그 집에서 산 지는 한 해나 두 해 남짓 되었을 것이다. 이사 전에 집 주변을 제대로 수리하지 않고 들어온 모양이었다. 그것을 미루어보아 아무래도 소소한 부분까지 크게 신경 쓰는 성격은 아닌 것 같았다.

그리고 바로 그 집 앞에, 티미가 상상했던 대로 그 남자가 있었다. 이런 상황을 기대했던 것인지 그녀 스스로도 알지 못했지만, 그를 본 순간 깨달았다. 그 남자는 마치 티미를 기다리고 있었던 것처럼, 정확히 그 자리에 서 있었다. 조깅을 할 참이었는지 집 앞에 나와서 스트레칭을 하고 있었다. 좌우를 두리번거리지 않고 진지하고 자신감에 찬 표정으로 한껏 집중한 모습이었다. 하지만 그는 티미가 나타난 것을 대번에 알아차렸다. 멀찌감치 선 서로를 보고 그는 한눈에 티미를 알아보았고, 한쪽 팔을 번쩍 들어 흔들었다. 티미는 자신을 향해 반갑게 흔드는 손을 보며 그쪽으로 걸어가는 사이 그가 누구였는지 서서히 떠올랐다. 환하게 미소를 지을 때마다 눈매가 가늘게 올라간다는 것도 한눈에 알아차릴 수 있었다.

그는 돌담을 사뿐히 뛰어넘어 티미가 근처로 다가오기를 기다렸다. 그것도 단숨에. 원래 저러는 모양이네, 티미는 생각했다. 아직 그를 제대로 알지도 못 하는데 말이다. 하지만 그가 어떤 사람인지는 대번에 알아차릴 수 있었다. 티미가 가까이 다가오자 그가 말했다.

"멀리 가요?"

티미는 친절하되 선을 넘지 않게 행동했고, 운동에 집중하고 싶었다. 그러자 오히려 편안해졌고, 그게 자신에게도 그에게도 편할 것 같다는 생각이 들었다. 두 사람은 이미 친밀감을 쌓아가고 있었다. 티미는 그에게 목적지를 말했다. 여기서 출발해도 왕복하는 데 족히 한 시간은 걸리는 곳이었다. 그는 막 조깅을 나온 터라 그녀와 함께 목적지까지 달릴 거라고는 예상치 못했다. 그럼에도 그녀는 예의상 그에게 함께 달리겠냐고 물어봤다.

"당연히 같이 가야죠."

그는 정중하게 팔을 뻗으면서 티미가 선두에 설 수 있게 했다. 그리고 티미는 그의 제안을 순순히 따랐다. 따른다는 표현이 정확히 맞을지는 모르지만, 아무튼 티미는 평소 남을 순순히 따라가는 편은 아니었다. 그럼에도 불구하고 그가 하자는 대로 한 것이다. 같이 달리겠냐고 먼저 제안한 것은 티미였지만, 어쩐지 주도권을 잡은 쪽은 그녀가 아니라 남자 쪽인 것 같았다. 티미는 앞서 달리기 시작했고, 등 뒤에서 남자가 따라오는 소리가 들렸다. 그녀는 원래의 리듬을 찾기까지 조금 시간이 걸렸고, 언젠가 내가 표현했던 것처럼 뭔가에 의해 달리는 사람 같았다.

(나는 언젠가 체육관에서 러닝머신을 뛰고 집으로 돌아와 '달리게 되는 것' 같다고 그녀에게 말한 적이 있었다. 아내를 붙잡고 내 의지가 아니라 러닝머신의 공격을 받아 억지로 달리고 온 기분이라고 말했다. 아내는 속으로 그럼 그렇지, 생각했을지도 모른다. 나라는 남자는 러닝머신조차 쉽게 공격할 수 있는 사람이었으니까. 하지만 티미의 머릿속에는 이 기억도 남아 있지 않을 것이다. 잘 알지도 못하는 남자의 시선을 한 몸에 받으며 오솔길을 따라 앞서 달리는 상황이었으니까.)

티미는 원래 자기 리듬을 되찾으려고 속도를 높였다. 그때 뭔가 강한 힘이 느껴졌다. 물론 그 남자가 자신보다 강하다는 것은 한눈에 봐도 알 수 있었다. 처음 보는 순간 그의 몸이 꽤나 탄탄하다는 것을 알아차렸기 때문이다. 조깅용 반바지 사이로 보이는 그의 허벅지는 그녀가 상상했던 것보다 더욱 튼실해 보였다. 그녀의 등 뒤에서 가쁜 숨소리가 들렸지만, 그가 달리고자 하는 의지를 끌어올릴 수 있도록 점점 더 속도를 높였다. 티미는 그가 그녀의 의도를 알아차리고 내심 흡족해할 거라는 생각이 들었다. 그러니까 서로 달리면서 경쟁하는 셈이었다. 그렇게 두 사람은 아무 말없이 계속 달리기만 했고, 티미는 뒤쪽으로 고개조차 돌리지 않았다. 하지만 그가 그녀의 바로 뒤에 바짝 붙어서 달리고 있다는 건 감지할 수 있었다. 바닥에 울리는 조깅화의 진동과 숨소리, 상체의 육중함과 폐활량까지 모든 게 느껴졌기 때문이다. 그는 다소 살이 찌기는 했지만, 몸 관리를 잘한 것 같았다. (조금이지만 나보다 키도 크다는 사실을 아내는 곧바로 알아차렸을 것이다.) 처음 그녀는 마음이 내키는 대로 다리를 쭉쭉 뻗으면서 달렸지만, 점차 바위지대가 나오면서 좌우로 비틀대며 뛰게 되었고 서서히 체력도 떨어졌다. 그녀는 내심 짜증이 났다. 죽어도 그 남자에게 선두를 내어주고 싶지 않았기 때문이다.

티미는 지금쯤 그 남자가 등 뒤에서 자신의 엉덩이를 쳐다보고 있을 거라는 사실을 짐작할 수 있었다. 온기가 전해지는 손길처럼, 그의 시선이 그녀의 엉덩이부터 천천히 다른 곳을 살피고 있다는 것을 느낄 수 있었기 때문이다. 그는 위에서 아래쪽으로 서서히 그녀의 몸을 살피고 있는 것 같았다. 그렇게 달리다가 오솔길이 넓어지면서 커다란 공터에 도착했고, 티미는 속도를 낮추고 뒤에서 따라오던 남자가 자기 옆으로 나란히 달릴 수 있도록 자리를 비켜주었다.

그런데 남자는 그녀의 옆에서 달리는 대신 앞으로 차고 달려나갔다. 이 역시도 평소 그 남자다웠다. 티미도 그럴 거라고 예상하고 있었다. 바로 그것이 두 사람의 관계를 그대로 보여주는 것이었다. 견고한 경쟁 관계, 순수한 라이벌 의식, 감정적이고 소소함은 찾아볼 수 없는 그런 관계 말이다. 두 사람은 조깅을 즐기고 있었지만, 언제나 그 이면에는 진지한 경쟁 구도가 조성되어 있었다. 남자는 티미가 속도를 맞출 수 있도록 배려하지 않고 마음껏 속도를 높였다. 그녀도 열심히 따라붙었지만, 예상한 것보다 두 사람의 격차가 점점 벌어지기 시작했다.

바로 그때, 티미가 평소보다 더 보폭을 늘리며 달려 나갔다. 남자도 갑자기 여자가 바로 뒤에서 따라붙는 걸 느끼고는 내심 움찔했다. 그렇게 두 사람은 오르막길을 따라서 달리기 시작했고, 그의 엉덩이는 티미보다 훨씬 더 탄력 있고 강해 보였다. 그의 허벅지 뒤쪽은 어찌나 단단한지 구릿빛 피부 아래로 근육이 불끈대는 것이 그대로 보일 정도였다. 매끈하게 뻗은 등을 따라서 길게 이어진 목선, 목구멍 아래로 바짝 긴장한 힘줄까지 한눈에 보였다. 결혼반지를 낀 것을 보니, 이미 다른 여자가 그의 탄탄한 몸에 깔려 두 손으로 그 등을 껴안고 어루만지는 모양이다. 티미는 그와 아직 완전히 친해지지 않았는데도 자신이 아닌 다른 여자가 그와 뒹군다고 생각하니 괜스레 불쾌해졌다. (티미는 단지 자신의 속마음을 알아채지 못한 것뿐이었다. 아직 아무것도 결정된 것이 없었고 여전히 두 사람 사이에는 팽팽한 긴장감이 흐르고 있었으니까. 두 사람이 서로에게 끌리는 건 비밀스러운 것이었고 그 이끌림은 당시 상황에서는 어떤 방향으로도 발전할 수 있는 것이었다.) 그는 손바닥을 활짝 편 채로 달렸고, 그녀는 그가 두 팔을 앞으로 뻗는 것을 보는 것만으로도 야릇한 부드러움을 감지했다.

그러다가 갑자기 남자가 멈춰 서더니 여자 쪽으로 고개를 돌렸다. 그는 꼭 보여주고 싶은 것이 있다고 말하면서, 오솔길에서 벗어나 가느다란 나뭇가지가 자란 쪽으로 방향을 틀더니, 여자가 편히 지나갈 수 있도록 길을 내주었다. 티미는 남자를 따라서 언덕으로 올라갔다.

(나중에 티미가 전하기를, 그는 그 숲을 손바닥처럼 훤히 꿰고 있다고 그녀에게 말했다. 티미는 그 말을 나에게 전하면서도 당시 그가 사용했던 표현을 그대로 따라 했다는 사실은 솔직히 밝히지 않았다. 손바닥처럼 훤히 안다니, 얼마나 바보 같은 표현이란 말인가! 그 거대한 전경을 그 비좁은 손바닥을 비유하다니 정말로 적절하지 못한 표현이다. 나는 아내의 말을 들으면서도 그의 표현이 정말 비논리적이고 진부하기 짝이 없는 말이라고 속으로 생각했다.)

티미는 더 이상 나무가 보이지 않는 위치까지 올라갔고, 관목들과 맨살을 드러낸 바위들, 그리고 저 앞에는 바위들이 느슨하게 놓여 발을 딛고 올라가기 힘들 정도로 거칠게 펼쳐진 길이 보였다. 그는 기회를 놓치지 않고 그녀에게 손을 뻗었고, 남은 직선 코스를 올라가면서 티미의 손을 잡는 데 성공했다. 티미는 그가 내민 손을 뿌리치지 않았고, 자신의 손을 감싸는 그의 손길을 느꼈다. (그때 그녀는 아마도 속으로 이런 기분은 처음이라고 생각했을 게 분명하다.)

그는 티미의 손을 잡고서 언덕 위쪽으로 향했다. 두 사람은 언덕 꼭대기로 올라가서 평평한 바위에 앉았다. 그리고는 실눈을 뜨고 숲 너머로 천천히 저무는 해를 바라보았다. 도심도 아니고 피오르*도 아니고 조그만 호수도 아니라, 숲 너머를 말이다. 그들의 눈앞에 보이는 거라고는 몇 킬로미터 반경으로 펼쳐진 장대한 숲뿐이었다. 소나무보다 조금 엷은 색감의 전나무와 가끔 눈부신 초록빛 낙엽수림이 띠처럼 길게 펼쳐져 있었다. 온갖 잡목들이 뒤섞인 패치워크**의 그림자를 보는 것 같았다. 언덕과 고원, 산마루와 움푹 파인 구덩이가 엄청난 녹음을 뿜어내며 거대한 나무들 사이로 간간이 눈에 띄었다. 그는 바로 이 모습을 티미에게 보여주고 싶었던 것이다.

티미는 이런 풍경이 존재할 거라고 상상조차 하지 못해서 눈앞에 펼쳐진 모습이 도저히 믿기지 않았다. 두 사람은 꽤 가까이

---

* 빙하에 깎여 생긴 U자형 골짜기에 바닷물이 들어온 것으로, 노르웨이에서 볼 수 있는 또 하나의 절경.

** 색, 무늬, 크기, 모양이 각기 다른 천을 이어붙여 하나의 커다란 천으로 만든 것.

붙어 앉아 있었고, 티미는 방금까지 달린 터라 아직도 가쁜 숨을 몰아쉬고 있었다. 다행히 남자도 비슷한 상황이었다. 두 사람의 다리가 맞닿은 탓에 그녀는 그의 살결을 그대로 느낄 수 있었다. 그는 다리를 쭉 뻗었다. 티미도 그를 따라서 무릎을 쭉 폈고 다시 두 사람의 다리가 서로 닿았다. 이번에는 남자도 굳이 피하지 않았다. 그렇게 오랫동안 두 사람은 그 자리에 앉아 있었고, 남자는 평소 조깅을 하는 장소들에 대해서 이야기했다. 그리고 저만치 보이는 랜드마크를 가리키며 언젠가 여행을 갔다가 길을 잃었던 상황도 이야기했다. 그 모습은 마치 자신이 손가락으로 가리키기만 해도 모든 것을 자신의 소유로 만들 수 있는 것처럼, 한번 점찍은 것은 자기가 소유해야만 하는 것처럼 보였다.

그녀는 너무 노골적으로 보일까 싶어 다시 다리를 접었고 덕분에 남자도 괜한 오해를 하지 않을 수 있었다. 티미는 행복한 결혼 생활을 즐기면서 자신에게 호감을 보인 남자에 대해 천천히 알아가는 달콤함도 즐기고 있었다. 그녀는 남자의 팔과 팔뚝을 유심히 쳐다보았다. 구릿빛으로 그을린 팔뚝은 마치 가죽 벨트처럼 말라 있었다. 그런 그의 팔에 손을 올리고 싶었다. 그 느낌이 어떨까. 어쩌면 오랫동안 느꼈던 것보다 훨씬 더 부드럽고 유연하고 강인할지도 모른다. 그 순간 그녀의 온몸에 미세한 떨림이 전해졌고, 상대도 비슷한 떨림을 느꼈을지 궁금해졌다. 큼지막한 두 손. 아무래도 손톱을 깨무는 습관이 있는 모양이었다. 자주는 아니라도 손톱이 손끝으로 바짝 파고들 정도로 잘근잘근 깨물었던 것 같다. 그런 손톱을 좋아하게 되리라고는 상상조차 하지 못했지만, 그 지저분한 손톱조차 마음에 들었다. 티미는 자리에 앉은 채로 집에 돌아가서 나에게 어떻게 설명할지 생각하고 있었다. 벌써부터 내 얼굴을 볼 생각에 들떴고 내가 얼마나 놀란 반응을 보일지도 어느 정도 예상할 수 있었다.

3

티미는 나이가 제법 들고 나서 달리기를 시작했다. 얕게 모래로 덮인 길을 달리고 빗물에 젖어 시커멓게 변한 포장도로를 달리고, 집 근처 조그만 숲에 난 자갈길을 따라서 달리고 또 달렸다. 어느 날에는 좁은 숲속 길에 접어들 때까지 한참을 달려가니, 메마른 모래 위로 가느다란 뼈대처럼 얇은 나무뿌리가 자리 잡고 있었다. 그녀는 발소리가 숲의 바닥에서 현재 위치까지, 생기가 넘치고 살아 숨 쉬는 메아리가 부드럽게 울려 퍼지는 곳까지 달렸다. 그런데도 여전히 원하는 만큼 속도가 나지 않아서 여러 사람에게 추월을 당하고는 했다. 그러다 마침내 두 발이 벽돌처럼 무거워져서 바닥에 닿을 때마다 쿵 소리가 날 정도로 지쳐버렸다. 당장 자리에 주저앉아서 다시는 일어나고 싶지 않았다.

그런데도 그녀는 계속해서 달렸다. 높은 계단과 가파른 언덕을 오르면서도 중간중간 달리는 것을 멈추지 않았고 완전히 지쳐서 쓰러질 때까지 스스로 몰아쳤다. 그녀는 주변에서 달리는 사람들에게 본보기가 되고 싶었고, 별 노력도 하지 않고 편하게 달리는 세상 사람들에게 자신의 모습을 과시하고 싶었다.

물론 티미 자신도 편하게 달리고 싶었다. 그래서 바닥의 충격이 크게 전해지지 않도록 가벼운 운동화를 사서 신었다. 그녀는 지금도 빨리 달리는 편이었지만, 발바닥부터 일으켜서 앞을 향해 죽어라 달렸다. 몸을 곧게 펴고 전력 질주를 시작했다. 아니, 그걸로도 부족했다. 티미는 폭주하는 기관차처럼 한때 자신이 속해 있던 모든 것에서 벗어나 저 멀리까지 달리고 싶었다. 나태하고 자신에게 어울리지 않는 게으른 삶은 까맣게 잊어버렸다. 신축성이 좋은 라이크라 소재의 딱 붙는 옷을 입은 긴 다리의 여성과 반바지를 입고 탄탄한 몸매를 자랑하는 남자도 제치고 달려 나갔다.

티미는 제일 몸이 좋은 남자만 골라서 일부러 그 뒤에서 달렸다. 그렇게 꼬리처럼 따라붙어 있다가 갑자기 치고 나가는 것을 좋아했다. 그녀는 사람을 추월하고 나서도 훨씬 더 페이스를 올려서 한참을 달렸다. 어떤 일이 있어도 절대로 굴복하지 않겠다는 점을 만인 앞에 고하는 것과 같았다. 모두는 아니더라도 일단 자신이 맞서고자 하는 상대라면 그이와 겨뤄 반드시 승리하는 기분을 무엇보다 사랑했다. 그녀는 사람들이 자신에게 속도를 맞추도록 한 다음 누구라도 자신에게 선두를 내줄 수밖에 없도록 따돌리며 달렸다. 그렇게 일단 선두에 서서 달리면 그 누구라도, 어떤 사람이라고 해도 티미의 뒤에서 달릴 수밖에 없었다. 예전에 그녀는 항상 옆으로 비켜서 다른 사람들이 앞서 달려 나가는 모습을 지켜보는 사람이었다면, 이제는 남들보다 앞에 서서 시선을 한 몸에 받는 사람이 되었다.

그녀는 하루하루 막다른 곳으로 몰려 낙담과 절망에 빠져 있었고 그런 상황에 끝까지 저항하기 위해서 달리고 또 달렸다. 우리는 하루의 지루함과 혼란, 피로감에서 벗어나고 싶어 옷을 벗어 던지고서 서로의 몸을 탐닉했다. 물고 빨았고, 끝까지 살아남기 위해서 부드럽게 때로는 거칠게 사랑을 나누었다. 우리의 세상을 더욱 풍족하고 쉽게 예측할 수 없도록 하고자 아이들도 낳아서 키웠다. 함께 휴일을 보내고 생일을 축하하고 크리스마스를 기념하고, 밤이면 나란히 누워 잠을 청하고 아침이면 서로를 깨워주면서 그저 버티는 것을 넘어서는 삶을 살려고 애썼다. 서로를 부드럽게 혹은 탐욕스럽게 만지면서 예상하지 못했던 친밀함과 즐거움을 느끼게 되리라는 막연한 기대를 품고 함께 상상의 나래를 펼쳤다. 그렇게 하면 삶을 아름답게 가꿀 수 있으리라 생각하면서 끝없이 서로에게 애정을 표현하려고 애썼다. 사실 그것 말고 딱히 할 수 있는 것이 없지 않은가?

저녁에 창문을 활짝 열고 있으면 다른 사람들이 빠르지만 일정한 리듬에 맞추어 자갈길이나 타맥이 깔린 도로를 달리는 소리를 들을 수 있었다. 때로는 사람들 발소리를 듣다가 스르르 잠이 들 때도 있었다. 하나의 목적을 가진 외로운 즐거움, 바닥에 닿는 가볍고 재빠른 발소리에는 고요하지만 부드러운 열정이 담겨 있었다. 어스름한 여명을 뚫고 한 발자국 한 발자국 내딛으며 체력을 기르고 세상을 버틸 힘을 쌓아나가는 것이었다.

티미는 하루도 빼지 않고 달렸다. 처음에는 귀에 이어폰을 꽂고 달렸지만 이내 이어폰을 벗어 던졌다. 그 대신 이제는 헐떡거리지만 열정에 가득 찬 자신의 거친 호흡 소리를 들으면서 달리고는 했다. 얼굴이 벌겋게 달아오르고 두피가 뜨겁게 달궈지고 양손이 저릿할 때까지 달렸다. 대체 손은 왜 아픈 걸까? 그녀도 이유를 알지 못했지만, 어쨌든 양손에 통증이 느껴졌다. 티미는 입을 벌린 채로 달렸다. 한 번에 1시간 정도, 마음만 먹으면 온종일 달릴 수 있을 것 같았다. 그녀는 좀처럼 지치지 않았고, 그렇게 남은 평생을 달릴 수도 있을 것 같았다.

하지만 바로 그것이 실존적이고 변화무쌍하고 또 깨지기 쉬운 면이었다. 어떤 날에는 갑자기 온몸이 납덩이처럼 묵직하게 느껴질 때가 있었다. 그리고 우리가 상상할 수 있는 모든 것들의 저 밑바닥으로 나선을 그리고 점점 내려가서 그렇게 자신을 감싸고 있는 여러 겹의 껍데기에 쌓인 채로 추락하는 것 같은 기분이 들었다. 그럴 때면 자리에 주저앉아서 바닥에 누운 채로 다시는 일어서고 싶지 않았다. 묵직하고 평평한 발바닥이 땅에 닿으면서 호흡이 점점 가빠지기 시작했고 그러다가 피로감에 붙잡히는 날이면 그녀가 아는 모든 것들이 겹겹이 그녀를 감싸는 것 같았다.

그럴 때면 포기하는 것 말고 다른 방법을 찾을 수가 없었다. 존재를 감싼 껍데기가 너무 얇아서 쉽사리 찢어져 버리기 때문이다. 티미는 자신이 누구보다 강한 사람이라고 믿고 있었지만, 난생처음 공원을 달리는 나약한 열다섯 살 아이보다 자신이 더욱 유약하다는 사실을 깨닫게 되었다. 그녀는 그냥 자리에 주저앉아 그대로 삶을 마감하고 싶었다. 하지만 포기하지 않았고, 적어도 그런 식으로 삶을 놓아버리고 싶지 않았다. 티미는 욕지기를 이겨내고, 자기혐오와 절망, 피로감을 이겨내며 달리고 또 달렸다. 그렇게 자기 존재의 가장 얇은 층, 누구도 알지 못하고 자신조차 알고 싶지 않았던 제일 나약한 부분에 닿았다.

살아남고자 하는 본능의 가장 얇은 층이겠지, 티미는 속으로 생각했다. 비록 본능이라는 단어 자체가 의식적인 결정의 부재를 함축하는 것이기는 했지만 말이다. 어쩌면 살아남고자 하는 의지, 끝까지 버티고자 하는 의지라고 표현하는 것이 더욱 정확한 것이리라. 그녀가 닿았던 부분은, 다른 많은 사람이 예전에 그러했듯이 자기 스스로 어찌할 수 없는 심연에 닿기 전 그녀가 가진 의지의 마지막 막이 아니었을까. 뼈 위를 뒤덮고 있는 얇은 지방의 막처럼, 누구도 듣고 싶어 하지 않는 조그만 하얀 북의 표면처럼 팽팽하고 투명한 막 말이다. 그런데 무언가 그 북을 두드리고, 그 얇은 막에 몸을 비비고, 그녀를 있게 했던 모든 것들의 아래, 그녀의 삶의 저만치 아래까지 와서 닿았다.

티미는 달렸다. 그리고 무언가 그 얇고 팽팽하게 펼쳐진 투명한 막을 계속해서 두드리는 것을 느끼고 그제야 더는 바닥으로 가라앉지 않게 되었다. 바로 그 자리에서 티미는 자신을 일으켜 세울 것이다. 그녀는 아침이면 출근하기 전 달리기를 하러 나섰다. 다른 사람들이 잠에서 깨기 전에 달렸다. 그렇게 자신을 새롭게 다졌고, 신경조직 하나하나, 근육과 의지와 무슨 일이 생겨도 끝까지 살아남고자 버티는 힘을 서서히 키워나가기 시작했다. 누구라도 인생을 살다 보면 언제 어떤 일이든 생길 수 있는 법이니까. 그리고 그건 분명한 사실이었다.

4

아주 오래전, 티미는 앞으로 어떤 사람이 될지 확실히 결정했었다. 인생 초반부에 한 그 결심은 오랜 세월이 흐르고 나서 오래 묵힌 소금처럼 더욱 깊어졌고, 그녀가 앞으로 기준으로 삼고 살아갈 정도로 굳센 것이었다. 티미는 다른 사람들이 마음 놓고 기댈 수 있는 사람이 되고 싶었다.

열두 살인가 열세 살 때, 누군가 그녀를 '속이 꽉 찬' 아이라고 표현한 적이 있었다. 요즘은 거의 사용하지 않아 다소 낯선 표현이지만, 사전적 정의를 보니 (티미는 사전적 정의를 굳게 믿는 편이다.) 그녀가 이해한 의미와 거의 일치했다. 믿음직하고 분별력이 있으며, 실용적이고 건전한 사고방식을 가진 사람을 뜻했다. 티미는 그 정의가 말하는 모든 점을 닮고 싶었다. 다른 사람들이 굳게 믿고 의지할 수 있는 사람이 되고 싶었다. 타인에게 도움을 구하기보다는 도움을 주고 싶었다. 나아가 어디서나 당당하게 목소리를 내고 다른 사람들이 귀 기울이게 만들고 명확하고 진실하고 싶었다. 그래서 스스로 다잡고 다른 사람들에게 도움을 주는 사람이 되려고 애썼다. 이 모든 것은 사실 자기 선택의 문제라서 그런 사람이 되는 것은 어렵지 않았다. 티미의 얼굴에는 그런 단호함이 그대로 배어 있었다. 두 눈은 더욱 커졌고 뭐든 면밀하게 살폈다. 매끈한 턱 위로 부드럽게 다문 입술, 길고 창백한 목선에서 눈에 띄는 솔직함이 느껴졌다. 고개를 돌리는 모습 하나에서도 그러했으며, 특히나 그녀는 등 선이 길고 우아하다는 소리를 종종 들었다. (내 눈에도 그렇게 보였다.)

그녀는 아담하고 몸매가 날렵하여 가끔은 너무 말라 보이거나 가벼워 보이기도 했다. 티미는 자신이 왜소해 보인다는 사실을 싫어했다. 지나치게 여성스러워 보이면 그저 무르고 다정하게만 보이는 것 같다는 생각이 들어서다. 어릴 때부터 그런 고민을 해서인지 어떻게든 강한 사람이 되고 싶었다. 그래서 근육을 키우려고 체육관에 찾아가 무거운 역기를 들며 죽어라 노력했다. 그 결과 양팔에 단단한 근육이 잡히면서 팔뚝이 다부지게 변했고, 스스로 그런 변화가 무척이나 만족스러웠다. 그러다가 달리기까지 시작하게 되었다. 어릴 때부터 원했던 자신의 모습을 만들어나가기 시작한 것이다. 성숙하고 강하며 직업적으로 성공한 여성. 그러고 나서 티미는 그 남자를 만나게 되었다.

그의 이름은 군나르였다. (나는 언젠가부터 그를 이름 대신 장갑맨이라고 부르게 되었다.) 아내는 처음 그를 만나고 몇 주 동안, 그의 성과 이름을 붙여서 '군나르 구나르손'이라고 불렀다. 우리아이들과 비슷한 또래의 자녀를 키우는 또 다른 '군나르'와 구별하기 위해서였다. 군나르 구나르손이 문자를 보냈고, 군나르 구나르손이 함께 달리기를 하자고 제안했으며, 군나르 구나르손과 함께 실내 암벽등반센터에 가기로 했다고 티미는 말했다. 억양만으로도 누구를 말하는지 구별할 수 있게 되자, 그녀는 번거롭게 그의 성과 이름을 붙여 말하는 것을 그만두었다. 처음에는 나도 아내의 화법에 따라서, 그의 이야기가 나올 때마다 '군나르'라고 지칭해 불렀고, 아내를 살짝 놀리고 싶은 마음에 일부러 발음을 웃기게 하기도 했다. 그때만 해도 그는 그저 부부 사이에 주고받는 농담의 대상, 그러니까 우리 두 사람 사이에 끼어든 대상에 불과했다. 하지만 그 남자를 더는 별것도 아닌 대상으로 치부하기 어려워지고 나서는 그의 이름을 입에 올리는 것조차 힘들었다. ('*이름을 입에 올리다*'라고 표현하는 것은 아주 나다운 것이다. 나와 아내를 위해서 질투심을 다른 방식으로 표현하려고 애썼지만, 오히려 아내는 그를 표현할 적당한 단어를 찾는 것보다 내 태도가 더 힘들었을 것이다.)

　그는 아내에게 부드러운 검은색 사이클용 장갑을 선물했다. 손끝이 뚫려 있고 길이가 손가락 절반밖에 되지 않는 장갑이었다. 손등에도 직사각형 모양의 구멍이 나 있고 마디뼈 쪽은 타원형으로 뺑 뚫려 있으며 한눈에 봐도 수작업으로 신경 써서 만든 것 같았다. 분명히 가격도 꽤나 비쌀 것 같았다. 하지만 가격보다 더욱 중요한 것은 누가 사줬다고 해도 아내가 굉장히 좋아할 만한 실용적인 선물이라는 점이었다. (아내가 작더라도 실용적인 선물을 좋아한다는 걸 대체 어떻게 알았을까?) 거기다가 선물한 사람이 그 남자라서 장갑은 더욱 특별한 의미를 지니게 됐다. 그녀가 다른 언급을 하지 않았어도 장갑만으로 이미 두 사람의 관계에 확실한 진전이 있었음을 의미하는 것일 테니까. 장갑을 선물했다는 것은 아내가 그를 거절하지도, 그렇다고 묵묵부답으로 대하지도 않았음을 분명히 보여주는 증거였다. 그 장갑은 티미가 아침 일찍부터 저녁 늦게까지 그와 함께 자전거를 타러 나갔던 날에 선물받은 것이었다. 서로의 가족들과 집안일에 지장을 주지 않겠다는 이유로 두 사람은 주중에 월차를 내고 함께 자전거 여행을 떠났었다. 그때까지만 해도 아내는 모든 이야기를 나와 공유했기 때문에 나는 두 사람이 함께 자전거를 타러 갈 거라는 사실을 알고 있었지만, 그 남자 역시 자신의 아내에게 그 사실을 알렸는지는 티미도 정확히 알지 못하는 눈치였다. 티미는 그 남자가 두 사람의 우정을 자기 가족에게는 비밀로 하는 것 같다고 예상했고, 그걸 오히려 좋아했다. 하지만 사이클용 장갑이 문제가 되었다. 그날 저녁, 자전거를 타고 집에 돌아와 현관문을 열고 들어오기 전에 티미는 선물 받은 장갑을 주머니에 집어 넣었다. 그런 다음 지하실로 내려가서 장갑을 내 눈에 띄지 않게 보관해 두었다.

다음 날, 아내는 장갑을 황급히 가방 안에 찔러 넣었고, 그 장갑의 존재는 본인 혼자만 알고 있다고 생각했다. 하지만 그녀는 장갑 한쪽을 계단에 떨어트리고 갔고, 그 장갑은 내 눈에 띄었다. 나는 그녀에게 장갑의 주인이 누구냐고 물었다. 순간 아내의 얼굴이 벌겋게 달아올랐다. 아내는 그때 그냥 자기가 샀다고 말했으면 괜찮았을 텐데, 괜히 숨겼다고 나중에 후회하듯이 말했다. 아내가 장갑의 존재를 숨기려고 했던 이유는 아마 내게 거짓말을 하고 싶지 않은 마음에서였을 것이다.

그때부터 나는 그를 '장갑맨'이라고 부르기 시작했다. 자기를 놀리는 것도 아닌데, 처음 그 별명을 부를 때 아내는 불쾌해했다. 하지만 계속해서 그렇게 부르다 보니 그녀는 그 별명이 뭔가 다정하고 애정이 담겨 있는 것처럼 들리기 시작했다. 마치 장갑맨이 아내의 삶에 들어온 것이 감히 내가 범접해서는 안 되는 일인 것 같았다. 그렇게 서서히 시간이 지나자 아내는 그 사실에 순응하는 오묘한 즐거움까지도 느끼게 되었다. 그래서 나는 아내의 팔을 잡고 이렇게 묻기도 했다.

"당신 오늘 장갑맨이랑 데이트할 거야? 아니면 나랑 재미있게 놀까?"

내 입에서 이런 말을 들을 때마다 아내는 충격과 짜릿한 흥분을 느꼈고 나 역시도 똑같은 걸 느꼈다. 워낙 오랜 세월을 함께 보냈고 서로 거미줄처럼 얽혀 있는 사람들이라서 어떤 것이든 공유할 수 있었다. 아니, 공유할 수 있다고 믿었다.

아내와 처음 마주쳤을 당시, 나는 어린 딸아이를 품에 안은 젊은 아빠였다. 그녀는 내 얼굴을 쳐다보기도 전에 몸을 숙여 내 품에 안긴 딸아이에게 말을 걸었다. 그때 아내는 의대생이었고 의사가 되기 전 진료소에서 실습 중이었는데 우연히 내가 그곳에 딸아이를 데리고 진료를 받으러 방문한 것이다.

티미는 내 딸아이 담당의의 진찰실에 앉아 있었다. 우리가 진찰실에 들어가자, 그녀는 반갑게 인사하면서 딸아이를 살피고 난 다음 나에게 인사했다. 그녀는 (우리 두 사람 사이에서 낳은 막내아들과 몇 살 차이도 나지 않을 만큼) 아주 젊었고, 딸아이는 난생처음 보는 젊은 여의사 앞에서 쑥스러운지 미소를 짓고 있었다.

내가 의자 뒤로 몸을 기대는 것을 보고, 딸아이는 내가 완전히 긴장이 풀렸음을 눈치챘을 것이다. 아이는 내 손을 슬그머니 놓고 자신을 위해 준비된 장난감을 향해 진료대 위로 손을 뻗었다. 조금 오래되어 보이는 노란색, 아니 빨간색 소시지 모양의 플라스틱 강아지 인형이었다. 진료실에 가면 어린아이들의 관심을 끌려고 마련해둔 것 같은 그런 물건이었다. 손에 쥐면 얇고 경쾌한 소리가 들리는 인형이었다.

(티미는 딸아이가 빨간 강아지를 두 손으로 쥐었던 순간을 똑똑히 기억하고 있다. 물론 나 역시도 그 순간을 생생히 기억한다. 하지만 당시 우리의 첫 만남에 관한 기억은 우리 부부만의 추억으로 자리 잡았다. 딸아이는 워낙 어려서 어른들의 세상에 대해 전혀 알지 못했고, 그래서 낯선 사람을 믿는 것도 어렵지 않았을 것이다.) 딸아이의 보호자였던 나는 진료대 너머에 앉은 여의사를 신뢰하게 되었다. 뭔가 재거나 따지지 않은 채 그녀를 나보다 더욱 믿게 되었는데, 그녀를 보는 순간 어떤 가능성을 감지하기라도 한 것인지, 그 순간의 감정이 나를 완전히 무장 해제시켜버렸다.

뭔가 특별한 일이라도 일어난 걸까? 서로의 시선이 마주친 순간, 평소보다 더 오랫동안 눈길을 떼지 못하고 쳐다보기라도 했던 건가? 우리 둘 중 하나가 원했거나 의식하지 않았는데도 우리 둘 사이에 뭔가 오고 갔던 것일까? 아니면 나라는 인간이 아내(지금은 전 부인)가 아닌 다른 사람을 향해 눈을 돌리려고 준비하고 있었던 걸까? 그래서 딸아이에게 다정하게 대하는 티미를 보는 순간, 새로운 상대로 점찍어버린 건가? 딸아이에게 부드러운 목소리로 말을 걸고, 아이의 말에 공감해주려는 마음이 커다란 눈동자에 그대로 보여서 그랬을까? 내 무릎 위에 살포시 앉아 있던 딸아이의 무게를 아직도 기억하고 있다. 얼마나 편하고 안전하고 또 자연스럽게 내 품에 안겨 있었는지를 말이다. 길고 까만 귀를 가진 강아지 인형은 항상 물기가 촉촉하게 밴 딸아이의 포동포동하고 뭉툭한 두 손에 꼭 쥐어져 있었다.

성숙한 여인의 모습을 한 티미의 두 손은 한눈에도 강해 보였고 손톱은 짧은 편이었다. 그 손으로 다정하게 딸아이의 뺨을 어루만지면서 "입을 크게 벌려볼까."라고 말했다. 딸아이는 순순히 따랐다. 아이는 강아지 인형을 쥔 채로 입을 크게 벌렸고 뭐든 시키는 대로 하려는 듯 마음의 준비를 하고 편안히 앉아 있었다. 티미는 몸을 앞으로 숙이고는 아이의 조그만 입속을 유심히 살폈다. 아이의 편도선이 꽤 부어오른 게 분명했다. 티미는 편도선을 치료하는 약을 처방해주었다. 당시만 해도 아내는 정식으로 의사 면허를 받기까지 2년 정도 남아 있었던 터라, 처방전을 써주는 것이 어긋난 일이었는지도 모르겠다. 하지만 그때 나는 티미가 나의 아이는 물론이고 나까지도 온전히 책임지고 있다는 착각이 들었다. 그 정도로 티미는 우리 부녀를 마음 편하게 해주었다. 그녀 자신은 물론 주변의 세상, 그리고 나까지 그녀의 존재만으로도 안심이 되었다.

그런 단발적이고 공개적인 만남은 언제 어디서든 쉽게 이루어진다. 우리는 언제 어디서든 사랑에 빠질 상대를 마주칠 수 있다. 전혀 예상치 못한 순간에, 유심히 그리고 열정적으로 나의 얼굴을 살피는 사람을 만나게 되는 것이다. 평소 내가 동경했던 외모나 태도, 자신감, 장난기가 느껴지는 사람 말이다. 드물지만 실제로 충분히 벌어질 수 있는 일이다. 그러다 보면 내가 이미 다른 사람과 깊은 관계를 맺고 있다고 해도, 그 상대 역시 옆에 누군가 있다고 해도 다시 새로운 관계로 옮겨가게 된다. 물론 그런 단발성 만남은 대부분 아무 소득을 올리지 못한 채로 잊히게 마련이다. 버스에 올라타서 우연히 눈이 마주친 사람이 어쩌면 당신의 결혼 상대가 될 수 있었는데도 그냥 지나쳐버리고 마는 것처럼 말이다. 어쩌면 버스에서 내리면서 우연히 스쳐 지나는 사람, 사실은 그 사람이야말로 결혼하면 행복하게 오래 살 수 있는 배우자감으로 적격자일 수도 있다. 그렇게 머뭇거리며 누군가를 향해 미소 짓고 상대방도 그에 대한 답으로 싱긋 웃어 보이지만, 어쩌면 너무 늦어버린 걸 수도 있다. 사랑할 대상은 어디서든 마주치게 마련이지만 실제 인연으로 이어지기는 어렵다.

만약 모든 사람이 쉽게 끌리는 사람에게 접근하려고 든다면, 그들의 결혼 생활이 하루, 일주일, 한 달, 너무나 행복하다고 해도 일이 년 이상을 넘기기 어려울 것이다. 물론 예외적으로 상대에게 희생하고, 그 행복에 관해서는 어찌할 수 없는 경우가 생기기도 하지만 말이다. (당시 티미에게는 만나는 사람이 있었다.)

그녀가 보기에 젊은 남자가 어린 딸아이를 병원에 혼자 데려오는 모습은 흔치 않은 일이었고, 보통 남자들이라면 쉽게 하지 못할 일이었다. 진료가 끝나고 나서, 우리는 형식적으로 악수했고 보일락 말락 한 미소를 지으며 상대의 눈을 들여다보았다. 어쩌면 필요 이상으로 조금 더 서로를 쳐다보았는지도 모르겠다. 그러고 나서 딸아이를 품에 안고 진료실을 나왔지만, 복도에 나서기도 전에 나도 모르게 시선이 그녀 쪽으로 다시 향했다. 티미는 그런 상황을 전혀 예상하지 못했을 테고 그래서 우리의 만남이 더욱 특별하게 다가왔다. 그녀의 눈에 나라는 사람은 매우 안정적이고 따뜻하며 생기로 가득한 사람처럼 보였지만, 그런 안정감과 따뜻함, 그리고 생동감의 원인이 자기 자신이라는 사실을 그녀는 알지 못했다. 자신감으로 가득 찬 그녀의 태도가 타인을 통해 다시 반사될 때, 얼마나 강력해지는지 미처 깨닫지 못하는 듯했다. 친밀감과 차분함, 잠재적인 다정함 같은 것들 말이다.

티미는 우리가 진료실 문을 조심스럽게 닫고 나가는 모습을 가만히 지켜보았다. 그리고 복도에서 나와 딸아이가 나누는 이 야기를 들었다. 방금까지만 해도 수줍음으로 기어들어가던 딸 아이의 목소리는 어느새 경쾌하고 자유롭고 톤도 한껏 높아졌 다. 정말 친절한 의사 선생님인 것 같다는 딸아이의 말에 정말로 그렇다고 확신에 차서 대답하는 내 목소리까지, 그녀는 전부 들 었다.

하지만 그때는 그게 전부였다. 딸아이는 티미의 첫 환자였다. 그 후로는 본래 담당의가 자리에 있었나, 물론 어딘가에 있었겠 지만 제대로 기억이 나지 않았다. 그래서 다른 사람은 몰라도 딸 아이를 빼고는 우리가 처음 만났던 당시의 이야기를 할 수 없었 다. 아마 평범한 상황이었다면, 곧바로 서로의 존재에 대해서 까 맣게 잊어버렸을 것이다.

당시 티미는 의대에 다니는 학생이었고 나는 취업을 준비하 는 학생인 데다 작가 지망생이었다. 다양한 주제를 깊이 있게 다 루는 유명한 저널리스트가 되는 것이 나의 오랜 꿈이었다. 다른 분야보다도 특히 과학 관련 저널리스트가 되고 싶었기 때문에 내 전공 분야는 아니었지만, 정기적으로 과학 관련 학회에 참가 했다. 그러다가 티미와 같은 강좌를 수강하게 되었고, 기억이 잘 못된 것이 아니라면 그 강좌는 사회의학, 그러니까 티미가 특별 히 관심을 둔 분야의 강좌였을 것이다. 나는 온갖 것에 관심을 보이는 학생으로 누가 봐도 호기심이 넘쳐 보였다. 티미는 그런 나를 대번에 알아보았다.

아니, 정확히 말하면 완전히 알아본 것은 아니었다. 나를 알아본 것은 맞지만 어디서 만난 사람인지는 정확히 기억하지 못했기 때문이다. 나는 나만 빼고 다른 모두가 인생을 어떻게 살아야 하는지 알고 있는 건 아닐까, 내가 그토록 알고 싶은 비밀을 다른 사람들이 숨기고 있는 건 아닐까, 그런 마음에 부끄러운 줄도 모르고 사방에 있는 사람들과 일부러 눈을 맞추었다. 그래서 그녀가 수많은 사람 가운데 커다란 눈동자와 입매로 항상 긴장한 채 호기심이 가득 차 있는 낯익은 내 얼굴을 발견할 수 있었던 것이다. 휴식 시간에 내 옆을 지나가던 티미는 가볍게 인사를 건넸고, 나 역시 인사로 답했다. 하지만 나는 어디서 만났는지 기억이 나지 않아서 기어들어가는 목소리로 화답하고 말았다. 그래도 서로가 뭔가 좋은 일에 동참하고 있는 듯 환하게 미소를 지어 보였고, 티미도 내가 기뻐하는 모습을 쳐다보았다. 바로 그 순간 그녀는 나를 어디서 만났는지 기억해냈고 거의 동시에 나도 병원에서 그녀를 만났던 기억이 떠올랐다. 그리고 우리는 곧바로 대화를 시작했다. (그때부터 지금까지 우리의 대화는 거의 20년 가까이 끊이지 않고 계속되었다.)

처음에는 강의 시작 전이나 끝나고 나서 괜히 주변을 서성거리며 티미를 기다렸다. 그녀에게 나라는 남자는 제대로 대화를 이어나갈 수 있는 사람이자, 구겨진 셔츠를 입고 소매 부분은 해지고 실밥이 덜렁거리는 외투를 입고 다니는 털털한 남자였다. 오히려 그렇게 어수룩한 모습이어서 그녀의 마음에 들었는지도 모르겠다. 그뿐만 아니라 나는 그녀에게 관심 있다고 솔직하게 표현했으며, 그녀의 전문 분야와 전공에도 관심 있다고 표현했다. 나는 자신이 속한 세상과 내가 속한 세상을 설명하는 티미의 말에 귀 기울였다. 티미는 저만치 떨어져서 나의 미소와 뼈만 앙상한 어깨, 빳빳이 쳐든 고개, 목을 길게 빼고 하나라도 놓칠까 싶어 열심인 내 모습을 지켜보았다. 나는 그녀가 다가와 주기를 기다렸고 다행히 그녀는 나에게 다가와 주었다. 그렇게 우리는 함께 자리를 빠져나갔다.

그때부터 우리는 시간을 정해서 만났다. 오랫동안 산책을 할 때도 있었고 무작정 거리를 돌아다니기도 했다. 유부남이고 어린 딸아이도 있었지만, 난 내가 가진 모든 시간을 티미와 함께 나누고 싶었다. 유모차를 끌고 나갈 때도 종종 있었는데, 그럴 땐 티미가 딸아이에게 노래를 불러주었다. 티미가 아버지에게 배웠다는 자장가였는데, 산꼭대기에서 숫양의 뿔로 만든 나팔을 부는 소년에 대한 노래였다. (그 후 살림을 합치고 나서 티미는 매일 밤 딸아이에게 자장가를 불러주었고, 시간이 더 흐르고 두 아들이 태어나면서 몇 년 동안 계속해서 자장가를 불렀다. 하지만 어느 날부터 아내가 자장가를 부르는 소리를 들을 수 없었다. 적어도 내 귀에는 들리지 않았다.)

티미는 자기가 태어나고 자란 고향에 대해서, 어릴 적 어떤 아이였는지에 대해서 이야기했고, 나도 내 이야기를 했다. 나무와 새들, 삶과 진정한 의미, 앞으로 내가 살고 싶은 인생에 관한 이야기였다. 티미는 자신이 전공하는 분야에 대해서도 말했다. 평소 자주 만들어 먹는 음식부터, 정치와 섹스, 아이들을 어떻게 키워야 하는지까지 서로 의견을 나누었다. 그만큼 우리는 서로에게 푹 빠져 있었고, 확신에 가득 차 있었다. 우리가 깨닫기 훨씬 전부터 마음속으로 서로를 강렬하게 원하고 있음을 알고 있었다. 딸아이도 서서히 티미의 얼굴을 알아보게 되었다.

그러던 어느 날 아침, 티미의 강의가 때마침 휴강이 되고 나는 딸아이를 돌봐야 해서 함께 밖에서 만났다. 곤히 잠든 딸아이를 유모차에 태우고서 우리는 나란히 길을 걸었다. 그러다가 벤치에 자리를 잡고 앉았다. 나는 티미를 쳐다보았다. 아직 말을 꺼내기 전이었지만 티미는 무슨 말을 할지 알고 있는 눈치였다. 이런 날이 오리라는 걸, 확신까지는 아니더라도, 내가 입을 열자마자 무슨 말을 할지 느낌으로 깨달은 것이다.

"우리가 친구가 된다면 어떨 것 같아?"

"안 될 것도 없잖아요. 우리는 이미 친구인걸요."

"그냥 친구 말고 진짜 좋은 친구 말이야."

"좋은 친구잖아요."

순간 내 표정이 바뀌었고 티미가 있는 쪽으로 바짝 다가갔다. 티미는 어색해하며 고개를 돌렸고 나는 무작정 말을 뱉었다.

"그냥 친구 말고 그 이상을 원해. 아무래도 당신을 사랑하게 된 것 같아."

티미는 이십 대 중반, 나는 삼십 대 초반으로 그야말로 우리는 인생의 출발점에 서 있는 나이였다. 그녀는 곧 의사 면허를 받을 예정이었고 나는 최근에 저널리스트로 일하기 시작해 정규직이 되기를 기대하며 주간 신문사에서 프리랜서 작가로 활동하고 있었다. 우리 둘 다 고등교육 근처에도 가보지 못한 집안에서 태어난 사람들이었다. 우리 집안의 경우 소규모 자작농과 어부, 선원과 수공업자, 그보다 더 나은 경우로는 평범한 사무원과 특별한 기술이 없는 공장노동자로 일하는 가족이 대부분이었다. 티미도 그렇지만 나도 가족들의 삶의 기준을 높이는 집안의 자랑거리나 마찬가지였다. 나는 정부의 재정지원 혜택을 누리며 대학에 진학했고, 입학 초반부터 교육 이외의 사랑과 친목, 공동생활과 타인을 위해 희생하는 법을 훈련받았다. 티미는 열세 살에 남자 친구들을 만나기 시작했고, 나는 그보다 조금 늦게 여자 친구를 사귀었다. 그래서 우리가 만났을 무렵 이미 각자 여러 번의 연애를 한 경험이 있었고, 그녀에게는 함께 동거 중인 연인이 있었다. 나는 일찌감치 결혼해서 딸아이까지 있는 상태였다. 하지만 나는 그제야 지금까지 맺었던 관계들이 우리 두 사람을 위한 예행연습에 지나지 않았다는 것을 깨닫게 되었다. 오랜 예행연습 끝에 그녀와의 특별한 순간을 마주하게 된 것이다. 우리는 서로에게 한 걸음 다가서서, 서로를 향해 두 팔을 뻗고, 서로 얼굴을 맞대며, 서로 입술을 부딪쳤다. 서로의 입이 열리고, 내가 그녀의 입안에 혀를 들이밀자, 워낙 갑작스러운 일이라 잠시 깜짝 놀라는가 싶더니 이내 자신의 혀를 내밀었다. 그렇게 일 분, 아니 그보다 더 오랫동안 아무런 방해도 받지 않고 길고 뜨거운 키스가 이어졌고, 잠시 후 서로 얼굴을 뗀 다음 생기 넘치는 상대의 눈동자를 쳐다보았다. 마침내 티미와 나는 '우리'가 되었다.

티미는 당시 우리 목소리가 부드럽고 솔직했다고 굳게 믿고 있었고 지금도 그때 일을 또렷이 기억해낼 수 있다. 우리는 서로의 목소리 높이에 맞추어 말하고, 함께 이야기를 주고받았으며, 다른 누구에게 말할 때보다도 더없이 부드러운 톤으로 대화를 나누었다. 서로에게 다정하고 천진난만하고 밝고 친밀감이 가득한 목소리였다. 그녀와 나는 다른 누구와도 공유하지 않는 우리만의 목소리 톤과 높이를 만들어냈다. 우리는 만나면 오랜 시간 벤치에 앉아서 키스하고 포옹하며 다정히 앉아 있었다. 그렇게 만난 어느 날엔가 나는 티미에게 과감한 스킨십을 했다. 티미는 옷 속으로 나의 두 손이 들어오는 것을 느꼈다. 나는 재빠르게 움직였고 티미는 처음 경험하는 일이었다. 첫 키스 이후 벌써 나는 그녀의 맨살을 쓰다듬고 배를 찬찬히 쓸어내리며 적극적으로 나섰다.

함께 나왔던 딸아이가 잠에서 깼다. 빛이 새어들지 못하게 가림막을 쳐둔 유모차 안에서 아이는 편하게 누워 있었다. 어느새 딸아이는 덮고 있던 담요를 걷어차고는 우리 두 사람을 빤히 쳐다보고 있었다. 이제 막 두 살이 된, 세상 물정을 모르는 아이는 순진무구한 눈빛을 하고 있었다. 새하얗고 둥근 얼굴에는 졸음이 가득해 보였고, 유모차에 앉아서 이렇게 말했다.

"아빠, 지금 *뭐 해?*"

(티미는 지금까지도 그날의 일을 똑똑히 기억한다. 밤 산책에 나섰던 어느 저녁. 오랜 세월 한 번도 떠올리지 않았던 그때의 기억. 갑자기 잠에서 막 깨어난 숨소리와 파삭함이 밴 두 살배기 아이의 목소리가 불현듯 뇌리를 스치고 지나간 것이다. 우리 두 사람이 이미 새로운 인생을 꾸려가고 있는 가운데, 부드럽고 순진무구한 아이의 나지막한 목소리가 터져 나온 것이었다.)

그렇게 우리는 연인이 되었다. 나는 집으로 돌아가서 몇 년 전 부부가 된 아이 엄마와의 관계에 종지부를 찍었다. 아이 엄마는 얼마 후면 '한때 유부녀였던' 사람으로 돌아갈 예정이었다. 나는 매우 어린 나이에 아이 엄마가 된 그녀를 처음에는 '향기풀'이라 고 불렀다. 그리고 조금 시간이 지난 후에는 '슬픈 꿀'이라 불렀 고 마지막에는 '눈먼 엉겅퀴'로 바꿔 불렀다. 물론 이것은 나 혼 자 그녀를 그렇게 지칭하는 것일 뿐, 한 번도 그 이름을 아이 엄 마에게 직접 이야기한 적이 없었기 때문에 그녀로서는 자신이 어떤 풀로 불리는지 전혀 알지 못했을 것이다. 하지만 내 태도에 서 그 미묘한 변화의 정도는 감지했을 것이다.

언젠가 우리 세 사람, 그러니까 나와 아이 엄마, 그리고 아이 까지 세 가족 말고 아무도 보이지 않던 때가 있었다. 물론 계속 아이 엄마와 살았더라면 아이가 하나쯤 더 생겼을지도 모르겠 다. 아이 엄마는 기타를 연주하고 자작곡을 만들어서 부르는 뮤 지션이었다. 기타를 연주하고 노래를 부르며 겨우 입에 풀칠할 수 있을 정도를 벌었다. 그렇게 계속 음악을 하다 보면 어느 순 간 충분히 먹고살 만큼 돈을 벌 수도 있겠지만, 그때는 이미 내 가 그녀를 떠난 다음일 것이다. (그 후로 아이 엄마는 연주를 접고 대신 음악을 가르쳤다. 그리고 딸아이는 어느새 성장해 서로 말도 섞지 않는 엄마와 아빠 사이에서 이리저리 끌려다니지 않아도 되는 나이에 접어들었다.)

　오월의 어느 목요일, 처음에는 향기 풀이었던 아이 엄마는 어떤 연유에서인지 슬픈 꿀이 되었고, 다시 눈먼 엉겅퀴로 변해버렸다. 아이 엄마는 기타를 들고 앉아 있었고, 코드 하나만 있으면 온종일이라도 기타를 연주하며 시간을 보낼 수 있었다. 아니, 그럴 수 있을 것처럼 보였다. 집에 들어서자, 아이 엄마는 언제나 그렇듯 한쪽 눈을 감은 채로 고개를 들어 나를 쳐다보았다. (그녀는 감고 있던 눈의 동공에 문제가 있었는데, 빛이 너무 강하면 눈을 똑바로 뜨지 못했다. 그래서 한쪽 눈을 가늘게 떠 바라본 것이다.) 아이 엄마는 평생 나쁜 소식이나 자신에게 닥칠 재앙에 대비하며 살아온 사람이었지만, 이혼하자는 말을 내 입을 통해 들을 거라고는 전혀 상상하지 못했다. 나는 언제나 그녀 옆에 있어 주었고, 삶을 지탱할 힘이 되어주었으며, 아침이면 잠에서 깰 수 있도록 도와주고 옷을 입고 머리를 빗고 외출 전에는 삐뚤어진 립스틱 자국마저도 세심히 다듬어주는 그런 사람이었기 때문이다. 게다가 그녀가 낳은 딸의 아버지이기도 했다. 자신에게 기적을 만들어준 존재였기에 아이가 태어나고 나서는 남편인 나를 예전보다 더욱 소중히 생각하게 되었다. 우리는 셋이 하나가 되었다. 이 세상이 혼란에 빠지더라도 우리 세 사람은 서로를 그리고 아이를 돌보며 살아갈 수 있다고 생각했다.

그랬던 남편이 딸아이를 품에 안고 집으로 돌아와서 별안간 더는 함께 지내고 싶지 않다고 말하는 것이 아닌가. 그녀로서는 도무지 이해가 되지 않았다. 딸아이까지 안고 그 자리에 서서, 이제 모두 끝이라고 말하면 안 되는 거였다. 세 사람은 사는 동안 하나로 연결되어 있어야 할 사람들인데, 이렇게 끝나는 건 말이 되지 않았다. (나는 집에 돌아오자마자 그녀에게 죽음과 재앙의 조짐이 가득한 목소리로 '할 말이 있어'라고 말문을 열었다.)

정말로 내가 그렇게 말했을까? 그저 티미가 그렇게 상상한 건 아니었을까? 그때만 해도 티미는 내가 아내와 확실히 정리되지 않은 채 새로 만나기 시작한 애인의 입장이었으니까. 첫 키스를 한 이후로 티미와 나는 하루도 빼놓지 않고 매일 만났다. 산책하고 벤치에 앉아 도란도란 이야기를 나누었다.

아이를 데리고 만난 어느 날, 우리는 공원에 앉아서 새로 만난 연인들이 나눌 법한 다양한 주제로 대화를 이어나갔다. 나무들, 아이들, 민감한 피부를 관리하는 방법, 영화 그리고 언어의 기원 같은 이야기 말이다. 우리는 서로에 대해 누구보다 잘 알고 있다고 자부하면서도 사실은 서로에 대해 아는 바가 별로 없어서 그야말로 즉흥적이었고 불확실한 상태였다. 그런데도 우리는 서로를 원했고, 서로에게 가까이 다가가는 순간 다른 모든 것들은 그 빛을 잃는 것처럼 느꼈다.

그러고 나서 딸아이가 잠에서 깼고 나는 천천히 집으로 발걸음을 옮기기 시작했다. 물론 티미도 함께 우리 집 쪽으로 향했다. 그리고 기이한 우연으로 말미암아, 아이 엄마와 길거리에서 마주치고 말았다. 내가 밀던 유모차에 앉아 있던 아이는 새하얗고 믿음이 가득한 표정으로, 나와 티미 그리고 주변의 나무와 집들, 하늘을 빤히 쳐다보고 있었다. 그리고 바로 그 옆에는 바로 며칠 전까지만 해도 아내가 그랬던 것처럼, 나를 믿고 내 팔을 꼬옥 잡은 티미가 서 있었다. 아이 엄마는 우리가 유모차를 끌면서 서로 웃고 떠드는 모습을 전부 지켜보고 있었다. 그러고는 우리가 있는 쪽으로 한달음에 달려와서 유모차를 뺏고 고함을 질렀다. 티미와 나는 그때까지 아무것도 눈치채지 못했다.

　미혼의 젊은 처녀와 아이가 있는 젊은 아빠. 그렇지만 티미와 나는 한 여자와 한 남자로 주체할 수 없는 사랑에 빠져버리고 말았다. 하지만 아이 엄마에게 이는 중요하지 않았다. 남편이 다른 여자와 자신의 아이를 태운 유모차를 끌고 가는 모습을 처음부터 끝까지 지켜봐야 했으며, 자신이 버림받기 직전의 상황에 놓였다는 걸 알았기 때문이다. 남편의 역겨운 배신에 가슴이 갈가리 찢어지는 고통을 겪었고, 이제 자신에게 남은 거라곤 아이뿐이었다. 죽어도 아이는 포기하지 않을 작정이었다. 어린 딸아이는 아무것도 모른 채 유모차에 누워 있었다.

그날 사건은 티미가 내게 전해 들은 이혼 과정의 시작에 불과했다. 한때 사랑하는 사이였지만 더는 연인도, 부부도 아닌 두 사람 사이에서 과격한 논쟁이 끝도 없이 이어졌다. 아이 엄마와 나는 서로에게서 벗어나려고 죽어라 다툼을 벌였고, 자신의 고통스러운 감정을 토로하기에 바빴으며, 그 배신과 실망감에 관해 토론을 거듭했다. 그리고 정확한 이유가 뭔지 알지도 못하면서 그 배신과 실망을 불러온 온갖 이유에 대해서 각자 변명하느라고 정신이 없었다.

버림받는 쪽이 떠나려는 쪽에게 무턱대고 매달리게 마련인데, 아이 엄마는 그런 상황을 택하지 않았다. 그 대신 소리를 지르고 나를 몰아붙이고 숨죽여 비탄의 눈물을 흘렸다. 잠을 자지도, 제대로 서 있지도 못했다. 아이 엄마는 그저 죽고 싶은 마음뿐이었다. 아니, 살고 싶었고 꼭 살아야 한다면 반드시 남편과 함께여야 했다. 그래서 남편의 새로운 여자 친구에게 전화를 걸어서 고래고래 소리를 지르기도 했다. 그뿐만 아니라, 밤이고 낮이고 자신이 아는 모든 사람에게 전화를 걸어서 부부에게 일어난 이 모든 사태를 설명하고 대체 어떻게 된 일인지 나름대로 판단해보려고 애썼다. 어떤 경고의 신호도 없이 왜 이렇게 급작스럽게 상황이 변해버린 건지 이유를 찾으려고 노력했다.

하지만 그 과정에서 나는 아무런 도움이 되지 않았다. 나는 아이 엄마와 대화하고 싶지도 않았고 감히 말을 섞을 엄두도 나지 않았으며 대화 나누는 자체를 견딜 자신이 없었다. 이미 나는 모든 결정을 내렸고, 아이 엄마와의 결혼 생활을 지속하고 싶지 않았으며, 내가 원하는 거라고는 그저 지금의 삶에서 벗어나는 것뿐이었다. 그렇다고 굳이 내 입장을 일일이 아이 엄마에게 설명하고 싶지도 않았다. 나는 새롭게 찾은 사랑하는 이에게 굳게 약속한 바가 있었고 그 외의 다른 것들은 깨끗이 지워버리고 싶었다. 물론 딸아이는 제외였다. 비록 매일 만날 수는 없더라도 아이만큼은 완전히 외면할 수 없는 노릇이었다. 나는 나 자신을 포함해 다른 모든 이에게 다시 돌이킬 방법이 없다고 선언했다. 새로운 사람을 만났고 티미와 함께할 수만 있다면 지금까지 내가 가지고 있던 모든 것을 포기하고 떠날 거라고.

젊은 부부가 더는 함께할 수 없는 이유를 굳이 알고 싶다면 그 이유는 쉽게 찾을 수 있다. 아이 엄마와 나는 너무 달랐고 또 너무 똑 닮아 있었다. 게다가 너무 가까운 사이인 동시에 충분히 가깝지 못했다. 나 자신과 상대, 서로를 제대로 파악하기에는 너무 어렸다. 서로 다른 삶의 방식에 대해 지나치게 민감했고 서로에게 지나치게 예민했다. 마음속으로 '눈먼 엉겅퀴'라 부르기 시작한 아이 엄마는 자신이 아는 모든 것을 주변 사람들에게 떠들어댔고, 사람들은 이런 일이 어떻게 생길 수 있는지를 열심히 설명하면서 그녀를 도우려고 애썼다. 하지만 나는 그 어떠한 설명도 하지 않았고, 사실 뭐라고 말해야 할지도 몰랐다. 이제야 다른 사랑을 만나게 되었고, 그저 지금 함께하는 사람 대신 그 사람과 함께하고 싶은 마음이었다.

물론 한때 아이 엄마와 나 사이에도 친밀감과 부드러움이 존재했을 것이다. 사랑으로 맺어진 두 남녀의 뜨거운 육체도 존재했을 것이다. 함께 미래를 일궈나가자는 약속과 서로에게 충실하려는 마음 역시 존재했을 것이다. 하지만 그 모든 것들은 순식간에 끝났고, 서로에게 갖고 있던 친밀감과 믿음은 물론이고 사랑으로 맺어진 끈끈한 관계마저도 더는 존재하지 않게 되었다. 그런 감정들이 사라져버렸는데 어떻게 관계를 이어나갈 수 있겠는가? 아니, 이렇게 쉽게 사라져버릴 감정이었다면 애초에 그 감정이 정말로 존재하긴 했던 걸까?

너무나 무참히 버림받은 여자가 되어버린 아이 엄마는 어느 날 나에게 전화를 걸어 이렇게 말했다.

"마지막으로 한 가지 얘기하고 싶은 게 있어."

"나는 더 할 얘기가 없는 걸로 아는데."

"그렇구나. 당신은 모르겠지만 난 아직 할 얘기가 남았어. 하지만 그렇게 듣고 싶지 않다면 나도 이쯤에서 포기할게. 그렇지만 마지막으로 당신에게 이 얘기는 해야겠어. 언젠가 당신도 나처럼 똑같이 버림받기를 기도할게. 나를 무참히 버리고 떠난 것처럼 당신도 똑같이 버림받기를 내 온 마음을 다해서 간절히 기도하고 또 기도할 거야."

그것이 전처가 남긴 마지막 말이었다. 물론 그 후로도 많은 걸 이야기했지만, 아이 엄마와 나, 두 사람을 울린 마지막 말은 바로 그거였다. 그로부터 오랜 시간이 흐른 뒤에도 나는 전처가 했던 말과 그 말을 읊조리던 고통스럽고 혼란스럽고 증오로 가득한 숨소리와 거친 분노가 뒤섞인 떨리던 목소리까지 잊지 못했다. 그 가쁜 숨소리, 나를 당장이라도 때려눕히고 싶은 그 거친 호흡이 더해진 목소리 말이다. 내게는 일종의 협박으로 들렸고, 그녀는 자신이 하기에는 힘든 일이니 신에게 기대서라도 그 소망이 이루어지길 간절히 바랐을 것이다. (그리고 마침내 전처의 기도가 이뤄졌다. 나 역시 믿었던 유일한 사람에게 버림받았으며 그 처절한 경험을 하게 되었다. 나는 홀로 남겨졌고 누구도 원하지 않는 사람이 되었다. 바로 이것이 전처가 그토록 바랐던 일이었고, 나는 그녀가 왜 내게 그런 말을 했었는지 비로소 이해할 수 있게 되었다.)

나는 전처가 남긴 말을 저만치 밀어두고 계속 생각한들 소용없는 일이라고 스스로를 위로했다. 하지만 그 말은 절대로 잊히지 않았다. 전처와 왕래를 끊고 오랜 시간이 흐르고 나서도 문득문득 그때의 일이 떠오르고는 했다. 그리고 어느 날에는 새벽 4시

30분쯤 되었던가, 일찌감치 잠에서 깨었는데 언젠가 전처가 불렀던 에릭 클랩튼Eric Clapton의 노래 '저 먼 길의 끝에서Further On Up The Road'가 머릿속에 메아리처럼 울려 퍼졌다. 그건 마치 나를 향한 경고의 메시지처럼 들렸다.

저 먼 길의 끝에서 조금만 기다려, 나를 아프게 했던 것처럼 누군가가 너를 아프게 할 테니까. 완전히 도망친 줄 알았겠지만 어디선가 너를 기다리고 있을 거야. 저 먼 길의 끝에서.

바로 그것이 전처가 나에게 하고 싶었던 말이었다. 그 노래 가사는 오랜 세월이 흐르고 나서도 내 귓가에 맴돌았다. 나는 그 노래가 정말로 듣고 싶지 않았다. 그 이유가 무엇이었을까.

반면에 티미는 나처럼 고통스러운 과정을 겪을 필요가 없었다. 사귀던 남자 친구와 깔끔하게 정리했으니까. 그녀는 나보다 훨씬 쉬웠다. 물론 헤어지는 게 쉬운 사람이 어디 있겠는가. 너무나 고통스럽고 견디기 힘든 일이겠지만, 결국 모두 지나가게 마련이다. 티미의 남자 친구는 눈물을 보였고 두 사람은 함께 엉엉 울었다. 그렇게 가슴 아픈 대화가 오간 후에 두 사람의 관계는 끝이 났다.

이 모든 과정을 거쳐 티미와 나는 결국 함께하게 되었고 '우리의 인생'은 이제 막 출발선에 서 있었다. 이 인생은 그동안 각자가 치러온 과정을 모두 뒤덮을 것이다. 매일 밤, 우리는 벌거벗은 채로 침대에 누워서 지금까지 한 번도 알몸으로 사랑을 나눠본 적이 없는 사람들처럼 뜨거운 열정을 불태웠다.

우리는 살림을 합쳤고, 처음에는 조그만 아파트를 얻어서 지내다가 나중에는 그보다 더 큰 아파트로, 그리고 한참 지나고 나서는 그보다 훨씬 더 넓은 집으로 이사했다. 부부가 함께 쓸 침대를 샀고, 딸아이가 쓸 침대도 샀으며 나중에 우리 둘 사이에서 아이들이 태어난 후에는 침대 두 개를 더 샀다. 의자와 식탁, 거실을 장식할 그림, 카펫도 하나둘 사들였고 가족이 타고 다닐 자동차도 샀다. 그렇게 실체를 하나둘 쌓아 올리면서 우리 가족만의 독특한 습관도 생겨나기 시작했다. 우편함과 집 입구에는 위아래로 나란히 부부의 이름을 적었다. 하나의 팀이 된 셈이다. 그렇게 한 팀이 되어 서로의 이야기를 듣고 받아들였으며, 때로는 오해를 하고 몰래 엿듣거나 눈가림을 하기도 했고, 그러면서 서로의 좋은 면을 서서히 닮아가기 시작했다. 우리는 서로의 것을 나누었고 대담하고 낙관적인 태도로 우리에게 줄 수 있는 모든 것들을 마음껏 취했다. 우리 가족의 부채는 점점 늘었지만, 은행에서는 우수 고객들에게 원금 대신 이자만 내면 된다고 새로운 정책을 내놓았다. 결국, 우리의 부채는 좀처럼 줄어들지 않았고, 그저 은행에서 빌린 원금에 대한 이자만 꼬박꼬박 내면 될 일이었다. 나중에 여유가 생기면 원금을 갚아도 되고, 어쩌면 평생 안 갚을 수도 있을 것이다. 매년 평균 급여가 증가하고 있으니 우리 월급도 오를 테고 계속 이렇게 버티다 보면 경제도 좋아질 것이다. 무엇보다 우리의 존재와 사랑, 즐거움과 절망, 그 밖의 모든 것이 더욱 강하고 단단해질 것이다. 아침이면 함께 일하러 나갔다가 밤이 되면 집에 들어와 함께 식탁에 앉고 마루를 거닐고 침대에 나란히 누웠다. 그렇게 우리의 목소리가 집 안에 영원히 울려 퍼지리라 생각했다.

딱 한 가지, 절대로 있어서는 안 될 일이 있었다. 자주는 아니지만 때때로 그 절대 일어나서는 안 될 일에 대해 생각했다. 티미와 함께 지내는 내내, 열 번 아니 스무 번 정도 그 생각이 차가운 협곡처럼 나를 꿰뚫고 지나갔다. 그럴 때마다 우리가 거대한 재앙으로부터 협박을 받는 기분이 들었다. *저 먼 길의 끝에서, 나도 언젠가 마음의 상처를 입겠지.* 그런 가슴 아픈 생각이 드는 날에는 두 손 모아 간절히 기도했다. 나는 평소에 기도 같은 건 믿지 않는 사람이었지만, 아이들과 함께 똑같은 소원을 열심히 빌던 때처럼 진지하게 소원을 빌었고, 두 손을 모은 채로 한 번도 입 밖에 꺼낸 적이 없었던 소원을 읊조렸다. 티미와 영원히 함께할 수 있게 해달라고, 누구도 우리 사이에 끼어들지 않게 해달라고. (결국, 내가 가장 두려워한 것은 누군가 우리 사이에 끼어드는 게 아니었을까. 다른 어떤 것보다 그게 두려웠던 걸까.) 나는 그 소원을 아무도 알지 못하도록 비밀로 했고 나아가 나 자신에게조차 감췄다가 그 협박이 문득문득 떠오르는 순간에 남몰래 살짝 꺼내 보고는 했다.

나는 아내의 앞에서만 내 인생이 지속될 수 있는 것처럼 살아 왔다. 그 말을 듣고 티미는 꽤나 놀라는 눈치였다. 나는 그녀와 함께 눈을 뜨고 잠이 들고 더는 대화하고 싶지 않은 날이 오기 전까지 아내와 길고 긴 대화를 나눴다. 일이 끝나면 곧장 집으로 돌아왔고, (티미와 보낸 첫해만 해도 가끔 짧은 기사를 쓰는 일감밖에 없었다.) 사무실에서 기사를 쓰다가 끝맺지 못하면 집으로 가지고 와서 밤늦게까지 썼다. 항상 완성하지 못한 기삿거리와 어딘가 부족해 보이는 글, 한참 손을 봐야 할 일들이 쌓여 있어 아내와 아이들이 곤히 잠들고 나면 한밤중에 일어나 할 때도 있었다. 그렇게 몇 시간을 뜬눈으로 새우고 아침이면 티미를 깨웠다. 아내는 침대 옆에 누워 있거나 자기 몸 위에 올라가 있는 나 때문에 잠에서 깨고는 했다. 우리에 관한 이야기, 티미에 관한 이야기, 우리 사랑에 관한 이야기는 내게 꼭 필요한 것이 되었고, 아내는 그것들을 들려주는 내 목소리를 들으면서 깨어났다.

겉으로 보기에도 우리의 삶은 바뀌어 있었다. 아이들이 더 생겼는데, 첫아들을 낳고 얼마 후에 둘째가 태어났다. 두 아들은 5년

터울이었다. 티미는 보건소에서 지역 보건의로 근무하기 시작했고, 나는 주요 신문사에 정규직으로 채용되었다. 마침내 오랫동안 꿈꾸던 편집부의 저널리스트가 된 것이다. 회사에 내 책상과 컴퓨터도 생겼으며, 아침 일찍 나가서 다른 저널리스트, 편집직원들과 회의를 했다. 겉으로 보면 더할 나위 없이 완벽해 보였다. 나는 대중들이 많이 읽는 신문에 기사를 썼고, 덕분에 특정한 집단에서 나름대로 인정을 받게 되었다. 그리고 편집 에디터로서도 발군의 실력을 뽐냈다. 그런데 계속 일할수록 내가 수행해야 하는 역할이 몸에 맞지 않는 옷처럼 느껴지기 시작했다. 잠시였지만 출근하는 동안 말끔하고 어두운 정장을 입고 다녔는데, 저녁에 집에 돌아오면 곧바로 정장을 벗어 던지고 평소 입는 편한 작업복을 입고 다시 본연의 나로 돌아왔다. (신문사에서 정장을 입고 출근하라고 요구해서 그런 건 아니었다. 언젠가 아내에게 설명했던 것처럼, 나를 지킬 갑옷 같은 것이 필요해서 정장을 입고 다닌 것이다.)

때마침 둘째 아들이 태어나서 회사에 출산휴가를 내고 쉴 때, 신문업계가 완전히 몰락의 위기로 치닫게 되었다. 함께 일하던 동료들은 연구원이나 방송 컨설턴트로 전향하기 시작했다. 나 역시 다른 동료들처럼 해고수당을 받고 사직서를 내라는 제안을 받았고, 이를 수락한 다음 다시 프리랜서로 활동하게 되었다. 덕분에 막내 아이와 더 많은 시간을 보낼 수 있게 됐고, 막내가 세 살이 될 때까지 사설 놀이방에 보내지 않았다. 그 무렵 집에서 일하며 동화책을 집필해 출간했고 다행히 평타를 쳐서 또 다른 책을 집필하게 되었다. 그쯤 되자 아내와 아이들도 내가 집에서 집필 작업을 하면서 아이들을 돌보고 집안일을 도맡아 하는 것에 익숙해지게 되었다.

아내가 퇴근하고 집에 돌아올 때면, 아이들과 나는 항상 집에서 기다리고 있었다. 아내가 돌아오는 집이라는 공간은 예전과는 다르게, 우리 삶의 연장선과도 같은 곳이 되었다. 바로 그곳에서 아이들과 내가 목을 빼고 그녀를 기다리는 것이다. 언제나 저녁 식사를 준비하는 것도 나였고 아내는 도저히 이해할 수 없을 정도로 지나친 결벽증 때문에 온 집 안을 쓸고 닦고 말끔히 정리해 놓는 것도 나였다. 하지만 무엇보다 집에서 일하면서, 아내에 대한 나의 집착이 하루가 다르게 심해지기 시작했다. 어쩌면 혼자서 너무 오랜 시간을 보내다 보니 온갖 잡생각이 비집고 들어온 건지도 모르겠다. 나는 아내를 붙잡고 온종일 집에서 뭘 했는지, 아이들은 학교에서 어떻게 지냈는지 떠들어댔고, 전날 아내나 내가 했던 말이나 행동을 곱씹어보고는 했다. 그렇게 티미는 예전보다 훨씬 더 내 인생의 중심으로 자리 잡게 되었다. 아내가 했던 일이나 생각 하나까지 모두 그녀와 이야기하고 싶었다. 아마도 티미 입장에서는 쉽게 이해하기 힘들었을 것이다.

　게다가 내가 글을 쓰는 것도 한몫했다. 혼자 집에 남겨져 있을 뿐만 아니라, 일 자체가 내면으로 깊이 파고들어야 하는 것이어서 전보다 더 유약한 인간이 되는 것 같았다. 아마도 민감한 정도가 심해져 그것이 나를 완전히 장악해버린 탓이었을 것이다. 끝없이 내가 느끼는 감정들의 복잡한 면을 관찰하려고 애썼고 그때 느낀 감정들을 글로 옮겼다. 그와 동시에 티미의 존재는 더욱 중요하게 부각되었고, 오히려 정말로 내게 중요한 모든 것은 별로 중요치 않게 느껴졌다. 티미는 그런 상황이 계속 혼란스러웠다. 누군가에게 소중한 존재가 된다는 것은 충분히 어깨가 으쓱해질 만한 일인데도, 오히려 내가 집에 거의 붙어 있지 않거나 너무 바빠서 아내 생각조차 할 수 없을 때 더욱 내게 매료되었다.

　하지만 나로서는 이렇게 집에서 머무는 시간이 더욱 즐거웠고, 늦게나마 서서히 나를 찾아가는 기분이 들었다. 결국, 완벽한 타이밍에 정리해고를 당한 셈이었다. 신문사에서 일할 때는 내가 제일 좋아하는 모든 것을 놓치고 살았다. 티미는 내 이야기를 가만히 듣더니 신문사에서 동료들과 일할 때가 훨씬 더 기운이 넘쳐 보였노라고 말해주었다. 내가 극단으로 치우치지 않고 제대로 균형을 잡을 수 있도록 해주고 싶었던 모양이다. 내가 신문사에서 근무할 때, 내 삶이 그녀의 삶을 반사하고 있을 때 그녀가 훨씬 수월하게 살 수 있었기 때문이다.

어쨌거나 이제 나는 티미에게 벌어진 모든 사건을 하나하나 전부 듣고 싶어졌다. 그녀는 그동안 열심히 노력한 덕분에 이제 막 자신의 목표를 달성하는 단계에 와 있었다. 전문의 자격증도 땄고, 박사 학위도 받았으며 보건부의 새로운 자리를 수락하기 전까지 부서의 장으로 일하면서 공공복지를 위한 연구에 총 책임을 맡았다.

아내는 우리 두 사람이 정반대의 길로 가고 있다고 가족들과 친구들을 붙잡고 말했다. 티미는 온갖 특이한 연구 사례와 아이들, 노령연금수급자들, 원인불명의 질병을 진단받은 십대 소녀들 같은 다양한 환자를 돌보는 일을 우선순위 밖으로 미뤘다. 그보다는 모든 사람의 삶에 영향을 끼치는 더 넓은 사회적 분야에 관한 일을 하고 싶다는 이유에서였다. 반대로 나는 종일 집에서 지내며 지난 어린 시절, 그러니까 한 번쯤 경험해 봤을 법한 시절을 떠올리게 만드는 짧은 동화를 집필하며 지냈다. 어떤 특정 사건에 대한 지극히 개인적인 이야기나 감성을 자극할 만한 주제의 이야기였다.

우리는 종종 어린 딸과 함께 지내면서 하루가 다르게 사랑이 샘솟는 첫 번째 단계를 통과했다. 그리고 앞으로 남은 시간을 위하여 우리만의 사랑을 나누는 방식을 만들면서 새로운 커플로

탄생했다. 아침이면 침대에서 오랜 시간 뒹굴뒹굴하며 서로의 몸이 느낄 수 있는 즐거움을 찾아서 탐험을 시작했다. 그러고 나서 어린아이들을 낳고 가정을 이루는 단계에 접어들었다. 주방 조리대 위에는 온갖 이유식들이 널려 있고 자그마한 아기 옷들이 욕실 바닥을 가득 채웠다. 그렇게 아이들이 점점 자라면서 두 사람이 아닌 네 사람의 목소리가 뒤섞이게 되었고, 아내와 나 모두 혼자 있는 시간이 점차 줄어들기 시작했다.

물론 늦은 밤, 부부가 함께 침대에 누워 있을 때는 예외였다. 그곳에서만큼은 아무에게도 말하지 않는 은밀한 생활이 아침이 밝을 때까지 후끈하고 어두운 터널을 건너 듯 길게 이어져 있었다. 하지만 날이 환하게 밝고 나면, 밖으로 나가서 각자 맡은 업무를 처리했고 우리와 비슷한 또래의 아이를 키우는 친구들과 적당한 선에서 인간관계를 맺었다. 학부모 모임에 참석했고 금요일마다 쇼핑을 하고, 뭔가 지나치다 싶으면 소리도 지르고 다양한 뉴스에 귀를 기울이고 각자 맡은 분야의 전문적인 이슈들에 관해 토론하기도 했다. 또 아이들을 방과 후 운동 교실에 데려다주거나(티미의 몫이었다), 아이들을 데리고 도서관을 찾기도 했다(이건 주로 내 몫이었다). 티미는 정기적으로 운동을 하기 시작했고 나는 환경단체에 자원봉사자로 지원했다. 우리는 점점 돈도 모으기 시작했고 다른 가족들처럼 가족일기도 쓰기 시작했다. 오후 시간이나 주말, 연휴가 되면 우리는 최선을 다해 계획을 세워서 짐을 쌌다가 풀었다가를 반복하며 아이들을 데리고 이곳저곳을 돌아다녔다. 때로는 방에 처박혀 있거나 컴퓨터 게임에 푹 빠진 아이들을 부르느라 고래고래 소리를 지를 때도 있었다. 그렇게 다른 사람들처럼 살기 시작하면서(물론 남들보다는 훨씬 낫다고 생각했지만), 어딘가에 소속되어 있다는 안정감을 느끼게 되었다. 하지만 우리 두 사람을 단단히 이어주는 고리, 서로에 대한 연속성을 느끼게 만드는 것은 우리 두 사람만 공유하는 비밀스러운 성생활이었고 우리는 이를 사랑이라고 불렀다.

아니, 그건 사랑이어야 했다. 사랑이 아니면 무엇이겠는가? 그것은 훌륭한 사랑, 누구도 따라오지 못할 정도로 엄청나고 가슴 벅찬 사랑이어야 했다. 우리 두 사람 사이의 친밀함과 결속 그리고 끌림은 평범함을 넘어서는 것이어야 했다. 그렇지 않다면 친자식인 딸아이와 떨어져 지내면서 2주일에 한 번씩 겨우 만나는 이런 상황을 감수할 만한 가치가 없지 않았을까? 처음 몇 년 동안은 2주일에 한 번 만나는 것도 하늘의 별 따기였다. 티미와 사랑에 빠졌을 당시, 딸아이는 고작 두 살배기 어린아이였다. 그런 상황에서 가족을 배신했다는 사실을 나 자신이나 다 큰 딸아이에게 어떻게 정당화시킬 수 있겠는가? 그래서 우리의 삶을 완전히 뒤바꾼 사랑은 너무나 특별하고 세간을 떠들썩하게 만들 정도로 위대한 것이어야만 했다.

처음 티미와 함께 살기 시작했을 때, 우리 이야기를 공유할 만한 친구가 하나도 없었다. 나와 오래 알고 지내던 친구들은 내가 새로운 여자를 만나 사랑에 빠졌다는 이유로 조강지처를 저버렸다는 사실을 받아들이거나 아니면 받아들이지 않는 것 중에서 하나를 선택해야 했다. 티미의 친한 친구들도 마찬가지였다. 우리는 양쪽 친구들의 회의적인 태도를 온몸으로 받아들여야 했다. 다른 사람들이 보기에는 우연히 빠진 연애 놀음이 기존의 삶을 산산조각 냈다고 생각하는 것이 당연하지 않겠는가? 특히 여자보다 남자의 경우 사랑에 빠져서 기존에 가지고 있던 모든 것들을 내팽개쳤다가, 한참 후에야 그 새로운 관계가 실수였음을, 그저 성적인 사랑의 열병에 불과했다는 것을 깨달았다는 이야기 한 번쯤 들어보지 않았나. 한눈에 불타오르는 로맨스는 오랜 시간 지속되는 관계로 이어지기 힘든 법이다. 나는 인후염에 걸린 딸아이를 치료해주던 앳된 여의사와 사랑에 빠진 삼십 대 초반의 아빠였고, 티미는 자신에게 치료를 받으러 온 꼬마의 보호자와 사랑에 빠진 젊은 의사였다. 제대로 의사 면허를 취득하기도 전에, 티미는 환자를 치료함에 있어 의사가 반드시 지켜야 할 불문율을 스스로 어긴 셈이었다. 그러니 누군들 우리의 사랑이 오래도록 계속될 거라고 상상이나 했겠는가?

우리는 땀방울이 송골송골 맺힌 채로 침대에 누워 있었고, 방 안에는 격렬하게 나누었던 섹스의 냄새가 가득 차 있었다. 그렇게 누운 채로 우리는 미래에 대한 이런저런 이야기를 나누었다. 언젠가는 우리 이야기가 아름답게 그려질 거라고, 서로에게 이야기하면서 말이다. 지금의 '우리'는 그저 추문 속 주인공이었고, 한낱 핑크빛 연애 감정에 빠져서 서로의 가족과 아이, 그리고 연인이나 아내를 완전히 망가뜨린 별 볼 일 없는 존재에 불과했다. 지금 우리에게는 서로에 대한 믿음이 전부였다. 그렇지만 우리는 지금의 상황을 진지하게 받아들였다. '우리'가 지금 겪고 있는 것은 한심하기 짝이 없는 이야기이지만 서서히 괜찮은 이야기로 바뀔 것이고, 그렇게 세월이 흐르고 나면 우리 둘의 사랑이 인생에서 딱 한 번 찾아오는 유일한 사랑으로 보일 날이 올 것이다. 처음에는 아이들의 눈에만 그렇겠지만 결국은 다른 모든 이들도 인정하게 되겠지. 다른 사람은 생각할 수조차 없는 서로에게 완벽한 반쪽, 시간이 흐르고 나서도 그럴 것이다. 그 남자나 그 여자가 나의 하나뿐인 반쪽이라고 생각하지 않으면서 수십 년을 누군가와 함께 살아간다는 것이 정말로 가능할까? 우리는 지금과 또 다른 삶, 또 다른 상대가 있을 거라는 가능성을 알고 있었고 어쩌면 지금보다 더 풍족할 수 있다는 것도 알고 있었다. 하지만 우리는 그 가능성을 원하지 않을 것이며, 어쩌면 다른 사람과 '사랑에 빠질 수도 있다'는 가능성 하나만 믿고 서로 함께하기 위해서 어렵게 쌓아 올린 공든 탑을 무너뜨리고 싶지도 않았다. 그 점에 있어서만큼은 서로 동의했으며, 이전 상대들에게 했던 끔찍한 짓을 서로에게는 절대 할 수 없었다.

하지만 우리 사이에서도 어느 정도 서로를 자유롭게 놓아주는 것이 꼭 필요했다. 우리는 각자 자유로운 욕망을 가진 존재들이었고, 함께 지내면서도 인생에 대해 서로가 가진 호기심과 열정을 자유롭게 펼칠 수 있도록 했다. 절대로 서로를 구속하지 않아야 하고 상대방의 자유를 막아서는 안 되었다. 그녀와 그녀의 여자 친구 그리고 나와 나의 친구들이나 다른 사람들처럼 차별을 받으며 살고 싶지도 않았다. 남성과 여성, 이분법적으로 서로를 구분하는 것이 아니라 더불어 삶을 일구어 나가고 싶었다. 오다가다 만나는 친구가 아니라, 서로에게 절친한 벗이 되어 가장 친밀한 대화를 나누고 싶었다. 물론 그 점은 성공이었다. 티미혼자 간직하려던 사실을 나에게 솔직하게 털어놓겠다는 약속이 지켜질 때까지만 해도 분명 성공이었다. (만약 장갑맨, 그러니까 그 남자와 아내가 주고받았던 모든 감정적 교류를 내가 접하지 못했더라면 어떻게 되었을까. 어쩌면 두 사람은 은밀하게 서로에 대한 감정을 키워나갔다가 조용히 끝맺지 않았을까.)

물론 우리가 서로 멀어지게 된 시발점이 분명 있었을 것이다. 어쩌면 처음 시작할 때부터 서서히 멀어질 준비를 하고 있었는지도 모르겠다.

　우리가 함께한 첫 번째 여름, 외국으로 휴가를 떠난 적이 있었다. 거리를 걸어 다니면서도 서로 손을 놓지 못하고 꼭 붙잡고 다녔다. 밤이면 발가벗은 채로 침대에 나란히 누웠고, 밤새 사랑을 나누고도 모자라서 날이 밝을 때까지 침대에 누워 서로에게서 즐거움을 탐닉했다. 식당 테이블에 앉아 있을 때에도 컵과 유리잔, 그리고 그릇 사이로 애타게 서로의 손길을 찾으려고 애썼다. 테이블 아래서도 서로를 만지고 싶어 안달이었다. 심지어 신발 끝으로 상대의 다리를 쓸어내리고는 했으니까. 급기야 티미는 신발을 벗어 던지고 발끝으로 내 다리를 더듬거렸다. 그때만 해도 발이 너무 크고 뼈만 남은 데다 발가락이 뭉툭하고 발톱이 두껍다고 하면서, 자기 발이 마음에 들지 않는다고 했다. 하지만 발을 손처럼 능숙하게 사용하는 것만큼은 따라올 사람이 없었다. 바닥에 있는 물건을 발가락으로 집는 것은 물론이고 발가락으로 나를 꼬집는 것도 은근히 즐겼다. 어떤 때는 발가락으로 내 사타구니 사이를 비집고 들어올 때도 있었다. 그걸로 자신이 보내는 신호를 감지해줄 거라는 걸 알기 때문이다. 곧바로 내 얼굴이 붉게 달아올랐다. 우리는 곧바로 호텔의 푹신한 침대로 돌아가기 위해 자리에서 벌떡 일어났다. 음식값을 계산하려고 계산대에 나란히 서자 젊은 직원이 다가와 우리에게 계산서를 내밀었다. 티미는 직원의 얼굴을 보고 순식간에 얼어붙었고, 그 순간 그녀의 모습이 느린 화면처럼 눈에 들어왔다. 젊은 직원을 보자마자 순간적으로 끌려서 무척 부끄러워하는 모습이었다. 계산대 뒤에 서 있던 젊은 직원은 아무것도 눈치채지 못한 것 같았다. 그런데 오히려 그런 그녀의 모습이 내 눈에는 더욱 매력적으로 다가왔다.

정작 그녀는 자신의 이런 변화를 알아채지 못했고 나중에 내가 점원 이야기를 꺼내고 나서야 깨달았다. 욕망은 눈에 잘 보이지 않는 법이다. 티미는 자신의 시선이 어디로 향하는지 감추고 있었고, 그 후에도 점원에게서 눈을 떼지 못했다는 사실을 기억하지 못했다. 그녀는 그 남자 직원의 존재를 자신의 삶과 오감이 발달한 육체 속으로, 상대에 대한 인상을 아무런 거리낌도 방어막도 없이 온전히 받아들였다. 불과 몇 초 사이의 일이었지만, 나는 티미에게 푹 빠져 있었고 그래서 두 눈으로 그녀를 구석구석 살폈다. 티미가 얼마나 적극적인지, 스스로 감정을 어떻게 감추는지를 하나하나 눈으로 살폈다. 내가 있어서 자기감정을 감춘 것 같아, 나는 말했다. 결국 티미는 내가 옆에 있어도 다른 사람에게 눈길을 돌릴 수 있는 사람이었다. 그녀가 사랑하는 남자는 바로 나이고 내 품에서 그렇게 부드럽고 사랑스럽게 변하는 사람이면서도, 난생처음 보는 남자의 시선에 순간적으로 흔들릴 수 있는 거였다.

티미는 그에 대해 아무 생각조차 없었다. 내가 말을 꺼내기 전까지는 말이다. 내가 말을 해주고 나서야 그녀는 그 젊은 점원의 모습에서 뭔가 매력적인 부분이 있었다는 사실을 떠올렸다. 훤칠하고 잘생긴 남자에게 끌리지 않을 사람이 어디 있겠는가? 손도 깔끔하고 키도 크고 몸짓도 우아하고 감각적인 데다 다소 어리숙해 보이는 것은 아마도 부끄러움이 많아서거나 아직 어려서거나 그 밖의 다른 이유 때문일 것이다. 그 투박하지만 서툰 욕망은 그녀를 향해 제대로 방향을 맞추지 못했을 테고, 이를 감지한 티미는 곧바로 그를 끌어당기면서 자신 안의 무언가 변화하는 것을 느꼈다. 마치 자기가 관심을 보이는 것을 들킨 것처럼 귀를 기울이고 공기를 감지하며 젊은 직원에게 공을 날렸다.

단 몇 초 사이의 일이었다. 그 감정은 순식간에 티미를 관통했는데, 한참 후까지 그녀는 그런 감정이 일었던 것조차 눈치채지 못했다. 만약 그런 감정을 알아챘다고 해도 그냥 잊어버렸을 것이다. 그런 순간적인 끌림은 누구나 느낄 수 있으며, 온갖 것을 향해서 코를 킁킁대고 냄새를 맡고 있다가도 곧바로 마음을 바꾸어 다른 쪽으로 방향을 틀게 마련이다. 서로의 육체가 상대를

향했다가 다시 상대에게 등을 돌리는 것처럼 말이다. 그저 흔하
게 벌어지는 일이며, 그 이상의 의미도 없고 별다른 생각도 하지
않은 채로 다시 잊힌다. 티미는 그저 개방적인 태도로 스스로 매
력적으로 꾸미며 살 뿐이다. 그리고 나도 아내에게 벌어지는 모
든 일을 개방적인 태도로 대했다. 사실 그런 미세한 부분까지 일
일이 살필 필요는 없었다. 만약 그런 모습을 감지했다고 해도 굳
이 입 밖에 꺼낼 이유가 없었다. 그런 일은 잠시 한쪽으로 미뤄
둔 채 조용히 놓아두면 될 일이었다. 그건 티미의 시간이었고 뭐
라 불러야 할지 모르지만 어쨌거나 그녀는 감정의 손길에 닿는
장본인이었다. 그저 찰나의 가벼운 자극일 뿐이니까.

그럼 거짓말이라도 하는 게 낫지 않을까. 아내는 나중에 그렇
게 생각했지만, 그건 분명히 안 될 말이었다.

우리는 후텁지근한 여름날의 거리로 나섰고, 나는 티미의 잘
록한 허리 부분에 살짝 손을 올렸다. 내 목소리는 가벼웠고 뭔가
를 요청하듯 다정했다.

"아까 그 남자 마음에 들어?"

그러자 티미가 대답했다.

"누구?"

내가 다시 말했다.

"방금 식당에 있던 직원."

그러자 티미가 나를 빤히 쳐다보았고 내 얼굴은 애정과 호기심으로 여전히 붉게 달아올라 있었다. 너무나 편하고 행복한 표정, 전혀 두려워하지도 않았다. 물론 그녀도 마찬가지였다. 티미도 편하고 행복해 보였으며, 우리에게는 별다른 위험신호도 감지되지 않았다. 우리는 그저 이런 상황을 즐기는 것뿐이었다. 그녀가 다시 입을 열었다.

"글쎄, 괜찮은 남자 같기는 해."

"그렇게 생각할 줄 알았어."

"정말?"

나는 그녀가 사랑하는 사람이었고, 우리는 함께 지냈기 때문에 그녀는 지금이 자신의 인생이 시작되려는 찰나라고 생각했다. 이제는 나와 함께 새로운 삶을 꾸려나갈 터였다. 그런데 내가 그녀의 손을 잡고 서서, 다른 남자 혹은 청년을 쳐다보았다고 말하는 것이다. 그를 볼 때 잔뜩 긴장한 티미의 모습을 내 두 눈으로 똑똑히 목격했기 때문이다. 누가 봐도 확실했다. 분명 티미는 그 남자에게 끌렸다. 그녀는 자기 입술 위에 닿는 나의 손길을 느꼈다. 따뜻한 손끝이 다시 허리춤으로 향했다. 자신을 몸쪽으로 가까이 끌어당기는 나의 손길을 느꼈다. 나는 얼굴을 바짝 댄 채 그녀의 귓가에 대고 이렇게 속삭였다.

"당신, 그 남자한테 반했잖아."

순간 티미는 뭔가 불편한 기분이 들면서 '이게 무슨 일인가?' 싶은 의구심이 일었지만 이내 그런 마음이 사라졌다. 방금 일을 돌이켜보니, 그 남자 직원의 시선이 자신을 향하자 아랫배, 아니 그보다 더 아랫부분이 후끈하게 달아오르는 것 같았기 때문이다. 하지만 내가 지켜보고 있다는 사실도 모른 채, 곧바로 잊어버렸다. 다시는 이런 상황을 만들지 않으려면 앞으로 몸가짐을 조심해야 할 터였다. 하지만 그럴 필요는 없었다. 그건 위험신호가 아니라 오히려 좋은 일이었으니까. 나는 자리에 선 채로 그녀의 귀에 대고 온기를 담아 이렇게 속삭였다.

"그 남자 어떤 점이 마음에 들었어?"

그 말을 듣자 별로 고민하는 기색도 없이 대답이 돌아왔다. 마치 속으로 혼잣말을 하는 것처럼 그녀는 이렇게 말했다.

"손이 너무 예쁘더라. 키도 크고 몸매도 늘씬해. 그 눈동자는 어떻고. 친절함이 가득한 눈으로 나를 보는데 가슴이 설레는 거야. 그냥 잠깐 두근대는 거 있잖아. 그런데 자기가 얘기하기 전까지는 까맣게 잊고 있었어."

그래서 내가 말했다.

"이제는 기억나?"

그러자 그녀가 답했다.

"응, 그런데 당신이 보고 있는 줄은 꿈에도 몰랐어."

그리고 우리는 무더운 여름날의 거리를 빠른 걸음으로 걸어서 호텔로 돌아왔고, 걸으면서도 서로의 몸이 맞닿는 것을 느낄 수 있을 정도로 두 팔로 서로를 든든하게 꼭 안고 있었다. 본래 사랑하는 사이라면 그렇게 찰싹 붙어 다니니까. 구시가지의 다리와 높은 탑들을 가로지르면서 나는 아까 내가 목격했던 장면을 하나씩 세세히 들려주었다. 예기치 않게 마주친 남자를 보고, 티미가 어떤 식으로 자신의 속내를 드러내 보였는지 말이다. 그녀는 조용히 내가 하는 말을 듣고 있었다. 정작 그 말을 하는 내 속에서는 뜨거운 불길이 타올랐지만, 티미는 그 말을 들으면서 살아 있다는 기분을 느꼈다. 평소에도 그렇게 세세하게 설명하는 편이었다. 티미는 내가 의도하는 바를 제대로 이해하지 못할 때가 많았다. 그래서 더 자세히 설명해 달라고 부탁했다. 나는 티미가 다른 사람을 쳐다보는 모습을 보면 다른 때보다 더욱 눈여겨보게 되는 것 같다고 말했다. 나는 상황을 정확히 묘사하는 것을 좋아했다. 내게는 상황을 정확하게 묘사하는 것이 무엇보다 중요했으며 그 사실을 티미도 알고 있었다. 그리고 그녀도 정확한 상황을 아는 것이 굉장히 중요했다.

"당신이 그 남자 직원에게 마음을 활짝 여는 모습을 보는 게 좋았어."

"상대방도 눈치챘는지 모르겠어."

"누군가에 대한 호감은 숨길 수 없다고 하잖아. 안 그래?"

"그럴지도. 정말 대단해."

"그 남자도 자기를 쳐다보면서 호감을 보이던데. 그러니까 당신은 더 흥분됐을 테고."

"그런 것까지 전부 느꼈어?"

"그럼, 당신한테도 특별한 경험이었을 것 같은데."

"어떤 면에서?"

"아랫도리가 젖는 기분이었을 것 같아."

"맙소사. 그럴 리가 없어. 정말 그렇게 생각해? 내가 은근히 흥분했을 거라고?"

"분명 흥분했을 거야."

"이따가 당신이 확인해보면 되겠네."

우리는 호텔의 조그만 엘리베이터에 나란히 섰다. 그리고 서로의 눈을 빤히 쳐다보았다. 나는 한쪽 손을 들어 그녀의 입술에 가져다 댔다. 그리고 내 쪽으로 티미를 끌어당겨 얼굴을 자세히 쳐다보았다. 한눈에 그녀의 모습이 들어왔다. 그녀 역시 내 시선을 한 몸에 받고 있다는 것을 알고 있었다. 시선을 받는다, 티미는 그전에 한 번도 받아보지 못한 것이었다. 살짝 흥분되면서도 한편으로는 겁도 났다. 우리는 복도를 따라 걸어가서 숙소 방문을 열고 들어갔다. 나는 그녀의 옷을 하나씩 벗겨 내렸다. 원피스, 아니, 그날은 원피스가 아니라 노란색 손바닥 무늬가 그려진 초록색 티셔츠에 하얀 멜빵바지, 그리고 하얀 양말과 신발을 신고 있었다. 그 안에는 하얀 브래지어와 하얀 반바지 속옷을 입고 있었는데, 나는 천천히 속옷을 벗겼다. 평소 티미는 살짝 몸을 돌리고 자기 손으로 겉옷부터 하나씩 벗는 것을 좋아했다. 하지만 그날 만큼은 내게 자신을 온전히 맡긴 채로, 내가 자신의 옷을 벗기는 대로 가만히 내버려 두었다. (서로의 옷을 하나씩 벗겨주었음에도 티미는 그날 내가 입었던 옷이 무엇인지 기억하지 못하고 자신이 입었던 옷만 기억하고 있다.) 아니, 정확히는 그게 아니었다. 그녀는 내가 옷을 벗는 모습을 빤히 지켜보고 있었다. 나는 키가 큰 편이었고 티미가 아는 그 어떤 사람보다 창백한 피부색을 가진 남자였다. 나는 그녀와 함께해보고 싶은 것이 너무나 많았다. 광활하고 헤아릴 수 없는 어둠 속에서 살길을 찾아 헤매는 횃불처럼, 내 눈동자는 그녀의 몸 구석구석을 좇고 있었다.

티미는 그날 일을 전혀 기억하지 못한다. 세월이 많이 흘러 까맣게 잊어버린 모양이다. 그러던 어느 날, 불현듯 그날 기억이 뇌리를 스쳤다. 연인이 된 지 6개월도 되지 않은 남녀가 침대에 누워 있던 모습, 그리고 티미가 다른 남자와 함께할 모습을 상상하며 얼마나 흥분이 될지 귓가에 대고 조용히 속삭였던 순간. 대체 어떤 남자가 그런 짓을 한단 말인가. 아마 그런 남자는 없을 거라고 우리는 생각했다. 하지만 나는 그녀에게 거침없이 말을 내뱉었다. 일단 머릿속에 떠오른 장면들을 입 밖에 뱉기 시작하면 도저히 멈출 수가 없었다. 그리고 티미도 그런 말을 들으면서 사뭇 흥분했기 때문에 내가 그런 말을 속삭이는 것을 내심 좋아하게 되었다.

그리고 한동안 그런 말을 하지 않고 살았는데, 요즘 들어서 다시 시작하게 되었다. 아내 옆에 누워서, 다른 남자가 그녀와 할 수 있는 갖가지 애정 행각을 그녀의 귓가에 대고 나지막이 속삭였다. 티미는 내 목소리를 들으면서 자신의 몸을 어루만졌고, 그러고 나서 내가 그녀의 몸속 깊숙이 파고들었다. 모든 것이 동시에 그녀의 몸속으로 몰아치면서 그 안에서 위아래로 요동쳤다. 실제로 그녀와 섹스를 하는 남자 그리고 그녀를 갈망하는 다른 남자를 떠올리며, 나는 마치 그녀만을 원하는 벌거벗은 남자들 사이에 있는 것처럼 느끼기 시작했다. 티미의 귓가에 낮은 신음이 퍼졌다. 어두운 방 안에 홀로 울려 퍼지는 고통스러운 신음. 마치 자신을 부르기라도 하는 것처럼, 그 소리는 천장을 향해 퍼져나갔다.

5

"우리가 만나다니 정말 놀라워."

"이렇게 함께할 수 있다니."

"정말 기적 같아."

"정반대의 사람들이잖아."

"이제 나는 당신 말고 다른 사람은 생각할 수조차 없어."

"나도 그래. 다른 연인들도 비슷하지 않을까."

"아니, 우리가 운이 좋았던 거야."

"누군가와 함께한다는 건 그 사람 말고 다른 사람은 없다는 확신이 있어야만 가능한 일이잖아. 그렇게 단둘이, 함께 꾸려가는 삶이 가장 행복할 거라고 믿어야 하는 거니까. 예전에 연애할 때도 그런 기분이었어?"

"아니. 그냥 계속 이렇게 살아야 하나 싶은 의구심으로 가득 차 있었어. 모든 부분에서 확신이 없었다고 할까. 그냥 이게 전부인 건가, 정말 그런 걸까 궁금했어. 앞으로도 별로 나아질 것 같다는 확신이 없어서 그냥 적응해야 하나 보다 했지. 끝없이 의구심이 들었다고 해서 달리 뾰족한 수도 없고. 그래서 그냥 그 사람과 함께 지냈어."

"지금은 그런 생각 안 들어?"

"전혀."

"이런 것도 좋고?"

"최고야."

"정말?"

"그럼, 당신은 괜찮은 거지?"

"당신은 나처럼 생각한 적 없어?"

"응, 한 번도."

"그렇구나."

"전 와이프랑 살 때도 그랬어."

"정말?"

"나한테는 항상 어렵고 힘든 나날이었어. 전 와이프가 매일 화가 나 있고 불만투성이인 사람이라 다시 행복하게 해줘야 했으니까. 그렇지만 그때는 의구심을 가졌다기보다 그저 내 삶이 시작되는 거구나 생각했던 것 같아. 하지만 당신을 만나고 나서는 모든 게 다 좋아졌어. 새로운 사람을 만날 때마다 상황이 조금씩 나아지는 걸까? 만약 그렇다면, 그래서 우리 두 사람도 끝내야 하는 순간이 온다면, 당신이 나 말고 다른 사람과 함께하게된다면 당신이 지금보다 훨씬 더 행복한 삶을 살 수 있을지도 모르겠구나."

"누구랑?"

"나 말고 다른 남자겠지. 당신이 처음 만나는 누군가."

"그렇게 되길 바라는 거야?"

"아니, 절대로. 하지만 당신이 다른 사람을 만난다고 해도 나는 여전히 당신을 사랑할 거야."

"말도 안 돼."

"그렇게 하지 않는다면 사랑이 대체 무슨 의미겠어? 당신을진심으로 사랑한다면 당신의 행복을 빌어주는 게 맞는 거잖아. 다른 남자와 함께 있을 때 당신이 더 행복하다고 해도, 나는 예전과 똑같이 당신을 사랑해야 하는 거 아니겠어? 당신이 다른 사람과 함께 있고 싶다면, 나는 당신을 사랑하니까 당신의 그 결정을 지지해 줘야 한다고 생각해. 그리고 정말 그런 일이 생긴다면 나는 당신을 지지할 거야."

"그런데, 여보."

"왜?"

"잠깐만 조용히 해 봐."

"내가 말이 너무 많지, 나도 알아."

"아니, 말은 많이 해도 돼. 그런데 아무 말이나 막 하지는 마."

6

사랑이란 무엇일까? 이제 이런 질문은 무의미하다. 일단 질문이 너무 흔해 빠졌다. 그리고 무엇보다 그녀가 모든 걸 잊어버렸다. 사랑이라는 단어는 누구나 알고 있는 감정이나 경험을 지칭하는 것이지만, 그래서 너무나 제한적이고 방대하기 짝이 없다. '*사랑*'과 같은 단어는 지나치게 많은 것들을 아우르고 있다. 누가 뭔가 말하거나 쓰고 싶다면, 각각의 단어들은 명확하고 쉽게 정의 내릴 수 있어야 한다고 티미는 생각했다. 하지만 항상 열려 있어 어디를 향할지 알 수 없는 손가락처럼 여러 가지 의미를 내포하고 있는 단어도 존재했다.

그렇다면 우리에게 사랑이란 무엇이었을까? 상호의존이었을까, 아니면 광기 어린 자유분방함이었을까? 그녀에게 의지하고 그녀의 그림자 속에 고개를 숙이고 그녀가 나를 좌우하도록 내버려 두고 그녀에게서 뿜어져 나오는 광채 속에서 쉬고 싶었던 걸까? 티미도 나와 같은 생각이었을까? 서로에게 이끌려 조금 더 가까이 다가가고 싶었던 걸까 아니면 속내를 완전히 까발려 보이고 싶었던 걸까? 티미의 눈에는 내가 그렇게 보였다고 했다. 나는 내 모든 것을 아내와 공유하고 싶었고, 스스로에게서 도망치고 싶었으며, 혼자서 내 안의 모든 것을 책임질 엄두가 나지 않았다.

티미는 내가 옷을 벗고 자기 옆에 누웠던 순간을 기억하고 있다. 그때만 해도 나는 사랑에 빠진, 사랑에 중독된, 사랑에 굶주린 남자로 뭐든 하고 싶고 또 받고 싶은 사람이었다. 그녀의 옆에 있는 남자였고 그녀가 존재한다는 단순한 진실 하나만으로도 안도했다. 나는 평생 창백한 얼굴을 뒤집어쓰고 살아왔다. 티미도 내가 했던 말을 기억하고 있다. 나는 그녀 안으로 들어가, 그녀의 존재 안에 내 몸을 숨기고서 그녀와 완전한 하나가 되었다. 티미는 나의 아내였고 나는 내 모든 것을 그녀에게 내어줄 준비가 되어 있었다. 아내에게도 똑같이 말했었다. 물론 처음부터 그랬던 건 아니다. 집에서 일하면서 아내를 기다리는 남자가 된 후로, 언제나 그녀의 이야기에 귀를 기울이고 그녀를 통해 살고자 결심하고 나서부터 그런 말을 자주 했다.

티미는 항상 집에서 머물고 싶어 하며 자기 대신 집을 지키던 나의 모습을 기억한다. 나는 이 방에서 저 방으로 다니며 청소기를 밀고 정리를 하고 아이들과 우리 옷을 세탁하고, 볕이 좋은 날에는 빨래를 널고는 했다. 아내는 하얗고 커다란 이불과 브래지어, 티셔츠를 너는 내 모습을 쳐다보았다. 빨랫감 하나하나 구김이 가지 않도록 탈탈 털어서 조그만 빨래집게로 빨랫줄에 나란히 고정해두는 내 모습을 지켜보았다. 나는 빨래가 잘 마르고 나면, 빨래를 걷어서 집 안으로 가지고 들어가 말끔히 접어두었다. 옛 가정주부들처럼 행동하면 왠지 나라는 사람에게서 벗어나는 것 같아 기분이 좋아졌다.

티미는 나를 '마누라'라고 불렀다. '귀여운 마누라'라고 부르면 내가 좋아하기도 했고, 나중에는 본인도 즐거워했다. 언젠가 한 번 집을 비울 일이 있었는데, 아내는 이런 말을 했다. *뭐부터 해야 할지 전혀 모르겠어! 당신 없으면 난 아무것도 못해, 당신 도움 없이는 불가능해. 새로 마누라를 들여야 할 판이야.* 나는 흐뭇한 미소를 지으며 그녀를 돌아보았고, 그녀는 그런 내 모습을 기억하고 있다. 햇볕에 바짝 말린 빨래 냄새를 내가 얼마나 좋아하는지도 아내는 잘 알고 있었다. 우리가 서로 모르는 사이가 되고 한참 시간이 흘러도 아내는 의자에 조용히 앉아서 자신을 보던 나를, 주방 창문 앞에 서서 음악을 들으며 튀긴 비트로 리소토를 만들던 나를 문득문득 떠올리게 될 것이다. 혹여 내가 집에 없더라도 그녀는 언제나 내가 집으로 돌아오고 있다는 사실을 기억할 것이다. 집으로 돌아와 현관문을 열면서, *나 왔어*라고 말할 테니까. 마침내 나는 집으로 돌아왔다. 평생을 여행한 끝에 드디어 이곳에 도착했다. 이전까지 나는 그녀가 없는 어딘가에서 지냈고, 그동안 그녀가 어떻게 버텼는지 정확히 알 수 없지만, 어쨌거나 그녀의 옆을 든든히 지켜줄 남자로 이제야 여기, 그녀 앞에 나타난 것이다. 반대로 그녀가 집에 없을 때도 나는 곧 아내가 집에 돌아오리라는 사실을 알고 있었다. 티미는 이 모든 사실을 기억하다가 가끔 떠올릴 테고, 그러다가 더는 기억하지 않게 될 것이다.

사랑이란 다른 사람의 육체와 그 사람의 따뜻하고 다정한 면과 강렬한 굶주림을 이용하는 것이 아닐까? 다른 사람이 나의 육체와 따뜻함, 굶주림과 절망 그리고 환희를 이용하지 못하도록 해야 함에도 불구하고 누군가에게 나를 한껏 내어주고, 내 옷을 벗기도록 허락하고, 나를 만지도록 해주고, 우러러보게 하며, 반대로 나 역시 상대를 우러러보고 거리낌 없이 옷을 벗길 수 있게 되는 것이 아니겠는가?

그렇다. 나는 그녀의 몸 위에 내 몸을 포갰다. 그리고 힘을 주어 양쪽 손목을 붙잡았다. 티미도 그렇게 해주는 것을 좋아했다. 아니, 내가 더 좋아했던 걸까? 그렇다. 아마 그걸 더 좋아하는 쪽은 바로 나였을 것이다. 나는 상대의 의도를 어림짐작하고 넘겨짚어서 상대가 원하는 바를 사전에 차단해버리지 않고, 평범함을 뛰어넘는 무언가 특별한 것을 모두 시도해보고 싶었다. 나는 언제나 색다른 것을 추구했다. 티미의 양팔을 머리 위로 들어 올려서 한 손으로 붙잡고 있기도 했다. 그녀가 결박당한 것처럼 누워 있으면, 나는 다른 한 손으로 그녀의 턱을 잡고서 부드럽게 뺨을 때렸다. 처음에는 부드럽게 그러다가 조금 더 강하게. 내가 뺨을 때릴 때, 티미는 완전히 몸이 풀려서 나지막히 신음을 내뱉었다. 아직은 멈추지 않기를 바란다는 뜻이다. 그러면 나는 그녀의 머리카락을 잡고 한쪽으로 잡아당겼다. 우리는 다시 자세를 바꾸었다. 그녀가 침대에 똑바로 눕자 말랑말랑하고 둥근 가슴이 양쪽으로 흘러내렸다. 그녀는 가슴 위에 닿는 나의 손길을 느꼈다. 티미도 내가 얼마나 그 자세를 좋아하는지 잘 알고 있다. 그녀의 모든 것이 나를 유약하고 부드럽게, 한없이 약해지도록 만들었고, 또 애정을 쏟아붓고 싶게 만들었다. 마치 내 멋대로 해도 될 것 같은 기분이 들었다. 나는 그녀에게 모든 것을 맞추었고, 처음에는 그녀도 그런 내 모습에 다소 놀라는 것 같았지만 나중에는 당연한 것처럼 받아들이게 되었다. 나는 말 그대로 티미에게 완전히 굴복해버렸다. 하지만 티미는 내가 굴복하지 않고 버티는 쪽을 더 좋아했다. 그래야 자신이 내게 굴복하는 쪽이 될 수 있을 테니까.

나는 티미의 허벅지를 붙잡고 가랑이를 넓게 벌렸다. 나를 받아들일 준비가 된 것처럼 느껴지도록 말이다. 그녀의 안으로 파고들자 침대에 누워 있던 그녀도 오랫동안 기다렸던 것처럼 자신의 몸을 순순히 내어주었다.

얼마 전부터, 이렇게 관계하는 방식이 아내를 지나치게 여성스럽게 만들고 나를 너무 남성적으로 만드는 것은 아닌지 염려가 되었다. 나는 자기 욕구를 푸는 데만 급급해하는 평범한 남자가 되고 싶지 않았다. 우리 사이는 남들과 달랐으면 좋겠다고 누누이 말했기 때문에 티미도 내 속마음을 잘 알고 있었다. 그래서 그녀의 몸속으로 들어갔다가 나오기를 반복할 때마다, 내 몸이 그녀의 위에 있을 때마다 내가 그런 생각을 한다는 사실을 그녀도 알고 있었다.

나는 티미의 옆에 나란히 누워서 그녀가 절정에 이를 때까지 귓가에 대고 속삭이고 싶었다. 하지만 그녀는 내가 자신의 위로 올라가기를 바랐고, 마침내 나도 그런 자세를 원하게 되었다. 결국 우리 부부도 뻔하디뻔한 체위에서 벗어날 수 없었다. 비록 그 전까지 온갖 체위들을 시도해봤다고 해도 결국 내가 그녀 위에 올라가야만 서로가 절정에 이를 수 있었다. 우리는 서로를 껴안고 꽁꽁 묶어두었으며 때리고 핥고, 서로가 원하는 성적 판타지를 경험하도록 했다. *당신이 원하는 모든 것과 모든 사람을 전부 가졌으면 좋겠어.* 나는 말했지만 항상 내가 위에 올라선 자세로 그녀를 취하고, 그녀는 내 밑에 누운 채로 자기 몸을 온전히 맡기는 자세로 끝이 났다. 그러고 보면 나 역시 평범한 남자 중 하나였고, 그녀 역시 평범한 여자 중 하나였던 것이 아닐까?

나는 그녀가 다른 사람과 있는 모습을 보고 싶다고 말했다. 내가 아닌 다른 남자와 있을 때, 어떤 모습인지 더욱더 자세히 살피고 싶었기 때문이다. 나와 함께하지 못하는 것들을 다른 사람과 마음껏 즐기도록 해주고 싶었다. 그러자 티미가 말했다.

"누구랑?"

나는 대답했다.

"누구든 당신이 좋아하는 사람이어야겠지. 온라인에서 찾아봐도 될 테고."

그러자 티미가 말했다.

"싫어. 나에게 잘 보이려고 새로 셔츠를 사 입고 어떻게든 하룻밤 즐기고 싶어서 온갖 노력을 해대는 사람이랑 마주 앉아서 커피라도 마시라는 거야? 그러다가 그 사람을 따라 이상한 아파트로 가야 하고? 난 그런 거 정말 싫어."

"그럼 당신이 적당한 상대를 찾아봐."

"그러다가 그 남자랑 사랑에 빠지면 어쩌려고?"

"우리는 충분히 헤쳐 나갈 수 있을 거야. 정말 흥미진진할 것 같지 않아? 도저히 거부할 수 없을 만큼 괜찮은 남자를 만나서, 당신이 정말 좋아할 만한 남자를 만나서 내가 지켜보고 있다는 사실조차 까맣게 잊을 정도로 탐닉하는 당신을 보고 싶어."

그러자 티미가 되물었다.

"당신이 질투하지 않을까?"

"그럴지도 모르지. 하지만 그래서 더욱 흥분할 것 같아. 주인공이 아니라 제3자가 되어 지켜본다는 것 자체가 짜릿하잖아. 그렇게 되면 당신을 더욱더 사랑할 것 같아."

"내가 그럴 수 있을지 모르겠어."

"당신은 잘할 수 있을 거야. 다른 남자를 바라볼 때 당신이 어떤 표정인지 잘 알아. 그래서 더더욱 그때 생각을 멈출 수가 없어. 정말 그런 일이 생기면 어떨지 내 눈으로 똑똑히 보지 않는다면 계속 두려워하게 될 것 같아. 그러고 싶지 않아. 당신이 다른 남자의 셔츠를 벗기고 바지를 벗기고, 그 남자가 알몸으로 당신과 함께 있는 모습을 보고 싶어."

그러자 티미가 웃으며 말했다.

"그럼 그 후에는 어떻게 되는 거야?"

"그다음에는 내가 그 남자에게 입을 맞추고 온몸을 핥아줄 거야. 당신 몸속에 들어갔던 부분들을 전부 내 입술로 직접 맛보고 싶어. 그 모습을 당신이 똑똑히 봤으면 좋겠어."

"그동안 나는 뭘 해야 하는 건데?"

"구석에 가만히 앉아 있으면 돼. 조명도 끄고, 그냥 영화를 본다고 생각하고 우리를 지켜보는 거야."

그러자 티미가 말했다.

"당장 올라와."

나는 시키는 대로 그녀의 위로 올라갔다. 그 방에는 우리 둘뿐이었고, 그렇게 오랫동안 우리는 말없이 침대에 누워 있었다.

사랑은 또한 권력의 전환이 아닐까? 결국 애정을 준다는 것, 부드러움을 나누고 배분하는 방식이 아닐까? 그리고 이러한 부드러움이 우리 둘 중 하나가 나머지 사람을 완전히 좌우하는 자리를 선점할 수 있다고 예상하는 것 아닐까? 그렇다면 단 몇 초라도 우리 둘 중 하나가 상대에게 완전히 굴복해야 하는 것이 아닐까? 그렇다. 우리는 그런 식이었고 나와 아내 모두 그 부분에 대해서는 의견이 같았다. 그래서 키스하거나 포옹할 때 혹은 관계할 때, 티미가 키스를 하고 나를 안고 나를 취하거나 반대로 내게 키스를 당하고 안기고 몸을 내어주는 한 가지 위치를 고수했다. 서로 차례대로 상대를 마음껏 좌우할 수 있다는 점이 나는 좋았고, 티미도 내가 좋아하는 걸 알고 있었다. 그래서 이를 고수했으며 또 그래야만 했다. 정확히 언제부터 언제까지인지, 어느 순간인지 정확히 알 수는 없었지만, 우리 부부 사이에는 상대에 대한 애정과 굴복의 전환이 계속해서 일어났고 누가 누구에게 애정을 받고 있는지는 알 수 없었다. (정말 그런 식이었을까? 그녀는 더는 알지 못한다.)

하지만 그런 전환의 과정에도 불구하고 두 성인이 만나 사랑한다는 것은 홀로 사는 두려움을 떨치고 싶어서, 어떤 대가를 치르더라도 혼자 남는 것에서 탈출하고 싶어서가 아니겠는가. 사랑하면 집으로 돌아올 누군가가 있고 목을 빼고 기다릴 사람이 있고 나를 돌봐줄 대상이 있으며 누군가의 말에 귀를 기울일 수 있으며, 때로는 다정하게 꾸짖어 줄 사람이 있다는 사실이 보장되니까. 우리의 진짜 모습이 무엇이고 가짜 모습이 무엇인지 아는 사람이 생기는 것이니까. *자, 진정하고 이리 와서 앉아 봐.* 이렇게 말할 사람이 내 옆에 있어 줄 테니까.

그저 함께 침대를 사용하는 사람이 생기는 것에 불과한 걸까? 함께 밥을 먹고, 함께 앉아 있고, 함께 잠을 자고, 함께 대화를 나누고, 함께 무언가를 살피고, 때로는 함께 세상을 등질 수 있는 사람이 생기는 것이다. 매일 밤 함께 잠을 청하고, 벌거벗은 채로 눕고, 서로의 품에서 눈을 뜨는 것이 사랑 아닐까? 만약에 운이 좋다면, (물론 우리 부부는 운이 좋았다고 굳게 믿고 있었다.) 상대방의 은밀한 욕망을 아무런 제약 없이 들여다볼 수 있지 않을까? 아무런 빗장도 지르지 않은 상태로 말이다. 우리가 바라는 게 그런 거 아닐까? 내게 티미는 돌봐줘야 할 대상이었고, 충실해야 할 사람이며, 나의 가장 뒤틀린 생각까지, (나는 그런 식으로 말하는 것을 좋아했기 때문에) 모든 걸 함께 공유할 수 있는 사람이었다. 그리고 티미에게 나라는 사람은 아마도 항상 그 자리에 있어 주는 사람이었을 것이다. (이제 더는 알 수 없게 됐지만.) 정말 우리는 완전하고 제약 없이 서로의 욕망을 공유하고 싶었던 걸까? 그렇다면 우리의 사랑도 결국 관습에 불과했던 것일까? 다른 커플들처럼 판단하고, 주변 사람들과 똑같은 삶을 살기 위해 노력하고, 배우자와 자녀, 차고를 두는 생활에 정착하려고 했던 것이니까. 영구적인 기반을 마련하고 그 위에서 안전하게 애정을 확보하고, 저녁이면 함께 지낼 수 있는 사람이 생기고, 밤이면 섹스를 할 수 있으며 혼자일 때보다 조금 더 많은 월급을 벌 수 있기 때문이었을까?

그렇다. 정확히 그런 점 때문이었다. 그리고 티미도 깨달았겠지만, 이는 본래 우리가 원하던 모든 것이 실패하는 결과를 가져오고 말았다. 오래전 일이 되어버렸지만, 나는 한때 티미가 사랑에 빠진 남자였다. 구겨진 셔츠와 뾰족한 콧날, 그리고 저돌적인 눈빛을 가진 남자. 함께 아이를 낳고, 아이가 다쳤을 때 함께 눈물을 흘렸으며, 식사 시간과 어디서 무엇을 먹을지에 대해서 정확한 기준을 가지고 있는 남자. 그저 티미가 존재한다는 이유만으로도 경외에 가득 차서, 그녀가 방 안을 가로질러 걷는 모습만 봐도 도저히 눈길을 떼지 못했던 남자. *당신이 뭘 하든 나는 언제나 당신을 사랑할 거야.* 티미는 내가 했던 말을 기억하고 있다. 그리고 내 입에서 그런 말이 더는 나오지 않게 된 날이 언제인지 떠올려본다. 마치 엄청난 위안처럼 그 순간이 다가왔다. 전혀 상상하지 못했던 방식으로 그녀를 둘러싸고 있던 모든 것들이 산산조각이 났다.

6월의 어느 토요일 아침, 나는 집 밖 계단에 앉아서 책을 읽고 있었고 아이들은 집 안팎을 드나들며 평소처럼 분주하게 놀고 있었다. 티미는 올 한 해를 뒤돌아보고 내년을 예상해보면서, 앞으로도 똑같은 모습이겠구나 싶은 생각이 들었다. 그녀는 밖으로 나와 내가 책에 머리를 박고 앉아 있는 모습을 쳐다봤고, 순간 내 목덜미를 어루만지고 싶어졌다. 하지만 그럴 수가 없었다. 왜 그런지 그녀도 알 수 없었다. 내 목덜미는 어린아이처럼 매끈하고 하얀 편이었고 나는 평소에도 머리를 박고 책을 읽고는 했다. 무릎 위에 책을 올리고 두 팔을 허벅지에 대고 몸을 앞으로 숙이고 있었다. 입을 벌리고 허공을 바라보며, 뭐라고 중얼거리면서 메모지 위에 뭔가를 끄적거릴 때도 있었다. 티미는 내 옆자리에 앉아서 어깨동무하고 싶었지만, 무엇 때문인지 그럴 수가 없었다. 그래서 나를 지나 계단 네 개를 한 번에 뛰어내렸고, 자갈이 깔린 곳에 멈추어 서서 뭐라고 할지 모르는 채로 곧바로 등을 돌려 나를 쳐다보았다.

"운동하러 가는 거야?"

내 말에 고개를 끄덕이는 걸 보니 그 사람을 만나러 가기로 한 모양이었다. 티미도 내게 말해야 한다는 걸 느끼면서도 정작 그 말을 하는 자신의 목소리가 어떻게 들릴지 확신이 서지 않았다. 그래서 다른 방법을 찾기로 했다. 내가 좋아할 만한 귀여운 동작을 취한 것이다. 사랑하는 연인 사이에서는 대수롭지 않은 일이라는 듯 고개를 한쪽으로 젖히더니 이렇게 말했다.

"나 초대받았어."

"무슨 초대?"

"같이 조깅 하재."

"누가? 그 남자?"

"응."

"어제도 그 남자랑 함께 뛰었다고 하지 않았어?"

"응, 그런데 어제는 달리다가 우연히 마주친 거였어."

"그럼 문자 메시지가 온 거야?"

"응."

티미가 웃음을 터트렸고 나도 따라 웃었다. 재미있는 상황이었다. 별로 위험할 것도 없었다. 티미는 나를 껴안아주고 싶었지만, 지금은 도저히 그럴 수가 없었다. 그래서 내 쪽으로 다가와서 빰을 문질렀고, 나는 이렇게 말했다.

"그런데 그 남자 유부남 아니야?"

"응. 결혼한 게 무슨 상관이야. 어차피 달리기만 하는 건데."

"당신이 보기에는 그 남자 잘생긴 것 같아?"

"운동을 잘해."

우리는 서로를 빤히 쳐다보았다. 이건 일종의 게임처럼 가벼운 농담에 불과했고, 그녀도 오늘 밤 잠자리에서 내가 다시 이야기를 꺼내리라는 것을 예상했다. 티미는 나를 쳐다보며 말했다.

"자기가 걱정할 일은 아니야."

"걱정하긴, 오히려 잘된 거지."

"뭐가?"

"그 남자랑 같이 달리는 거라며. 상대가 남자라고 해서 꼭 그 사람이랑 달리지 못한다는 법도 없잖아. 안 그래? 우리 그러지 않기로 했잖아."

"아니, 진짜 그런 사이 아니야."

"게다가 당신이 그 남자를 잘생겼다고 생각하는 것 같아서 오히려 좋은데?"

"그런 거 아니라니까."

"정말?"

"모르겠어."

티미는 조심스럽게 발을 뗐다. 그래서 내가 말했다.

"당신 볼이 빨개진 것 같아."

"바보 같은 소리 마."

나는 자리에 앉은 채로 미소를 지으며 그녀를 쳐다보았고, 티미는 어찌할 바를 모르고 있었다. 조깅을 마치고 나서 집으로 돌아왔을 때, 함께 이야기를 나눌 생각으로 장난삼아 던진 말이었다. 뜨거운 햇살이 그녀의 등과 목덜미, 그리고 얼굴 위로 비추면서 그녀의 몸에 땀방울이 송글송글 맺혔다.

"그 남자 때문이 아니라 당신이 한 얘기 때문에 그런 거야."

"당신은 수줍어하는 모습이 잘 어울려."

"수줍어한다고?"

"그래서 얼굴이 붉어지는 거 아닌가?"

"이만 가봐야겠어."

"그래, 가 봐."

"얼마나 걸릴지 모르겠어."

"기다릴게."

"아무래도 꽤 오래 달려야 하는 코스를 소개해주고 싶은 모양이야."

"조심해서 다녀와."

"뭘 조심하라는 거야?"

"달리다가 괜히 다치지 말라고."

"휴대전화는 안 가지고 가. 괜히 가져가 봤자 달릴 때 거추장스럽기만 하니까."

티미는 자유로움을 느꼈다. 바로 그것이 우리가 서로를 위하는 방식이었다. 상대방이 원하는 것이 뭐든 언제나 마음대로 하라고 말해주는 것. 함께 벌거벗고 누워 있을 때 말했던 모든 것의 연장선상에 있는 것이었다. 티미는 자유로운 영혼이었고 그점은 분명한 사실이었다. 언젠가 그녀는 다른 남자를 원하게 될것이고, 그때 마음이 가는 대로 뭐든 하더라도 그 후에 집에 돌아와 내게 솔직하게 이야기하면 된다. 그렇지만 티미는 절대 멋대로 행동하지 않을 거라고, 적어도 모든 걸 멋대로 하지는 않겠다고 생각했다. 특히 남편을 두고 바람피우는 일 같은 건 하고싶지 않았다. 지금과 똑같은 모습으로 삶이 지속되기를 바랐기 때문이다. 그래서 최대한 신중히 행동할 거라고 다짐했다. 나를 위해서, 또 내가 화난 모습을 보고 싶지 않기 때문에, 그래야만 우리 사이의 모든 것들이 망가지지 않을 테니까. (아니, 티미는 그렇게 생각하지 않았다. 더는 아니었다.)

그날 아침 일찍, 티미에게 문자 메시지 하나가 도착했다. 내심 문자가 오리라고 예상은 했는데, 휴대전화 알림 소리가 나서 살펴보니 모르는 번호였다. 하지만 문자 메시지 끝부분에 낯익은 남자의 이름이 눈에 들어오는 순간, 오감이 바짝 살아나는 것 같았다. 온몸의 굴곡은 물론 무게, 자신의 존재 자체를 느낄 수 있었다. 숨을 들이마시고 다시 천천히 내뱉는 동안, 주변 공기가 자신의 몸을 어떻게 어루만지고 그 공간이 어떻게 자기 안에서 형성되는지도 감지할 수 있었다. 문자 메시지의 내용은 간단했다. *같이 조깅 갈래요?* 그 말과 함께 이번에는 조금 더 긴 코스를 가보고 싶다는 내용이 적혀 있었다.

티미는 곧바로 답장을 보냈다. *좋죠. 지금요?* 그러자 1초도 되지 않아서 답장이 왔다. *네, 지금요.* 티미는 곧바로 2층으로 올라가서 옷을 갈아입었고, 그대로 밖으로 나와서 나랑 이야기를 나눈 다음 그를 만나러 집을 나섰다. 티미는 현관문을 닫고 천천히 달리기 시작했다.

티미는 온종일 돌아오지 않았다. 집으로 돌아왔을 때, 그녀는 다양한 경험을 한 후였지만 다시 떠올리지 않으려고 애썼다. 즐거운 시간이었고, 전혀 위험할 것이 없었고 다시 자신의 평범한 삶이 기다리고 있는 집으로 돌아왔기 때문이다.

오후 시간을 훌쩍 넘긴 저녁, 그날은 가족끼리 저녁을 먹는 토요일이었다. 나는 아이들과 함께 피자를 만들었다. 티미가 돌아왔을 무렵에는 막 저녁 식사를 마치던 참이었다. 그녀는 어디로 조깅을 갔는지 하나하나 설명했고 별로 거리낄 것 없이 말했다. 티미는 얼마나 멀리까지 갔었는지, 주변의 경관은 어땠는지 생생하게 묘사했다. 그러고 나서 욕실로 가 뜨거운 물을 틀고 홀로 샤워를 했다. 샤워를 마치고 밖으로 나왔을 때, 주방은 말끔히 정리되어 있었고 아이들은 각자 방으로 들어갔으며 나는 바깥 정원에 나와 있었다. 창문 너머로 고개를 푹 숙인 채 앞뒤로 오가면서 잔디를 깎는 내가 보였다.

이제 어쩌면 좋지? 티미는 생각하다가 도저히 머리가 돌아가지 않아서 그냥 포기해버렸다. 그리고 내가 막 잔디 정리를 끝낸 정원으로 나왔다. 나는 낡은 티셔츠와 밑단이 뜯어진 청바지, 그리고 풀물이 든 운동화를 신고 있었다. 여전히 예전 모습 그대로였다. 나는 어깨를 구부리고 잔디밭을 가로질러 아내가 있는 쪽으로 걸어갔고, 순간 내가 너무 작게 느껴져서 겁이 났다. 잔뜩

위축된 모습을 그녀에게 들키고 싶지 않았지만, 아마 그녀도 느꼈을 것이다. 티미는 그런 내 모습을 보고 마음이 짠했다. 텔레비전 시리즈나 영화 속에서 동정심을 불러일으키는 캐릭터를 보는 것처럼, 멀찌감치서 내 모습을 보고 가슴이 찡해왔다. 하지만 곧이어 그보다 더욱 강력한 감정이 그녀의 마음속에서 고개를 들었고, 더는 모른 척할 수가 없었다. 그 남자는 티미에게 뭔가를 원하고 있었다. 모두가 곤히 잠든 집에 서서히 시커먼 물이 넘쳐흐르듯 알 수 없는 감정이 그녀의 몸속에 서서히 퍼져나갔다.

티미는 내 어깨에 가만히 손을 올렸다. 고개를 들어 그녀를 바라보는 내 얼굴은 붉게 상기되어 있었고 유약하고 절박해 보였다. 얇은 살갗 아래로 뼈가 그대로 드러나 보일 정도였고, 광대뼈 사이로 부리가 달린 것처럼 가느다란 코뼈가 툭 튀어나와 있었다. 관자놀이 쪽에는 예전에 미처 보지 못했던 움푹한 부분도 보였다. 눈도 더욱 퀭해 보였다. 그녀를 빤히 쳐다보는 파란 눈동자는 매년 점점 더 넓어지는 것 같았다. 티미는 깊이 호흡하며 이렇게 말했다.

"안녕, 내 사랑. 괜찮은 거지?"

바로 그 말이 내게 필요한 전부였고, 그 말을 듣자마자 안색이 돌아오고 두려움이 눈 녹듯 사라지는 기분이었다. 나는 등을 쫙 펴고 평소처럼 행동했다. 티미는 내 어깨에 고개를 기댔고, 내 두 팔이 자신의 온몸을 끌어안는 것을 느꼈다. 그녀는 내 위쪽 팔의 하얀 맨살에 입을 맞추었고, 머릿속으로는 조금 전까지 함께 있던 그 남자, 그의 피부를 떠올렸다. 그의 팔에 닿은 느낌은 어떨까, 손으로 쓰다듬으면, 입을 맞추면 어떤 느낌일까.

우리는 정원에 있는 테이블에 나란히 앉았고 티미는 난생처음 본 숲까지 갔었다고 말했다. 그곳은 사람의 손길이 전혀 닿지 않은 고대의 삼림지 같은 곳이었다. 그 남자와 아내는 수백 년은 된 소나무 아래에서 생기가 넘치는 부드러운 이끼를 밟으며 달렸다. 아내는 그가 자신의 부서에서 계획하고 있는 연구 프로젝트를 함께하자고 제안해 왔다고 말하면서 꽤 우쭐해 보였다. 하지만 그에게 지금은 시간적인 여유가 없고 기관에서 허락해줄지 확실하지 않다고 대답했다고 말했다. 게다가 그의 부서에서 시작하는 프로젝트에 공동 프로젝트 운영을 까다롭게 만드는 내부 규정이 있을지도 모를 노릇이었다.

남자는 끝까지 포기하지 않았고 아무 문제가 없을 거라고 장담하면서, 잘 해결되도록 애쓰겠노라고 말했다. 티미는 그에게 프로젝트 말고 다른 꿍꿍이도 있는 것 같다는 생각이 들었다. 물론 그녀의 예상이 빗나갔을 수도 있고, 확실한 것은 아니었지만,

평소 내가 쳐다보는 방식이 아닌 다른 남자의 시선을 받는다는 것에도 익숙하지가 않았다. 어쨌거나 기분은 나쁘지 않았다. 티미도 그를 똑바로 바라봤고 둘은 마치 서로 경쟁하는 것 같았다. 두 사람은 조금 길다 싶을 정도로 서로의 눈동자를 빤히 쳐다보았다. 티미는 그 모든 것들을 나에게 말했고, 그 목소리를 듣고 있자니 마치 졸졸 흐르는 물줄기 아래서 말하는 것처럼 들렸다. 양쪽 귀로 피가 솟구치는 듯했고 그것은 세찬 물소리, 바람 소리 혹은 저 멀리 방에서 웅성거리는 소리 같았다.

우리는 늦게까지 정원 테이블에 앉아 있었다. 나무들이 우거진 산마루의 기운은 우리 주변으로 어두운 기운을 드리웠고, 우리는 물기를 흡수하는 촉촉한 천처럼 그 어둠 속으로 빨려 들어갔다. 하늘은 여전히 밝았으나, 청록색과 백색, 그리고 에메랄드색과 짙은 파란색을 뿜어내며 서서히 저무는 태양을 따라 변하고 있었다. 우리는 머리 위의 모든 것들이 어둠 속에서 빛나고 있는 공터에 앉아 있었고, 테이블 아래와 잔디 위를 비추는 거친 여름의 그림자가 발끝으로 바짝 파고들었다. 나는 초에 불을 붙였다. 성냥을 들고 테이블 위로 몸을 숙이자 얼굴이 환하게 달아올랐다.

티미는 노트북을 들고 와서 온라인에 있는 그 남자의 사진들을 보여주었다. 그런데 다소 실망한 듯한 내 표정을 읽은 모양이었다. 아니, 실망보다는 조금 놀란 표정이라고 할까. 정말 평범한 사람인 것 같아, 나는 말했다. 티미보다 어린데도 불구하고 꽤 나이가 들어 보였다. 각 맞춰서 다린 양복바지에 자의식도 강하고 젠체하는 모습, 꼭 1960년대 중년 남자를 보는 것 같았다. 게다가 끔찍한 셔츠도 한몫했다. 그녀는 내가 하는 말을 계속 들었고, 나는 너무 신나고 행복해서 그녀가 기분 나빠 하고 있다는 사실조차 눈치채지 못했다. 티미는 정말로 화가 나 있었다. 자기 욕이라도 들은 사람처럼 마음이 상한 모양이었다. 보통은 새로 만나는 사람들에 대해서 비슷한 의견을 공유하는 편이었는데, 이번만은 서로 생각이 확연히 달랐다. 그녀는 내가 그만 좀 떠들었으면 하는 바람이었다. 티미는 그 사람에 대해서 말하고 싶었고, 내가 자신의 얘기를 귀 기울여 들어주기를 바랐다. 나에게 그 남자에 관해서 설명하기 전까지는 그녀조차 그에 대해 잘 모르고 있었으므로 제발 토를 달지 않고 들어줬으면 싶었다.

하지만 그 남자는 내가 상상했던 모습과는 전혀 딴판이었다. 만약 티미가 다른 남자에게 호감을 느낀다면, 꽤 잘생긴 외모에 남성스러움이 덜하고 조금 중성적인 사람이 아닐까, 생각했기 때문이다. 나라도 한눈에 반할 것 같은, 내가 평소 호감을 느끼는 그런 곱상한 외모 말이다.

"스키 강사래."

"응, 전에 말해줬잖아."

"춤도 가르치고, 암벽등반도 가르친대. 사격 클럽에도 가입되어 있는데, 나한테 총 쏘는 법을 가르쳐주고 싶대. 또 승마 강사로도 일한다나 봐."

"그럼 승마도 가르쳐주겠대?"

"응, 거기다 달리기까지 하는 거야. 나랑 취미가 정말 비슷해."

"진짜로 승마 강사를 한대?"

"몇 년 전까지 했다나 봐. 물론 지금도 말은 가지고 있대."

티미는 자식을 자랑스러워하는 부모처럼 그에 대해 자부심을 느끼는 모양이었다. 아니, 그보다는 사랑에 빠져서 그녀의 인생에 발을 들인 그가 얼마나 뛰어난 자질을 지녔는지 사방에 자랑하고 싶은 사람처럼 보였다. 티미는 그에 대해서 계속 이야기하고 싶어 했다. 나란 사람은 아내가 속내를 털어놓는 대상에 불과했다. 그리고 지금의 나는 아내의 뜻에 부합하려고 애쓰는 사람으로 느껴졌을 것이다. 나는 티미의 시각으로 그 남자를 보려고, 최대한 그녀의 입장에 서보려고 애썼다. 아내가 그 남자에게 느끼는 감정을 나도 똑같이 느끼고 싶었다.

"그 남자의 어떤 부분에 끌린 건지 이해가 안 돼."

"사실 몸 때문이야. 그 남자 몸을 만지고 싶어."

"어디서?"

"캄캄한 방 같은 데서?"

나는 몸을 굽히면서 티미의 무릎에 손을 올렸다.

"어느 부분을 만지고 싶어?"

"단단한 팔이랑 목선, 나도 잘 모르겠어. 배 아랫부분도 괜찮을 것 같고. 운동해서 몸이 꽤 탄탄하거든. 당장이라도 아랫도리에 손을 넣고 사타구니 위쪽을 더듬거리고 싶달까. 바지 아래를 쓸어내리면서 입을 맞추고 싶은 충동이 생겨."

마치 노곤한 잠에 빠진 것처럼, 그녀의 목소리가 아련하게 귓가를 울렸다.

"혹시 내가 이런 말 하는 거 듣기 껄끄러워?"

"전혀. 오히려 흥분되는데?"

"정말?"

"응, 듣고만 있어도 가슴이 두근거려. 살짝 흥분되기도 하고."

"물론 그렇다고 진짜로 그 사람이랑 뭘 하겠다는 건 아니야. 그건 알지?"

"하지만 그렇게 될 수도 있는 거잖아."

"그럴 순 없어. 그러고 싶지도 않고."

"진심이야? 그래도 어느 정도 여지를 남겨두는 게 좋지 않겠어? 우리 사이에 별문제만 생기지 않는다면 말이야."

티미의 남편은 바로 나였다. 나는 하루에도 몇 번씩 사랑한다고 말하면서도 본인이 원하는 만큼 자유를 누려야 한다고 거듭해서 말했다. 아직 펼쳐보지 않은 인생이 지금 여기 있으니 마음껏 자유를 누려보라고 말이다. 여름의 오후는 곧 저녁으로 이어졌다. 우리가 공유하는 삶이 그 누구의 것과도 같지 않다는 점에 대해서는 둘 다 확신하고 있었다. 나에게는 지금의 삶이 내 인생의 유일한 것이었다. 자랑이 너무 심한 거 아닐까 생각하면서도 티미는 내심 그 따뜻한 말을 마음껏 즐기고 있었다. 적어도 내가 언제나 그 자리에 있어 줄 거라고 굳게 믿고 있었고, 기이하게 생긴 하얀 꽃처럼 내 얼굴이 항상 그녀를 향하고 있다는 사실도 잘 알고 있었다. 행인에게 들릴 정도로 큰 목소리로 이야기를 했지만 아무도 우리가 하는 말을 들을 수 없었다. 우리는 평범한 연인들처럼 다정하게 앉아서, 그 누구도 알아듣지 못할 은밀한 이야기를 공유하고 있었다. 티미는 의자에서 몸을 빼내려는 것처럼 등을 펴고 자세를 고쳐 앉았다. 오늘 저녁 유난히 그녀의 목소리가 다르게 들려 그 점이 마음에 걸렸다.

"그 남자도 나에게 호감이 있는지 모르겠어."

"당연히 호감이 있겠지."

"잘 모르겠어."

"분명 있을 거야."

"어떻게 확신해?"

"당신이 그 사람을 좋아하잖아. 호감을 느낀다는 건 항상 상호 반응 같은 거니까. 서로 대화를 나누고 이메일도 주고받고, 함께 달리기하러 가자고 문자도 보내고, 그래서 하루에도 두 번씩 함께 달리기를 하고 있으니까. 서로 눈동자를 쳐다보기도 했다면서. 이건 확실한 신호야. 당신도 알잖아."

그제야 마음이 편해졌다. 그녀가 집에 있고, 함께 같은 공간에 있으면 마음이 편해지는 것이었다. 나는 티미에게 다른 남자에게 호감을 느끼는 건 위험한 일이 아니라는 점을 인지시켰다. 이번에 만난 남자에게도 그저 마음이 가는 대로 행동하면 될 일이었다. 그렇게 사는 게 우리에게 어울리는 삶이라고도 말했다. 나는 정원 쪽으로, 아니 정원 너머 저 멀리 이웃집을 향해 팔을 뻗어 흔들었다. 나는 뭔가 색다른 삶을 살기 위해 많은 경험을 해보고 싶었다. 공장에서 찍어낸 것처럼, 모든 사람이 같은 운명을 타고난 것처럼 똑같은 모습으로 살아가는 세상 속에서 평범한 사람이 아닌 다른 사람으로 살고자 뭐든 가리지 않았다. 나나 티미가 밋밋하고 편협한, 그런 평범한 삶을 사는 건 생각만 해도 견딜 수가 없었다. 그녀도 그 점을 알고 있었다. 비록 그런 삶이 무엇을 뜻하는지 완벽히 이해할 수는 없지만, 마음에 든다고도 했다.

나는 그녀의 안에 생생히 살아 있는 그 무언가를 좇으며 살아야 한다고도 했다. 평범한 남자라면, 그런 이야기를 듣고 질투하거나 한바탕 난리를 피우거나 다른 남자의 아내에게 집적거리는 남자를 향해 불같이 화를 냈을 것이다. 하지만 나는 그 얘기를 듣고 오히려 기분이 좋았고, 그 남자로 인해 아내에게 어떠한 영향이 미쳤는지를 살피면서 흥미진진하기도 하고 더 자세히 알고 싶었다. 아내가 이렇게 집으로 돌아와서 함께 있을 수만 있다면, 우리 둘의 관계에는 아무런 문제도 없을 것이다.

아내가 집에 돌아왔을 때, 내가 얼마나 겁에 질려 있었는지 기억하면서도 이내 까맣게 잊어버렸다. 그리고 내가 지금까지 한 번도 본 적이 없는 다양한 가능성을 그녀를 위해 활짝 열어두었다는 점을 생각해보았다. 그녀는 나를 경이로운 사람이라고 말했고 나는 그녀를 사랑한다고 대답했다. 내 얼굴 위로 여명 안에서 빛나는 광기처럼 빛이 뿜어져 나왔다. 우리는 집 안으로 들어가려 자리에서 일어났고, 서로 팔짱을 끼고 입을 맞추다가 키득키득 웃으며 서로의 옷 속으로 손을 집어넣었다. 나무와 공기, 잔디와 의자 위로 어둠이 서서히 짙게 깔렸다. 그렇게 오랫동안 서로를 잡고 서 있다가, 티미가 몸을 뒤로 뺐고 함께 침대로 걸음을 옮겼다.

그녀는 욕실에 홀로 서 있었다. 거울에 비친 자신의 몸을 쳐다보면서 말이다. 거울 속에 비친 눈동자와 마주쳤고, 잠시 그대로 있다가 더는 쳐다보지 못했다. 곧바로 욕실에서 나와 침대로 향했다. 침실 밖에서는 내가 주방을 정리하고 유리컵을 식기세척기에 넣고 서랍을 여닫으며 분주히 움직이는 소리가 났다. 그리고 잠시 후 밖이 조용해졌다. 아마도 뭔가 메모를 하고 있었을 것이다. 그녀는 한 손으로 턱을 받치고 있을 그 남자의 모습을 떠올렸고, 방금 거울 속에 홀로 서 있던 자신의 모습을 떠올리고 나서는 아무 말도 하지 않고 있었다.

　내가 침실에 들어왔을 때, 티미는 반쯤 잠이 든 상태였다. 그리고 잠에서 깼다. 그녀는 침대에 누운 채로 머리 위로 셔츠를 벗고 있는 내 모습을 쳐다보았다. 벗은 셔츠는 침대 옆으로 던졌다. 벨트는 이미 푼 상태라, 곧바로 바지를 내리고 허물처럼 바닥에 벗어두었다. 팬티를 벗으면서 잠시 구부정하게 숙였다가 곧바로 다시 몸을 쭉 폈다. 나는 티미의 남편이었고 그녀 앞에 발가벗고 서 있었으며, 그녀는 내가 얼른 침대로 와서 옆에 눕기를 기다리고 있었다.

　우리는 침대에 나란히 누웠고, 나는 그녀가 했으면 싶은 모든 것들을 귓가에 대고 속삭였다. 평소에는 내가 하는 말만 듣고도 흥분하던 사람이 오늘따라 이렇게 말했다.

"그만하고 그냥 하면 안 돼?"

"지금 당장?"

"응, 그냥 다른 평범한 부부처럼."

그러고 나서 우리는 섹스를 했다. 아니, 섹스했다기보다 나 혼자 열심히 움직이고 그녀는 그저 누워 있었다. 티미는 등을 대고 똑바로 누워서 허벅지를 벌린 채로 가만히 있었고, (어쩌면 내가 허벅지를 벌렸는지도 모르겠다. 티미도 그날 일을 제대로 기억하지 못하는 모양이다.) 그렇게 나는 티미의 몸 안에 내 것을 억지로 집어넣었다. 그리고 옆에서 위에서, 그렇게 열심히 허리를 앞뒤로 움직였다. 내 물건을 그녀의 몸 안에 넣고 앞뒤로 넣었다가 뺐다가를 반복했다. 지극히 평범한 부부들이 하는 그런 섹스, 빠르고 리드미컬하고 강한 움직임이었다. 티미는 침대에 누워서 눈을 뜨지도, 입을 다물지도 못하고 있었다. 그리고 침대 위로 점점 밀리는 몸뚱이를 주체하지 못했다. 그렇게 온몸을 내어준 채로, 자신의 몸속으로 내가 들어오도록 허락했고, 자신을 마음껏 취할 수 있도록 가만히 있었다. 그동안 나는 열렬히 그녀의 몸을 탐했다. 티미의 머리 위로 조깅을 하는 사람처럼 입을 쩍 벌리고 땀을 뻘뻘 흘리며 열심히 움직이는 나의 모습이 보였다.

티미는 최근에 새로 알게 된 남자를 떠올렸다. 그 목덜미, 팔뚝, 그리고 지금 자신의 머리 위에 있는 사람이 그 남자라고 상상해보았다. 그녀가 그렇게 생각하는 동안 나는 그녀의 몸 위에 올라타서 아무 말도 하지 않고 그녀의 몸을 탐했다. 비록 그 순간을 오래 즐기지 못하고 끝이 났지만, 어쨌거나 빠르고 강하게 말없이 섹스했다는 것에 그녀는 만족스러워했다. 그녀는 두 다리와 두 팔을 쩍 벌린 채로 그대로 누워 있었다. 그 누구보다 그리고 무엇보다 자신을 원하는 남자의 아래 누워 있다는 건 본인도 잘 알고 있었지만, 정말 그것만으로 충분했을까? 티미는 확신할 수 없었고 지금까지도 그 점에 대해서 굳이 생각하려고 들지 않았다. 나는 죽을힘을 다해 그녀의 몸속으로 들어갔다가 나왔다가를 반복하며 계속 움직였다. 하지만 그 순간에도 티미는 그 남자를 생각하는 일을 멈추지 않았고 그 이후로 다시는 그를 잊지 않았다.

티미는 그 말을 입 밖으로 꺼내야 했고 소리쳐야 했고 자신의 목소리를 직접 들어야 했다. *자기야, 자기야, 자기야. 당신은 정말 최고야. 오, 존, 존, 존, 만약 우리가 헤어진다고 해도 물론 절대 그럴 일은 없겠지만 만약 그렇게 된다고 해도 우리 몰래 만나서 섹스는 하자. 당신이랑 섹스하지 않고는 도저히 못 견딜 것 같아. 당신도 알지?* 정말 달콤한 말이었다. 그리고 내 얼굴 위로 한 줄기의 빛이 비치는 것을, 아니 어둠이 걷히는 모습을 똑똑히 볼 수 있었다. 그 미묘한 변화를 달리 어떻게 설명할 수 있을까?

이제 나는 한때 그녀와 나, 우리의 것이었던 세상 속에 홀로 남아 있다. 그녀에게 어떤 일이 생길지 내가 알고 있다는 것을 그녀도 눈치챘던 것이다. 티미가 참고 참다가 그런 말을 내뱉었을 때, 곧바로 눈치챘어야 했다. 그녀는 다시 반복해서 내 이름을 불렀고, 머릿속으로는 그를 생각하면서 내 이름을 불렀다. 어두컴컴한 방에 울리는 부드럽고 허스키한 그녀의 목소리, 그 부드러운 신음만으로도 내가 얼마나 흥분하는지 그녀도 알고 있었을 것이다. 그 목소리는 티미 자신에게도 영향을 미쳤다. 우리는 동시에 크게 소리쳤고 그렇게 한참 절정을 만끽하다가 이내 조용히 끝맺었다.

7

그해 가을이 지나고 어느 오후, 티미가 승마를 마치고 집에 돌아왔을 때 그런 엄마의 모습에 막내아들은 꽤나 깊은 인상을 받았다. 승마 복장을 한 엄마를 처음 보았기 때문이다. 그녀는 자기 말을 가진 남자를 만나서 한창 승마를 배우는 중이었는데, 승마 복장 역시 그에게 빌린 것이었다. 승마복에서 풍기는 메케한 냄새 때문인지 막내의 몸에는 두드러기가 돋았고 눈이 따끔할 지경이었다. 티미는 옷을 벗어 복도에 걸어두고는 샤워를 했다. 젖은 머리와 잠옷 가운을 입고 다시 나타났을 때는 다시 예전 모습으로 돌아간 것 같았다.

그날 밤, 막내는 잠에서 깨어 이제 엄마에게 말이 생겼다는 사실을 떠올렸다. 그 말은 무척 자그마했다. 그러나 엄마는 이제 그 말이 없이는 살 수 없다. 지금까지 그 말이 없이도 잘 살아왔으면서 말이다. 엄마가 그 말의 존재를 알게 되었으니 앞으로 어떻게 될까? 갈색의 조그마한 말, 무릎까지 오는 개보다 그리 크지도 않았다.

티미는 매일 저녁 말을 끌고 밖으로 나갔다. 그 말은 그녀가 혼자 있을 때마다 찾아왔다. 누구와도 닮지 않은 모습이었고 티미 말고는 아무도 좋아하지 않았다. 그녀의 가족조차도 말이다. 아니, 어쩌면 막내와 형, 아이들의 아빠를 좋아했을지 모른다. 하지만 그 말이 함께하고 싶은 사람은 바로 티미였다. 도로 끝에서서 그녀가 돌아오기만을 기다리는가 하면 숲 가장자리에서도 목을 빼고 기다리고는 했다. 때로는 티미에게 다가와서 말없이 나란히 걸었다. 오직 그녀와 말, 둘뿐이었다. 탐스러운 갈색 가죽과 검은 갈기는 마치 오래된 통나무 같은 색이었다. 오래전 그녀의 어릴 적 사진에서 보았던 머리카락 색깔처럼 환한 햇빛을 받은 흙빛 같기도 했다. 티미는 말의 두 눈 위로 드리워진 짙고 두툼한 갈기처럼, 시커먼 앞머리를 내리고 다녔다. 커다란 갈색 눈동자, 길고 짙은 속눈썹이 서로 닮아 있었다. 그 말은 가만히 서 있다가 티미가 있는 쪽으로 서서히 다가왔다. 지금까지 한번도 본 적 없는 차분한 태도로 그녀를 가만히 응시하기도 했다.

그런 평화로움이 존재할 수 있나 싶을 정도였다. 깜빡거리지 않고 자신을 바라보는 까맣고 커다란 말의 눈동자 속에서 자신의 삶이 바뀌는 모습을 보고 티미는 이렇게 말했다.

"내 인생에 함께해주면 좋겠어."

그 말은 어둡고 고집스럽고 차분한 눈빛으로 계속해서 그녀를 찬찬히 살펴보았다. 사실 그 말을 내뱉은 건 티미가 아니라 그 말이었다. 그 말은 그녀와 함께 있고 싶었고, 그녀가 자신의 속마음을 들여다본 것처럼 그대로 따라서 말했다. 말은 그녀에게 몸을 기댔고, 티미는 허벅지 위로 기대오는 말의 묵직한 무게를 느꼈다. 말은 그녀에게 더 바짝 몸을 들이밀었다.

그 이후 말은 그녀의 집으로 찾아오기 시작했다. 티미가 혼자 방에 있을 때마다 그 말이 나타났다. 그리고 벽에 가만히 기대어 고개를 돌리고 강렬한 눈빛으로 그녀를 쳐다보았다. 매번 그녀가 돌아오기만을 기다리고 있었던 것처럼 말이다. 그래서 티미는 더 일찍 집에 돌아와야만 했다. 갈기를 좌우로 흔들고, 꼬리를 살랑살랑 움직이며, 뻣뻣한 털을 벽에 대고 문지르며 마루를 가로질러 그녀 쪽으로 향했다. 따그닥 따그닥 말발굽 소리가 났고 딱딱한 바닥을 긁는 바람에 누구나 바닥에 난 말발굽 흔적을 볼 수 있었다. 물론 그녀를 귀찮게 하는 일은 전혀 없었다. 다만 그녀는 다른 어떤 것도 생각할 수 없었고 마침내 말을 소유하게 되었다는 생각뿐이었다.

그 말은 티미를 자신의 등 뒤에 태우고 함께 달리고픈 마음뿐이었다. 그리고 조금씩 자라, 무릎 높이에 닿던 조그만 말은 점점 몸집이 커지더니 방을 꽉 채우고도 남을 정도가 되었다. 티미가 말의 목 부분을 껴안으려면 두 팔을 쫙 뻗어야만 했다. 그렇게 상황이 바뀌다 보니, 오히려 그녀가 말의 허벅지에 닿을 정도로 작아졌다. 말은 처음에는 몸뚱이를 접어서라도 그녀에게 맞추고 싶었지만, 이제는 그녀를 태우고 저 멀리 도망치고 싶어졌다. 그녀가 뭐든 원하는 것은 다 들어주기 시작하면서 말은 서서히 자라기 시작했다. 그렇게 말은 거대하리만치 커졌고 이제는 그녀의 삶 전체를 가득 채우게 되었으며, 그로 인해 다른 것들은 하나도 볼 수 없게 되어버렸다.

막내는 거대한 말의 배 아랫부분에 누워 있었다. 엄마는 말 등에 올라타 있었고, 막내는 엄마가 신은 승마용 부츠의 밑바닥을 보았다. 귀에 익은 부드럽고 다정하고 온기로 가득 차 있는 목소리도 들렸다. 하지만 엄마는 자신이 아닌 말에게 이야기하고 있었다. 그리고 엄마의 목소리가 어딘지 모르게 묵직하고 어둡게 들려서 대체 뭐라고 하는 건지 제대로 알아들을 수가 없었다. 다음 날 아침에 눈을 뜨면, 그 말이 또다시 엄마를 찾아오리라는 것도 알고 있었다.

　예상대로 마룻바닥과 계단에서 깊이 파인 말발굽의 흔적을 발견했다. 벽에도 말이 긁은 흔적이 있었다. 그 말은 이제 의자까지 조금씩 조금씩 갉아 먹기 시작했다. 침대 끝부분도 갉아 먹었다. 급기야 욕실로 들어가서 욕실 구석에 시큼하고 지린내가 진동하는 노란 오줌을 한 웅덩이씩 싸기도 했다. 그러다가 목이 마르면 물을 찾아 욕조 끝부분을 갉아 먹기도 했다. 큼지막한 조각을 물어뜯기도 했다. 말 이빨 자국이 선명히 드러난 단단한 도자기 재질의 커다란 조각을 발견한 막내는 곧바로 이를 제자리에 가져다 놓았고, 말이 무슨 짓을 했는지 다른 사람들은 눈치채지 못하게 했다. 막내는 그 단단한 자기 조각이 서서히 커지면서 금이 가 있던 욕조가 매끈하게 변하는 모습을 가만히 서서 지켜보았다. 그러다가 집 밖을 나설 때 그 말이 아버지의 구두를 물어뜯고 있는 것을 보았다. 막내가 물었다.

　"뭐 하는 거야?"

　하지만 말은 들은 척도 하지 않았다. 그건 엄마도 마찬가지였다. 오직 멋진 말에만 신경이 쏠린 엄마는 직장에 갈 때도 말을 타고 갔고, 일할 때도 손을 무릎 사이로 뻗어서 책상 아래 있는 말의 따뜻한 머리를 쓰다듬었다. 뾰족하고 쇠붙이가 달려 있고 매끈거리고 씰룩대는 말의 두 귀를 애무하듯 어루만졌다. 두 손가락을 촉촉하고 차가운 말의 주둥이에 가져다 댔다. 그리고 한 손을 천천히 입 쪽으로 움직여서 길고 노란 말의 이빨을 손끝으로 만졌다. 말이 손가락을 깨물어도 개의치 않았다. 의자에 앉아서 말이 무슨 짓을 하든 가만히 내버려 두었다. 이른 저녁 집에 돌아와서는 손을 얼굴에 바짝 대고 킁킁대며 냄새를 맡았다. 말을 만나게 되어서 너무나 행복했고, 그렇게 멋진 말이 이 세상에 존재하고 있으며 또한 자신의 것이라는 사실에 무척 기뻤다. 막내 아들 역시도 그런 엄마를 보며 행복했다. 그리고 하루빨리 엄마가 그 말에 대해서 자신에게 이야기해줄 것을 바랐다. 만약 엄마가 손에서 나는 냄새를 맡게 해주며 *엄마 손에서 무슨 냄새가 나는지 알아?* 라고 묻는다면, 아들은 이렇게 말할 참이었다. *엄마한테 멋진 말이 생겨서 다행이에요. 저도 정말 기뻐요.* 하지만 엄마는 자신에게 말이 생겼다는 사실을 막내아들이 모른다고 생각했다.

검은 갈기가 달린 아주 조그만 말은 이제 산처럼 커졌다.

8

새해 첫날 아침, 티미는 다른 가족들보다 훨씬 먼저 잠에서 깼다. 그리고 미리 계획했던 대로 아침 7시에 스키를 타고 집 밖으로 나섰다. 아직 어둠이 미처 가시지 않아서 헤드램프를 쓰고 나가야 했다. 그 헤드램프는 가격대가 꽤 나갔지만, 가볍고 충전용 배터리를 갈아 끼울 수 있는 모델이었다. 사실 내게 크리스마스 선물로 주려고 산 것인데, 그걸 티미가 먼저 빌려서 쓰고 나간 것이다.

눈 쌓인 길가에는 스칸디나비아 요정인 트롤처럼 불룩한 눈더미들이 흐릿하게 빛났다. 길 위에는 지그재그로 발자국이 나 있었는데 생긴 지 얼마 되지 않은 것 같아서 내심 큰 사슴을 마주치지는 않을까 겁이 났다. 눈이 쌓여 가려져 있었지만 깊숙이 파인 구덩이는 자칫 커다란 짐승들이 빠지고도 남을 만한 곳이었다. 큰 사슴도 균형을 잃고 미끄러져서 저 깊고 푹신한 눈 쌓인 구덩이 속에 빠질 수 있지 않을까. 하지만 아무리 봐도 짐승들이 잠시 앉아서 쉬던 공간처럼은 보이지 않았다. 그녀는 잠시 멈추어 서서 숨을 골랐고, 스키가 지나간 자국이 깨끗하게 난 걸 보니 제설차가 방금 지나간 것이 분명하다고 생각했다. (아니, 평소 그녀가 편하게 사용하는 표현 중 하나로 제설기가 지나간 것이리라. 하긴 그 이름이야 뭐가 중요하겠느냐마는.) 눈길 위로 난 흔적으로 보아 제설작업을 한 지 얼마 안 돼 보였다. 게다가 제설차가 지나가고 티미가 온 사이에, 스키를 타고 그 눈길을 지나간 사람도 딱 한 사람 밖에 없어 보였다. 순간 티미는 그 사람이 그 남자라고 확신했고, 그가 타고 갔던 스키 자국이 갑작스럽게 끊긴 것을 바라보았다.

언덕 꼭대기에 이르자 스키가 지나간 자국이 완전히 끊어져 있어서 마치 하늘로 증발해버리기라도 한 것 같았다. 티미는 평소보다 조금 더 어둑한 주변을 둘러보며 살짝 겁이 났고, 큰 사슴을 마주칠 리 없다고 애써 자신을 다독거렸다. 그리고 몸이 반응하는 선에서 적당히 온몸을 앞으로 밀면서 계속해서 비탈길을 올라갔다. 스스로 강해진 기분이었다. 이제는 꽤 먼 거리까지 거뜬히 스키를 타고 갈 수 있는 사람들 틈에 낄 수 있게 되었고,

다시 돌아오기 전까지 내키는 만큼 멀리 마음껏 달릴 수 있었다. 다시 빠른 속도로 활강하기 시작했고, 아까보다 가볍게 움직일 수 있었다. 스키어들은 거의 눈에 띄지 않았고, 혼자서 스키를 타던 중년 남성들은 티미를 마주칠 때마다 눈에 보일 정도로 등을 빳빳이 펴고 다부진 표정으로 우아한 포즈를 잡으려고 애썼다. 티미는 때로 그런 남자 스키어들을 제치고 나서 승리의 뿌듯함을 만끽하고는 했다.

주변에 아는 사람이 하나도 없다는 것을 깨닫고 나서부터는 괜히 두리번거리며 사람을 찾지 않기로 마음먹었다. 심지어 휴대전화도 집에 두고 나온 상태였다. 매일 운동을 나올 때마다 군나르와 함께해야 할 이유도 없었고, 지금처럼 다른 누구보다 일찍 잠에서 깨어나 빠르게 스키를 타고 활강하는 것이 그녀에게 가장 필요한 일이었다. 헤드램프를 _끄고서_ 누구든 볼 수 있도록 목에 덜렁거리게 걸어뒀다. 아마도 밤새 스키를 탔다고 생각할 것이다. 저 멀리 앞에서 나이 든 두 여자가 나란히 서서 천천히 스키를 타고 가고 있었고, 티미는 그들과 부딪히지 않으려 가장자리를 빙 돌아서 치고 나갔다. 스키 폴대를 계속 움직이면서 바람처럼 움직였고 속도를 자유자재로 조절하는 즐거움을 만끽했다. 삶이란 단순한 것이고 지금은 전혀 골치 아플 것도 없다. 적어도 이 순간 만큼은 몸과 스키 타는 기술을 완전히 지배

하고 있는 데다 장비도 훌륭했고 자신을 완벽하게 제어할 수 있었기 때문이다. 그녀는 존재 그 자체를 넘어서 자신이 원하는 사람의 모습으로 다시 태어났다.

티미는 아침 9시가 되기 전에 집으로 돌아왔고, 계단을 쿵쿵 오르면서 눈을 털어내고 스키를 든 채 복도로 들어섰다. 그리고 스키 부츠를 벗어서 발끝으로 걷어차고는, 내가 일찌감치 장작을 넣고 난로에 불을 붙여 두었던 주방 쪽으로 갔다. 전기난로를 사용하지 않고 장작을 때서 난방하면 더욱 경제적이고 친환경적이며 은은한 분위기를 만드는 데 도움이 되었다. 또 아내의 말처럼 *빈티지한* 느낌이 나기도 했다. 게다가 우리 부부가 만든 중산층의 가치를 불쏘시개로 쑤시는 즐거움까지도 만끽할 수 있었다. 요즘은 사용하지 않는 표현이지만 우리 부부는 서서히 사회적인 인식이 생겼고 스포츠를 좋아하며 항상 주변 정보에 귀 기울이면서 능동적이고 끊임없이 움직이는 것을 좋아하는 사람들이었다. 티미는 스키복을 벗어서 물기가 마르도록 의자에 걸쳐 두었다. 집 안은 환하고 따뜻하고 정갈했고 테이블 위에는 미처 펼쳐보지 않은 신문이 가지런히 놓여 있었다. 신문을 챙겨 둔 사람은 나였고, 아내도 우체통부터 현관까지 눈이 말끔히 치워져 있는 모습을 보았을 터였다. 아이들은 아직 잠에서 깨지 않은 건지 방 안에서 꼼짝하지 않고 있었고, 나른한 분위기가 집

안을 가득 메워서인지 가구들조차 휴식을 취하고 있는 것처럼 보였다. 의자들도 다리를 벌린 채로 가만히 서 있었다.

그 시각 나는 지하 서재에서 시간을 보내고 있었다. 물론 아내가 집에 돌아오는 소리는 들었다. 티미는 수도꼭지를 틀어 유리잔에 차가운 물이 가득 찰 때까지 기다렸다. (티미가 사용하는 유리잔은 파란색이었는데, 이는 손으로 직접 만든 색으로 이탈리아에 휴가를 갔다가 사온 것이었다.) 그리고 평소처럼 물 한 잔을 한 번에 꿀꺽꿀꺽 목구멍으로 넘겼다. 차가운 물이 입을 거쳐 식도를 지나 가슴을 타고 위 속에 자리 잡았다. 다시 유리잔에 물을 채우면서 머릿속으로는 아침에 해야 할 일이 무엇인지 떠올려보았다. 어젯밤에 미리 칠면조 요리를 준비해 두었기 때문에 딱히 할 일은 없었지만, 아침에 먹을 샐러드를 만들고 싶었고 그 정도만 하면 나머지는 그럭저럭 준비할 수 있을 것 같았다. 그보다 먼저 커피 한 잔을 들고 테이블에 앉아서 여유롭게 신문을 읽으면서 운동 후의 느긋함을 충분히 만끽하고 싶었다.

커피 머신을 작동시키고 커피를 내릴 때까지 잠시 몸을 풀었다. 평소 크리스마스용 돼지 모양의 마지팬 반죽에는 별로 열을 올리지 않는 아이들이었지만, 둘 중 하나가 과자 반죽의 윗부분을 야금야금 뜯어먹은 듯했다. 티미는 문득 요가 수업을 다시 등록해야겠다는 생각이 들었다. 그러면서 하얀 자기 재질의 컵을 들고 테이블로 가 앉아 신문을 훑어보았다. 별로 읽을거리가 없어 보였는데 어쩌면 집중하지 못해서 그렇게 느껴졌는지도 모르겠다. 그녀는 나를 붙잡고 얼마나 멀리까지 스키를 타고 갔는지 그리고 사슴의 발자국을 보았다는 얘기를 하고 싶어서 입이 근질거렸다. 이번에는 노트북을 켜고 뉴스를 검색하기 시작했다. 화재 사건과 버스 사고, 날씨 이야기와 올해 최악으로 꼽힐 변명에 관한 기사들이 줄지어 눈에 들어왔다. 하지만 메일을 확인하거나 휴대전화를 살피지는 않았다. 그저 너무나도 익숙한 이 평온함 속에서 편히 휴식을 취하고 싶었다. 문소리가 들리는 것을 듣고 아이 둘 중 하나가 화장실에 가는구나 싶었는데 잠시 후 내가 발소리를 내며 계단을 올라오는 소리였다. 내 발소리를 듣자, 아내는 마치 내가 봐주기를 바라는 것처럼 곧바로 등을 펴고 노트북을 바짝 끌어당겼다. 그리고는 고개를 들어서 반갑게 인사를 건넸다.

상쾌한 바깥공기 냄새와 상기된 뺨의 열기는 그녀 스스로 느껴질 정도였고 밖에 나갔다가 와서인지 기분이 무척 들떠 있었다. 살짝 몸을 풀고 있는 사이, 나는 거실을 가로질러서 그녀에게로 가 아내의 어깨와 목덜미 그리고 등을 따라서 천천히 손을 쓸어내렸다. 그리고 두 손으로 살짝 아래로 늘어진 가슴을 붙잡았다. 조끼 아래로 손을 넣자 시원한 속살이 만져졌다. 이번에는 티미의 엉덩이를 움켜쥐었다. 내가 엉덩이를 만지는 걸 좋아하고, 그게 섹스하고 싶을 때 보내는 신호라는 걸 아내는 잘 알고 있었다. 나는 몸을 숙여 아내의 목덜미에 입을 맞추고 뺨으로 입술을 가져갔다가 다시 목덜미로 돌아와서 목의 뒤편을 따라 천천히 입을 맞췄다. 티미가 고개를 돌렸고 우리는 얼굴을 맞대고서 서로의 입술을 탐닉하기 시작했다. 둘 다 입술이 말라 있어서, 서로 입을 벌리고 혓바닥을 맞대고서 입술이 촉촉하고 뜨겁게 달아오르도록 했다. 그렇게 서로의 몸이 부풀어 오르자 상대방의 손길을 간절히 원하게 되었다. 아이들이 깨기 전에 침대로 갈 시간이 충분하다는 걸 그녀도 알고 있었다. 티미는 파자마 차림이던 내 다리에 손을 올리고 허벅지 안쪽을 쓸어내렸다. 나 역시 그녀가 나와 같은 생각이라는 것을 확인할 수 있었다. 아내는 다시 파자마 위로 손을 대더니 사타구니에 손을 가져다 댔다. 티미는 새벽에 사람들이 거의 없어서 스키를 즐기기에 얼마나 제격인지 설명했다. 사슴이 남긴 흔적을 보았다는 이야기와 짐승이 빠졌을 것으로 추정되는 커다란 구덩이, 그리고 옅은 공기 속으로 증발해버린 것처럼 흔적이 끊긴 누군가의 스키 자국에 관한 이야기도 했다. 그리고 동이 틀 무렵에야 하나둘 나타난 스키어들, 그것도 대부분이 남자였다는 것도 설명했다.

"당연히 남자들이겠지. 여자들은 집에서 새해 첫날 저녁에 먹을 음식 준비를 하고 있을 테니까."

"맞아. 그렇게 살지 않아도 되니까, 나는 정말로 운이 좋은 여자야."

"정말 그렇게 생각해?"

티미는 내 허리를 쓸어내리면서 대답했다.

"그럼, 내가 얼마나 운 좋은 여자인데."

당신이 운이 좋기는 하지. 내가 답하자 티미는 잠시 아무 말이 없다가 가짜로 화내는 표정을 지으면서 웃음을 터트렸고, 그 모습을 보며 나도 운이 좋은 남자라고 덧붙였다. 우리는 서로 웃었고, 아내가 말했다.

"새해 아침을 즐겁게 보내고 있었어?"

티미는 아침에 일어나서 글을 썼는지 묻고 싶었겠지만 아무런 말도 하지 않았다. 책을 읽었는지 글을 썼는지 아니면 뭘 했는지 캐묻는 것을 내가 별로 좋아하지 않는다는 걸 알고 있었기 때문이다. 전혀 해놓은 일이 없어 보일 때에는 그저 아무것도 묻지 않는 편이 나은 법이다. 티미는 내가 평소 뭘 하는지 질문받는 것을 별로 좋아하지 않는다는 걸 잘 알고 있었고, 하루가 다르게 점점 더 나의 목표 의식이 시들해지고 있는 것도 사실이었다. 그렇다고 동화책이나 유명한 과학 기사를 두고 논쟁하는 것도 별로 내키지 않았다. 물론 불현듯 내가 쓰는 글에 대해서 신나게 떠들고 싶을 때도 있지만, 티미는 그때가 언제인지 전혀 눈치채지 못했다. 그래서 흘러가듯이 좋은 아침을 보냈느냐고 물어봤던 것이리라. 그래서 나는 이렇게 대답했다.

"시몬 드 보부아르의 책을 읽고 있었어. 왜 진작 그 책을 읽지 않았는지 모르겠어."

"예전에 읽은 거 아니었어?"

"대충 훑어보고 구석에 처박아 뒀었지. 꼭 읽어야 한다고 생각하지 않았으니까. 시몬 드 보부아르는 생명력이 넘치고 자유로움이 가득 찬 글을 썼어. 사랑과 헌신에 대해서 얼마나 솔직담백하게 풀어내는지 몰라. 물론 독자가 아니라 장 폴 사르트르에게 쓰는 글이기는 하지만. 글 전체의 초점이 그에게 맞춰져 있고, 두 사람의 관계에 대한 글들이 대부분이야. 미국에서 쓴 글이 있는데, 그건 넬슨 알그렌을 만났을 때 적은 건가 봐. 당신이 알고 있을지 모르지만, 두 사람이 모종의 관계였었거든."

"넬슨 알그렌이 누군지 기억이 안 나."

"그 사람도 작가야. 두 사람 사이의 문제들이 갑자기 사라지기는 했지만, 정확히 둘 사이의 문제가 뭐였는지는 나도 잘 모르겠어. 다만 아침 일찍 넬슨 알그렌과 어떻게 관계하게 되었는지를 언급하고 나서부터 상황이 바뀐 것 같아. 아마도 시카고에 갔다가 오두막 같은 데서 잠자리를 한 모양이야. 그런 상황이 상상이가? 자신과 부부처럼 지내던 사르트르에게 다른 남자와 잠자리를 가졌다고 편지를 썼다니까. 절대 가까워지리라고 생각하지 않았던 넬슨 알그렌과 급작스럽게 다정하고 가까운 사이가 되었다는 이야기까지 전부 다 편지에 썼더라고."

"두 사람 관계는 그런 식이었나 봐?"

"응, 하지만 다른 편지를 보면 두 사람이 서로 질투하는 게 눈에 보일 정도야. 서로 질투 같은 건 하지 않기로 약속했지만, 글을 보면 그런 감정이 다 드러나 있어. 상대방이 다른 사람과 사랑에 빠지면, 나머지 한 사람도 사랑할 다른 상대를 찾아 나서게 마련이잖아. 마치 서로를 능가하기 위해서 애쓰는 사람들처럼 말야. 하지만 넬슨 알그렌의 경우에는 그렇지 않았어. 시몬 드 보부아르가 넬슨 알그렌에게 꽤 깊은 감정을 갖게 되고, 그 관계에서 충만함을 느끼면서 사르트르에게 쓴 편지를 보면 정말로 모든 게 손바닥 뒤집히듯 변했다는 걸 느낄 수 있어. 그 관계에서 도저히 벗어날 수 없지만 그런데도 두 사람 사이에 아무 문제가 되지 않는 거야."

"그래서 뭐라고 답장을 보냈어?"

"누가?"

"사르트르라는 사람 말이야."

"나도 모르겠어. 그 당시에 사르트르가 보낸 편지는 책에 없었어."

"우리 잠깐 방에 가서 누울까?"

"벌써 9시 다 됐어. 서둘러야 해."

"애들도 일어났을까?"

"모르겠어."

우리는 서로를 따라 침실로 들어가서 최대한 소리를 낮춘 다음 방문을 잠갔다. 이제 아이들도 많이 자라서 함께 성장하고 있는 시기였다. 지금까지 우리가 몇 번이나 섹스했는지 셀 수 없을 정도지만, 숫자 같은 건 중요치 않았고 앞으로도 이런 관계를 멈출 생각은 전혀 없었다. (오히려 우리가 만나기 전에 다른 사람들과 관계했던 횟수를 세는 편이 더 재미있었다. 한때 서로 다른 세상에서 살면서 철부지로 아무 경험이 없을 당시에 말이다. 부모님 몰래 여자 친구나 남자 친구와 옷을 벗고 어설프게 관계하던 우리가 이제는 아이들 몰래 알몸으로 이 짓을 하고 있는 것이다.) 티미는 내가 지켜보는 가운데 스스로 상의와 레깅스를 벗고 침대에 누워서 내가 바지를 벗겨줄 때까지 (속바지라는 표현을 너무 싫어해서 대신 바지라고 부른다.) 기다리고 있었다. 그녀는 팬티 대신 남자처럼 반바지를 입었는데, 나는 바지를 내리고는 그녀의 하반신을 자세히 살피면서 이렇게 말했다.

"정말 아름다워. 봐, 여기 다리에 바지 자국이 남았어."

손가락 끝으로 부드러운 살결을 쓰다듬으면서 아내가 자기 모습을 볼 수 있도록 했다. 그 섬세하고 눈처럼 새하얀 피부는 찬바람을 맞아서인지 얼음처럼 시원했다. 겨울에 유독 창백하게 보여서 내가 좋아한다는 걸 아내도 알고 있었고, 겨울이 되면 아내가 더 투명해 보인다고 나는 입버릇처럼 말했다. 속바지의 고무 밴드 때문에 그녀의 엉덩이에 자국이 남았고 허벅지에도 두꺼운 바느질 선이 드러나 보였다.

"너무 딱 맞나봐, 꽉 끼어."

"그래도 예뻐. 살색 속옷을 입은 것 같잖아."

"살색 속옷이네!"

"이렇게 다녀도 속옷을 입은 줄 알 거야."

"내가 벗고 다니는 걸 원하는구나. 다른 사람들이 다 볼 텐데? 정말 괜찮겠어?"

"응, 벗고 다녀도 돼."

"벗은 모습이 예쁘다고 생각하는 건 당신뿐이야."

"그럴 리가. 일단 기다려보면 당신도 알 거야."

"기다려보라니 무슨 말이야?"

그렇게 우리만이 주고받는 은밀한 대화가 이어졌다. 아무 의미 없고 유치하고 야한 농담이 누구보다 서로를 잘 아는 우리 두 사람 사이에서 탁구공처럼 오갔다. 우리는 서로를 믿어야 할 이유가 있는 사람이었고 다른 누구보다 서로에 대해서 잘 안다고 믿으며 살아왔다. 그런 강한 믿음 위에 우리만의 비밀스러운 사랑의 공화국을 건설했고, 아이들 몰래 눈짓을 주고받으면서 성적인 신호를 나누기도 했다. 지금 우리가 나누는 이야기도 대부분 예전에 수없이 했던 말들이었고, 말뿐만이 아니라 서로의 손이 움직이는 모습에 따라서 적절한 표현이 더해지고는 했다.

그녀는 내 티셔츠를 벗기고 등을 쓰다듬으면서 자기 몸 위로 끌어당겼다. 그리고 그녀의 몸과 손, 엉덩이와 나를 끌어안은 그녀의 모습에 대해서 계속 떠들어대는 나의 목소리를 듣고 있었다. 그녀는 내 파자마 바지를 벗기고서 아랫도리를 어루만지다가 한 손으로 음경을 움켜쥐고 뒤쪽으로 표피를 끌어내렸다. 섬세한 섬유처럼, 주름이 잡혔다가 다시 팽팽해지고, 또 주름이 잡혔다가 팽팽해지는 음경의 표피. 너무 오래 사용하는 바람에 매끈하고 부드러워지고 얇고 닳은 섬유 같은 음경이 그녀의 손가락 끝에서 힘없이 속살을 드러냈다. 나는 힘껏 두 팔을 뻗어 몸을 지탱하고서 그녀의 몸 위에 엎드려, 그녀와 똑바로 눈을 맞추고 서로의 눈동자에 비친 모습을 바라보았다. 무엇보다 그녀가 내 눈동자를 들여다볼 수 있게 하는 것이 내게 가장 필요했고, 티미는 내가 예전에 잤던 여자들에게도 똑같이 그런 행동을 했을 거라고 생각했다. 그녀는 손가락 두 개로 은밀한 부위를 연다음 내 물건이 그 속으로 들어갈 수 있도록 안내했고, 입구 부분은 축촉하게 젖어 있었지만, 안쪽은 아직 말라 있어서 뒤로 살며시 움직였다가 다시 안쪽으로 깊숙이 들어갔다. 그렇게 여러번 천천히 시험하고 탐험하면서 진지한 태도로 그녀의 몸속으로 파고들었다. 질 안쪽이 탄탄하게 조여 있었지만, 시간이 지날수록 축촉하게 젖어 들면서 그녀도 자기 몸이 활짝 열려 있음을 느꼈다. 피스톤 운동을 하는 속도가 빨라지면서 나는 물론이고 그녀도 통증을 느꼈고 몸을 뒤로 빼낸 후에는 욱신거리는 통증이 전해졌다. 하지만 나는 더 깊숙이 파고들기 위해서 짧게 몸을 앞뒤로 움직였고, 그게 도움이 되었는지 곧바로 우리는 서로를 부둥켜안고 모든 걸 내어주면서 완전히 하나가 되어 절정에 이르렀다.

우리는 두려움과 권태를 한쪽에 밀어둔 상태였고, 그녀는 엉덩이를 들면서 더 깊숙이 자기 안으로 들어오라는 신호를 보냈다. 티미는 더 깊이 상대를 받아들인다는 생각 자체를 좋아했다. 누군가 '더 깊이'라고 외친다는 건 성관계에 있어서 일종의 근본적인 원칙과도 같은 것이었다. 게다가 그녀는 물론이고 나도 서로의 안으로 깊숙이 파고든다고 해서 아픔을 느끼는 건 전혀 아니었다. 티미는 아무 말도 하지 않았지만, 내가 그녀의 몸속으로 힘껏 파고들 때마다 자연스럽게 벌린 입 밖으로 터지는 호흡을 통해서 '아' 하는 공기와 뒤섞인 소리를 계속해서 쏟아냈다. 아, 아, 아! 티미의 신음은 나는 물론이고 그녀까지 한껏 흥분시켰다. 우리는 즐거움과 욕정, 탐욕의 탄성을 내뱉었다.

그러다 갑자기 티미의 머릿속에 잠에서 깨어났을 아이들이 떠올랐다. 순간 그녀는 눈을 뜨고 나를 올려다보았고, 겁에 질린 그녀의 모습을 보고 먼저 입을 연 쪽은 나였다.

"밖에 안 들릴 거야. 문이 닫혀 있잖아."

"아무래도 문을 잠가야겠어."

"그게 나을 수도 있겠지. 하지만 지금은 당신이랑 떨어지고 싶지 않아. 죽어도. 그 말은 이 상태로 우리 둘이 함께 문까지 움직여서 가야 한다는 뜻이고."

그래서 티미는 방금까지 했던 생각을 잊고, 아무 생각도, 아무 것도 보지 않은 채로 눈을 감고서 다시 그녀를 향해서 몸을 움직이는 내게로 빠져들었다. 그리고 양손으로 내 등을 움켜쥔 채 침대 위로 그녀를 점점 밀어 올리는 내 몸의 움직임을 느꼈다. 나는 한 손으로 내 몸을 지탱하고 다른 한 손으로 그녀의 엉덩이를 끌어당겼다. 이건 나는 물론이고 그녀도 좋아하는 체위였는데 가끔 그런 식으로 골반을 잡고 깊숙이 물건을 삽입했다. 곧이어 나지막한 신음이 다시 터져 나왔다.

그런데 바로 그 순간, 방문 손잡이가 스르륵 돌아가는 소리가 들렸다. 손잡이가 천천히 돌아가는 소리에 화들짝 놀란 나는 곧바로 몸을 빼고 아내의 옆으로 빙그르르 돌아누웠고, 금방이라도 웃음이 터질 것처럼 얼굴이 벌겋게 달아오른 티미를 보며 나도 모르게 우스꽝스러운 표정을 지었다. 문이 열리고 막내아들이 복도에 멍하니 선 채로 우리를 보며 말했다.

"아직도 안 일어났어요?"

나는 양손으로 얼굴을 감싸 쥐고서 잠에서 덜 깬 척하면서 대답했다.

"벌써 일어났니? 우리 금방 일어날 거야. 잠깐 내려가서 텔레비전 보고 있을래?"

다행히 막내도 텔레비전을 보고 싶었던 모양이다. 방문을 활짝 연 채로 막내가 아래층으로 내려가 버렸지만, 예전에도 수없이 이런 상황에서 숨죽여서 관계해본 적이 있었다. 심지어 아이들이 바로 옆방에 있을 때도 아이들이 듣지 못하게 조용히 그리고 천천히 사랑을 나누고는 했다. 티미가 반대쪽으로 몸을 틀고 엉덩이를 내 쪽으로 내밀었고, 나는 베개를 그녀 쪽으로 넘겨주었다. 티미는 얼굴을 베개에 파묻고 뒤로 하는 걸 좋아했다. 그렇게 내게 온몸을 맡긴 채로, 아니, 그런 생각조차 할 틈이 없이, 그저 평소처럼 내게 모든 걸 맡긴 채로 자신을 내어주었다. 당장이라도 신음이 터질 것 같았지만 베개를 끌어안고도 차마 소리를 낼 수가 없었다. 우리의 욕정을 목소리로 표출하면 그 욕정이 더욱 강렬해졌는데 반대로 아무 소리도 낼 수 없게 되더라도 강렬함은 더해졌다. 참으로 기묘한 결과이기는 하다. 그녀는 베개에 얼굴을 파묻고 빠르게 숨을 내쉬었고 햇볕 아래 바짝 말린 빳빳한 베개 천의 리넨 냄새를 맡았다. 마치 오랫동안 입을 맞추었을 때처럼 베개에 파묻고 있던 호흡은 서서히 축축하고 따뜻하고 묵직해졌고 내 입에서 뿜어져 나오는 따뜻한 공기를 들이마시는 것처럼 느껴졌다.

바로 그때 또 한 번 막내아들이 까랑까랑하고 천진난만한 목소리로 나를 부르는 소리가 들렸다. 엄마 아빠가 함께 있고, 우리가 지척에 있다는 것을 알기에 더욱 안전하고 든든한지 아래층에서 커다란 목소리로 외쳤다.

"아빠, 텔레비전 켜는 거 도와주면 안 돼요?"

내가 당장 대답할 수 없는 상태라는 것을 직감한 아내는 나 대신에 평소보다 다소 큰 소리로 외쳤다.

"아빠 금방 가실 거야!"

흔히 뿅 간다는 말처럼 절정에 이르기 직전의 상태였으니, 그 말도 맞는 말이기는 했다. 서로 그 뜻을 알아챘지만 그렇다고 곧바로 웃음을 터트리지는 않았다. 대신 살짝 코웃음을 치고 미소를 지었다. 나는 최대한 정신을 집중해보려고 애썼지만, 말처럼 쉽지가 않았다. 막내가 다시 방으로 올라오는 소리가 들렸기 때문이다. 혹시 아빠가 텔레비전 켜는 거 도와준다고 해놓고 까먹은 건 아닌지 안달을 하면서 다시 우리 방으로 걸어오고 있는 것이었다. 어떤 핑계를 대서라도 엄마 아빠에게 껌딱지처럼 붙어 있고 싶은 꼬마였으니까. 아직은 부모의 따뜻함과 다정한 목소리, 든든한 몸이 필요한 나이였고 막내는 항상 우리가 곁에 있고 자신을 돌봐주고 있다는 사실을 확인하고 싶어 했다.

"아빠랑 엄마는 왜 웃고 있어요?"

막내는 우리 사이에 끼고 싶었는지 당장이라도 침대로 뛰어오를 기세였다. 그래서 내가 먼저 침대 밖으로 후다닥 내려가면서 텔레비전을 켜주겠노라고 말했다. 하지만 파자마 바지가 무릎까지 내려가 있던 터라, 황급히 바지를 올려야 했다. 그 와중에 이불 안에서 벌어지고 있던 상황을 들키지 않으려고 애썼다. 까딱하면 전부 다 들키고도 남을 상황이라 팔 아래쪽으로 사타구니를 가리며 말을 걸었다.

"아빠가 같이 가서 텔레비전 틀어줄게."

그리고 방을 나서면서 티미 쪽을 돌아보며 서로 미소를 지었다. 숨이 찰 정도인 데다 얼굴이 상기되고 살짝 당황한 상태였다. 티미는 그대로 침대에 누워 있었고, 한 손을 이불 아래에 숨기고 있었는데 그 모습을 보자 아직 게임이 끝나지 않았다는 것을 알 수 있었다. 아내가 외쳤다.

"여보, 나 샤워할 건데, 당신도 같이 씻을래?"

그 말을 듣자 나는 대단한 모의라도 하는 사람처럼 곧바로 알겠다고 대답했고, 내 목소리는 기대감으로 가득 차 있었다. 그녀의 짜릿한 아이디어를 도저히 거부할 길이 없었기에 가만히 침실 문을 닫고 나왔다. 굳이 문을 닫은 이유가 뭔지는 그녀도 알테고 혼자라도 계속 즐기려고 하겠지만 어쨌거나 지금 이대로 끝내는 건 불가능한 일이었다.

달콤한 행복이 그녀 안에서 따뜻하게 살아 숨 쉬고 있다면, 아무래도 괜찮다. 그로 인해 보호받고 있다고 느끼고 기분을 한껏 들뜨게 만든다면 말이다. 새벽 일찍 스키를 타러 나가서 몇 시간을 보내는 것이 그녀를 기쁘게 한다면, 집에 돌아와서 따뜻한 커피를 마시며 신문을 읽거나 요가, 푸시업과 윗몸일으키기, 플랭크 자세로 1~2분을 버티는 일이 그녀를 기쁘게 하고 투명하게 만들며 현실과 타협할 수 있도록 해준다면 아무래도 상관없다. 티미는 조금 우울했다가도 뭔가 신나는 일을 찾아내었고, 기분이 좋을 때는 그것이 더 극대화되도록 노력했으며, 그랬다가도 또다시 우울해지고는 했다. 아내는 언제든 기분이 저 밑바닥까지 떨어질 수 있는 사람이었고 그러다가도 뭔가 기분전환 할 거리를 찾으면 다시 붕 뜨는 성격의 소유자였는데, 본인도 자신의 그런 성격에 대해 잘 알고 있었다. 드디어 그녀는 침대에서 일어나 샤워를 하러 욕실로 향했다.

아내는 내가 욕실로 들어오기 전에 머리를 감았고 내가 들어오자 곧바로 문을 잠갔다. 나는 파자마 바지를 벗고 샤워에 동참했다. 서로 팔을 뻗어 부둥켜안고서 흐르는 샤워기 물 아래서 키스를 했다. 그녀의 손이 아까보다 부드럽고 작아진 내 아랫도리 쪽으로 향했고, 그녀의 손길이 닿자 금세 다시 부풀어 오르기 시작했다.

티미는 내 쪽으로 등을 보이며 돌아서서 마치 누군가 자신을 벽으로 밀치기라도 한 것처럼 양손을 벽에 바짝 붙인 채로 몸을 기대고, 한쪽 뺨을 차가운 타일에 댔다. 그리고 엉덩이를 내 쪽으로 내밀고 두 다리를 벌리고 섰다. 나는 먼저 손가락으로 더듬거리면서 들어갈 구멍을 찾고 나서 딱딱해진 물건을 그녀의 엉덩이 사이로 집어넣었다. 내 몸이 바짝 다가서며 샤워기 물줄기가 내 얼굴 위로 쏟아지는 것을 느끼고는 샤워기 헤드를 벽으로 돌렸다. 아직 완전히 딱딱해지지 않은 상태였기 때문에 나는 다시 입을 열기 시작했고 그와 동시에 아랫도리가 급속도로 부풀어 올랐다. 이 정도 속도라면 다른 사람의 방해를 받기 전에 절정에 이르고도 남을 정도였다. 나는 흥분을 한층 끌어올리기 위해서 아내에게 자기 몸을 애무하라고 말했고, 아내는 두말없이 시키는 대로 했다. 예상대로 우리는 절정에 이르게 됐고 티미는 아까보다 더 딱딱하고 크고 묵직한 물건이 자기 몸속으로 파고 드는 것을 느낄 수 있었다. 그녀의 아랫도리 역시 아까보다 더욱 축축하게 젖은 것을 느끼면서 나는 이렇게 말했다.

"오늘 집에 누군가 찾아왔다고 상상해 봐. 내가 주방에서 아이들이랑 함께 있는 사이에 그 남자가 당신을 끌고 침실로 들어온 거야."

"내가 다른 남자의 몸 아래 누워 있어. 어떤 모습일지 당신도 상상해 봐."

티미가 욕실 벽에 몸을 바짝 대는 사이, 내 입에서 깊고 낮은 신음이 터져 나왔고, 그와 동시에 현관에서 벨 소리가 들렸다. 말도 안 되는 일이었다. 새해 첫날부터 남의 집에 찾아와서 벨을 누르는 인간이 있다니, 그러고 나서 복도에서 아이들의 목소리가 이어졌다. 막내아들이 침실로 들어와 욕실 문을 열려고 하면서, 우나 비르기트 아줌마가 왔다고 소리쳤다. 우나는 우리 옆집에 사는 이웃이었다. 티미는 나를 쳐다보며 못 말리겠다는 듯 고개를 절레절레 흔들었고 곧이어 창백하고 커다란 눈을 가진 꼬맹이의 목소리가 들렸다.

"화장실 문은 왜 잠갔어요?"

그 순간 완전히 시들해진 물건이 축축하게 젖은 채로 그녀의 몸 밖으로 스르르 빠져버렸다. 불쌍한 꼬맹이라고 놀리고 싶었지만, 지금은 농담이나 할 상황이 아닌 것 같아서 티미는 그 얘기를 나중에 하리라 마음먹었다. 대신 한 손을 뻗어 내 뺨을 쓸어내리면서 이렇게 말했다.

"당신은 여기 있어. 애들 보게 영화를 틀어주던가 할 테니까, 나중에 마저 즐기자."

그리고 혼자라도 잠시 즐기라는 신호를 보내듯 아랫도리에 축 늘어진 음경을 손으로 살짝 건드렸다. 손가락만 닿아도 반응이 오는 것을 그녀도 느낄 수 있었다. 티미는 마른 수건으로 몸을 대충 닦고 잠옷 가운을 걸치고서 우나를 맞이하기 위해서 아래층으로 내려갔다.

본래 계획대로라면 그 자리에 딸아이도 함께였어야 했다. 크리스마스를 친엄마와 함께 보내고 새해에는 우리 집에 오기로 되어 있었는데, 그냥 친구들이랑 파티에 가고 싶다고 했다. 나는 언제나 딸아이가 보고 싶었고 눈에 밟혔지만 티미와 상의한 끝에 그냥 파티에 가서 친구들과 재미있게 놀라고 하기로 했다. 여기 와서 집에 틀어박혀 있는 것보다 또래 친구들과 노는 것이 딸에게는 훨씬 나은 일일 테니까. 티미는 버릇처럼 상대의 좋은 면을 찾아내려는 사람이었고, 모든 일의 긍정적인 면을 찾으려고 애썼다. 처음 아내와 살림을 합쳤을 무렵에 내게 가장 필요한 것이 바로 그런 점이었다. 전 아내와 헤어지고 새로운 상대와 함께 시작해서 그런 것도 있었지만 무엇보다 딸아이와 생이별을 해야 하는 상황 때문이었다.

이웃집 여자가 가고 나서 티미는 큰아들 방에 있던 나를 찾아왔다. 혼자 게임을 하는 게 더 좋은 첫째는 별로 내키지 않아 하면서 자신이 하는 게임을 내게 보여주고 있었다. 평소 집에 손님이 찾아오면, 나는 자연스럽게 아이들 방에 찾아가고는 했다. 또 가족들이 전부 집에 있었으면 좋겠다는 생각이 드는 날에도 이 방 저 방 자주 기웃거렸다. 아직 잠옷 바지와 티셔츠 차림인 나라는 남자에 대해서 누구보다 티미가 가장 잘 알고 있었다. 그녀가 보는 나는 바로 이런 후줄근한 모습이었다. 이제야 우리가 공유하는 안전한 세상 속으로 돌아갈 수 있게 되었다고 생각하니, 나도 모르게 마음이 편해졌다. 아내는 나를 보며 휘파람을 불었고, 나는 곧바로 부드러운 재질의 천이 쫙 펴지는 것처럼 안색이 밝아졌다. 나란 남자를 행복하게 만드는 건 그녀에게 식은 죽 먹기와도 같았다. 너무나 단순하니까. 티미는 그런 내 모습을 관찰하는 걸 좋아했다.

"그만하고 나랑 얘기 좀 해."

나는 벌떡 일어나서 아내의 뒤를 따랐다. 그녀는 손을 들어서 내 얼굴을 쓸어내렸고 나는 그녀의 허리를 감쌌다. 그리고 내가 입을 맞추려고 하자 아내는 살짝 몸을 떼고서 나를 뜯어보며 나라는 남자에게 안정감과 만족감 그리고 남자다움을 느끼게 하는 것이 얼마나 쉬운 일인지 다시 한번 확인했다.

일반의 시절 티미는 입버릇처럼, 경험을 새롭게 만드는 것도 의사가 하는 일 중에 하나라고 말했었다. 그래야만 참고 버티기가 쉬워진다는 이유에서였다. 환자들은 자신에 대한 이해의 폭을 다시 수정해야만 만성 질환을 안고서도 살아갈 수 있으며 살아가는 법을 배울 수 있다. 아내는 이 기술을 자신에게도 적용하여 항상 좋은 기분을 유지하려고 했고, 긍정적으로 보이도록 모든 것들을 새롭게 정리했다. 나뿐만 아니라 그녀도 워낙 오랜만에 새벽 스키를 타고 온 터라 알몸으로 누워서 함께 시간을 보내길 간절히 바라고 있었다. 나는 두 아들이 모두 좋아하는 웨스 앤더슨 감독의 애니메이션 '판타스틱 미스터 폭스'를 틀어주었고, 아이들에게 말로는 아빠도 함께 보고 싶다고 했지만, 사실 당장 티미와 침대로 가고 싶은 마음이 굴뚝같았다. 그래서 영화가 시작되는 것을 확인하고 우리는 침실로 들어갔고 아내는 최대한 조용히 방문을 걸어 잠갔다.

우리는 나란히 서서 신속하게 옷을 벗어 던졌고, 그 모습은 마치 물가에 뛰어들어 수영하려고 서두르는 어린아이들처럼 보였다. 그렇지만 알몸이 된다는 의미가 무엇인지 너무도 잘 아는 성인 부부였기 때문에, 우리는 물이 아닌 침대로 뛰어들었다. 서로의 손은 각자 원하는 자리, 본래 있던 곳을 찾아서 움직였다. 티미는 등을 똑바로 대고 침대에 누웠고, 나는 옆으로 바짝 붙었다. 그리고 그녀의 한쪽 허벅지를 들어서 내 몸 위에 걸쳐 두고, 그녀가 자기 몸을 만지는 동안 내가 그녀의 몸속으로 들어갈 수 있도록 했다. 그녀는 한 손으로 부드럽고 탄탄한 구멍을 벌리고 남은 손의 손가락 두 개를 가지고 자위를 했다. 나는 딱딱해진 물건을 그녀의 몸속으로 천천히 집어넣었고, 평소 아내가 가장 강렬한 자극을 느끼는 지점까지 정확히 가서 닿았다. 그 지점만 공략해도 따로 자위할 필요도 없이 절정에 오를 수 있었다. 그녀의 속살이 부풀어 오르면서 서로의 은밀한 부위가 바짝 조여 왔고 그렇게 우리는 완전한 하나가 되었다. 그 순간, 우리가 누구인지 혹은 무엇인지는 중요치 않았다. 꼼짝도 하지 않고 눈을 감은 채 누워 있는 사람이 그녀라는 사실, 나는 그녀의 몸 위에서 천천히 앞뒤로 움직이면서 그녀의 귀에 부드러운 목소리로 속삭이고 있다는 사실만 인지할 뿐이었다.

나는 평소 그녀가 그리던 이상형의 남자가 갑작스럽게 집에 방문했고, 바깥에는 아이들을 돌보는 내가 있어서 최대한 들키지 않도록 두 사람만 몰래 침실에 들어온 상황에 대해 상상해보라고 말했다. 나는 아내에게 키가 크고 매끈한 몸매에 행동도 민첩한 그 남자가 그녀와 뭘 하고 싶어 하는지 상상한 걸 말해주었다. 그사이 나는 굳게 잠긴 침실과 아이들이 있는 곳을 왔다 갔다 분주히 움직이고 있다. 이제 나는 침실 밖에 서서 그녀가 내는 신음에 귀를 기울인다. 티미는 상상만으로도 짜릿한지 베개 위에서 고개를 좌우로 흔들어댔지만, 그것만으로는 내 성에 차지가 않았다. 그래서 두 사람이 있는 방에 함께 있고 싶다고, 다른 남자에게 몸을 내어주는 그녀의 모습을, 그 남자의 성기를 보고 싶다고도 말했다. 평소 아내와 이야기할 때는 성기라는 표현을 자주 사용했다. 나는 그 남자의 성기가 딱딱하고 커져서 그녀의 몸속에서 촉촉하게 젖는 모습을 보고 싶었고, 그녀의 몸에 그 남자의 성기가 삽입되었다가 나오는 장면을 두 눈으로 확인하고 싶었다. 티미는 여전히 눈을 감고 있었지만, 지금 내가 어디를 보고 있는지는 알고 있었다. 나는 내 몸에 달린 물건이 그 남자의 것이라고 상상하면서 그녀의 몸속으로 물건을 넣었다가 뺐다가를 반복했다. 그녀는 신음을 냈고, (아니, 소리를 냈다기보다 부드러운 울부짖음처럼 자연스럽게 소리가 새어 나왔다.) 허벅지를 파르르 떨며 오르가즘을 느꼈다. 온몸이 찌릿찌릿해졌고, 나는 딱 한 번만이라도 아내가 다른 남자와 관계하는 모습을 봐도 되겠느냐고 물었다. 있는 힘껏 그녀의 몸을 밀어붙이는 바람에 아내의 몸이 침대 위로 쏠려 올라갈 정도였다.

티미는 눈을 뜨고서 내가 평소보다 더욱 가까이서 자신을 쳐다보고 있다는 사실을 깨달았다. 그녀의 입술과 눈꺼풀 위로 퍼지는 떨림과 뭔가 잘못되기라도 한 것처럼 고개를 좌우로 흔드는 모습을 조금이라도 더 가까이서 보고 싶었던 탓이었다. 일이 잘못되기는커녕, 오히려 티미는 좋아, 좋아, 그렇게 해, 이 말만 반복했다. 그리고 베개를 움켜쥐고 얼굴을 파묻으며 신음을 내뱉었다. 얼마 지나지 않아, 나도 절정에 이르렀다. 조용히 숨이 막힌 것처럼, 끙 소리를 내뱉으며 끝났지만, 그 순간 서로 얼음처럼 굳어져서 혹시나 밖에 있는 아이들이 우리 신음을 듣지 않았을까 귀를 쫑긋 세웠다. 다행히 우리 둘 다 최대한 소리를 낮추고 있어서 아무것도 듣지 못한 것 같았다.

우리는 침대에서 일어나 옷을 입고 함께 점심을 준비했다. 마침 영화도 거의 끝나가고 있었다. '판타스틱 미스터 폭스'는 시작과는 달리 마지막은 전혀 다른 분위기였다. 하지만 우리 두 아들은 서로 찰싹 달라붙어서 입까지 벌리고 화면에 집중하고 있었다. 우리가 침실에서 막 나왔다는 사실조차 눈치채지 못한 게 분명했다. 티미는 오래전에 오븐에다가 칠면조 요리를 집어넣어 두었는데, 3시간 동안 요리해야 먹을 수 있는 음식이니 곧바로 꺼내 먹어도 될 터였다. 내가 감자를 삶고 새싹채소를 닦아 식탁에 올리는 사이, 티미는 고기랑 함께 먹을 소스를 만들고 있었다. 전형적인 가정의 모습처럼 점심 식사 준비를 대부분 아내가 도맡아 했다는 사실을 깨닫고 나도 모르게 끙, 하는 소리가 터졌다. 너무나 전형적인 여성과 남성이 된 것 같아서 속이 상했다. 적어도 내가 원하는 모습은 이런 게 아니었다. 최소한 내 주변의 모든 것들은 그렇게 전형적이거나 평범하지 않기를 바랐기 때문이다. 그러자 아내가 말했다.

"자기가 잊고 있는 게 있어."

"뭔데?"

"평소에는 거의 매일 자기가 식사 준비를 하잖아."

그 말을 듣자 다시 기분이 좋아졌다. 아내가 바랐던 것도 바로 이런 모습이었을 것이다. 티미는 옆집 여자가 오후에 자기 집에 놀러 오라며 우리를 초대했다고 말했다. 그 말을 듣자 다시 기분이 우울해졌다.

"놀러 오라고 했다고? 새해 첫날인데?"

"응. 지금은 그냥 우리끼리 집에 있으면 돼. 그쪽도 그럴 거고. 이웃집 여자 말로는 애들은 지하에서 같이 놀다가 영화나 보게 하고, 와인이랑 치즈 챙겨서 같이 마시자고 하더라고. 그런대로 재미있을 것 같아. 즉흥적이고 간단하고, 지나치게 형식적이지도 않고. 자기 생각은 어때?

　이웃집 우나의 초대를 받아들였을 당시, 그녀는 내가 달가워
하지 않으리라는 것을 알았을 것이고 그랬으면 먼저 내 의향부
터 물었어야 했다. 하지만 아내는 굳이 거절하고 싶지가 않았고,
초대를 거절할 적당한 핑계도 없었다. 게다가 꽤 좋은 생각인 것
도 같았다. 티미는 자연스럽게 일이 흘러가는 걸 좋아하는 사람
이었다. 새벽 스키를 타며 한층 들떴던 기분도 이미 사그라든 지
오래였고, 더는 기분이 나아질 것 같지 않았다. 우나가 찾아와 주
방에서 커피를 대접할 때만 해도, 아직 침대 위에서 하던 우리 볼
일이 끝나지 않은 상황이었다. 오르가즘을 느끼고 난 터라 한두
시간은 조용히 앉아서 평온함을 만끽하고 싶은 심정이었지만
그조차도 얼마 가지 못하고 뭔가 새로운 걸 찾아 헤매게 될 것이
뻔한 일이었다. 그럴 때, 우나와 그녀의 남편 폴 에드빈과 함께
모여서 와인도 마시고 수다도 떨면 재미있을 것 같았다. 다른 사
람들과 대화하면 스스로에게서 벗어날 수 있어 좋기 때문이다.
사람들과 대화를 하다 보면 나를 잃어버리는 것 같아서 공적인
만남을 싫어하는 나와 어떻게 보면 비슷한 이유이기도 했다.

　나는 아내가 그런 의견을 내면 다소 까칠하게 반응하는 편이
었고, 처음 몇 해 동안은 그렇게 반응해도 그녀는 별로 개의치

않았다. 그리고 그 시간을 겪으면서 아내는 한 가지 교훈을 얻었다. 더는 모든 이야기에 무작정 좋다고 말하지 않는 것, 본인이 원하는 바가 무엇인지 더욱 확실히 하게 되는 거였다. 하지만 최근 들어 나에게 여러 가지 문제들이 잇따라 벌어지기 시작했고, 아내는 내 제안에 무조건 동의하던 모습에서 완전히 반대로 바뀌어 버렸다. 그래서 내가 아이들이나 그녀와 함께 있고 싶어 한다는 걸 알면서도 내 의사를 묻지 않고 덜컥 이웃의 제안을 받아들이고 만 거였다.

오후 5시가 되었고, 우리 가족은 다른 가족이 그러하듯 식탁에 둘러앉아서 오손도손 저녁을 먹었다. 티미는 벌써 내가 겁에 질려 있다는 것을 알아챘다. 그녀는 버섯과 양파, 마늘과 바질, 소금을 사워크림에 넣고 잘 섞었다. 칠면조 요리는 오븐에서 3시간을 익히고도 30분을 더 두었고, 나는 감자를 찌고 내장으로 그레이비 소스를 만들어 두었다. 티미는 어제 블루치즈와 적양파로 만드는 샐러드 요리법을 찾아냈다. 안 그래도 기름기가 많은 음식이라서 간이 센 샐러드는 어울리지 않을 것 같았고, 예상대로 아이들은 샐러드에 손도 대지 않았다. 티미는 익힌 칠면조를 최대한 얇게 썰어서 접시에 담았다. 칠면조 고기를 티미가 써는 건 우리 가족에게는 당연한 일이었다. 왜 우리 집만 엄마가 칠면조 고기를 써느냐는 첫째의 질문에 만약 내가 칠면조 고기를 얇게 썰면 전형적인 1950년대 가족처럼 보일 거라고 대답했다. 티미는 그 말을 듣고 나서 마음이 한결 가벼워졌고 다소간의 승리감마저 느꼈다. 고기는 너무 바짝 익지도 않았고, 알맞게 잘 익었다. 하지만 칼날이 무뎌진 탓인지 칼질이 쉽게 되지 않았다. 티미는 미리 칼날을 갈아놓지 않았다며 짜증을 냈다. 그리고 내게 먼저 건배를 제의하고 나서 아이들에게 축배를 권했다. 그러면서도 식탁 아래로 발을 뻗어서 내 정강이를 더듬거렸고, 어떻게든 웃게 만들려고 했지만 나는 끝까지 웃지 않았다. 비록 몇 번 삐걱거리기는 했지만 나름대로 짜릿한 시간을 가졌음에도, 그로 인해 좋았던 기분은 거의 사라져버렸다. 티미는 미리 준비한 뜨거운 그레이비 소스를 가지러 내 등 뒤로 지나가면서 소스 그릇을 내 앞에 내려두었다. 그리고 내 쪽으로 몸을 숙이고는 손가락으로 머리칼을 쓸어내렸다. 나는 고개를 들어 그녀를 쳐다보았다. 게슴츠레한 눈빛, 꼭 다문 입술, 티미는 제발 내가 울음을 터트리지 않기를 기도했다.

"자기 화났어?"

"전혀."

평소 나라면 화를 내거나 안절부절못하거나 짜증을 참지 못하고 눈물을 터트리기 직전까지 갔어야 했다. 하지만 나는 내가 짜증이 났다는 걸 죽어도 인정하고 싶지가 않았다. 내 입으로 짜증이라는 단어는 인간이 느끼는 감정에서 아예 뿌리 뽑아야 한다고 말한 적이 있어서 그랬다가는 옹졸한 인간처럼 보일 것 같았다. 하지만 티미는 그간의 경험으로 미루어보아, 내가 당장이라도 침대에 누워 뒹굴고 싶어서 죽을 지경이라는 사실을 알고 있었다. 이런 분위기를 바꾸지 못한다면 서로 굉장히 어색해지고 말 터였다. 티미는 내 셔츠 안쪽으로 손을 집어넣고 심장 근처를 천천히 문질렀다. 심장박동이 강하고 빠르게 뛰고 있었다. 그러자 몸을 숙여 내 귓가에 대고 이렇게 속삭였다.

"아까는 정말 좋았어, 자기야."

그 말에 나는 고개를 들어 티미를 쳐다보았고, 그녀는 머리칼을 쓰다듬던 손가락으로 내 얼굴을 가까이 당기고서 입술을 맞추었다. 언제나 먼저 입술을 벌리는 쪽은 나였지만 이번에는 그녀가 먼저 입술을 열고 혓바닥을 내 입안에 넣고 길고 애정이 넘치는 키스를 했다. 그렇게 쪽쪽대는 소리가 계속 이어지자, 첫째는 도저히 못 참겠다는 듯이 불만에 가득 차서 끙 소리를 냈다. 도저히 눈을 뜨고 못 봐주겠다는 거였다. 하지만 티미는 나를 보호하듯 손바닥으로 내 얼굴을 가리며 이렇게 말했다.

"쉬이잇. 엄마가 아빠한테 키스 좀 한 건데 왜 그래?"

이번에는 그르렁거리는 불만 가득한 소리가 터져 나왔다. 우스꽝스러운 소리였지만 그렇다고 웃기려고 내는 소리는 아니었다. 첫째는 나름대로 불만을 표출한 거였고, 도저히 우리 꼴을 눈 뜨고 봐줄 수 없는 모양이었다. 그럼에도 티미는 손을 떼지 않고 내 얼굴을 감싸 쥔 채 다시 키스를 했다. 그리고 내 윗입술을 지그시 깨물고 눈을 똑바로 맞추며 말했다.

"새해맞이 불꽃놀이가 끝날 때까지만, 아주 잠깐만 있다가 오는 거야. 그러고 나서 집에 돌아와 쉬면 돼. 알았지?"

"폴이랑 같이 불꽃놀이를 하는 게 싫다니까. 당신이 우나랑 케이크 준비할 동안, 나랑 그 사람이랑 불꽃놀이를 해야 하는 거잖아?"

내가 점점 더 화를 내고 있다는 걸 그녀도 느낄 수 있었다. 폴은 아픈 데만 콕콕 찌르는 그런 사람이다. 노르웨이어를 가르치는 교사인데 문학과 음악, 영화 쪽에 상당히 관심이 많았다. 그는 수업이 없을 때면 집에 있는 걸 좋아했고 나만큼 사람들과 어울리는 걸 불편해하며 낯을 가려서 처음 우리가 만났을 때 내게도 처음으로 좋은 친구가 생길 거라고 기대했었다. 하지만 그 기대는 완전히 빗나갔다. 우리는 좀처럼 공통적인 관심사를 찾지 못하고 지극히 관례적인 대화 이상으로 넘어가지 못했다. 물론 티미는 그 정도 대화가 오간 것만으로도 장족의 발전이라고 말했지만, 나는 열정적으로 그와 대화를 나눌 주제를 찾지 못했다는 사실에 굉장히 짜증이 나 있었다.

게다가 우나는 맹목적으로 성적 분리를 광신하는 사람이라서, 항상 목소리를 낮추어 말했고 정말 진지한 이야기는 티미에게 따로 이야기했다. 그런 소외감을 느끼며 폴과 나는 지극히 남성적인 인간으로서 상호작용을 해야만 하는 상황이 되었고, 결국 이런저런 주제에 대해서 잘난 척하는 꼴로 마무리되었다. 그러다 보니 내가 원하는 모습이나 본래 모습을 보일 수가 없어서 평소 극도로 꺼리는 상황에 놓이게 되면 곧바로 자리를 박차고 씩씩대며 집으로 돌아오고 말았다.

티미는 내 목덜미 뒤쪽으로 짧게 자른 머리카락을 쓰다듬었다. 마치 부드러운 털, 물기가 스며들지 않는 매끈한 수달의 털 같은 느낌이었다. 평소에 내 뒷머리를 잘라주는 것도 티미였다. 그러고는 주방 조리대로 가서 휴대전화를 집었다. 휴대전화 화면을 바닥으로 향하도록 해 창가에 올려두고 무음으로 바꿔서 전화벨이 울리지 않도록 할 참이었다. 벌써 반나절이 지나도록 휴대전화를 확인하지 않았고, 그사이에 뭔가 기분 좋은 메시지가 도착했을 거라고 기대하고 있었다. 벌써 메시지를 몇 통이나 보냈어야 정상이었다. 티미는 나나 아이들과 함께 그저 평온한 시간을 보내고 싶은 마음이었기 때문에, 어차피 지금은 그에게서 메시지를 받지 않는 편이 낫다고 스스로 위로했을지도 모른다. (나는 그 남자와 티미 두 사람 사이에 무엇이 있던 결국 지나갈 거라고 생각했다.)

하지만 지금 티미는 강렬하고 고통스러운 갈망에 휩싸여 괴로워했다. 그녀는 그도 비슷한 마음일 거라는 생각이 들었다. 평범한 일상 속에서 평온을 찾으려고 하겠지. 합법적이고 안정된 삶, 결혼 생활과 가족 속에서 말이다. 그래서 지금까지 아무 메시지도 보내지 않은 건지도 모르겠다. 순간 뭔가 불공평하고 잘못됐고 이건 아니라는 생각이 스쳤다. 티미는 휴대전화를 집어 들고 짧은 메시지를 쓰기 시작했다. '안녕'처럼 뭔가 밝은 인사말로 시작할까 싶은 생각이 들었지만, 그보다 더 차분한 분위기로 가야겠다고 마음을 고쳐먹었다. 티미는 새벽에 스키를 타러 갔으며, 혹시나 그도 왔나 싶어 찾았노라고 적었다. 그리고 다시 휴대전화를 내려놓고 식탁으로 돌아와 내 옆으로 지나가면서, 목덜미를 살짝 잡으며 동생에게서 메시지가 왔노라고 말했다. 그러고는 내가 미처 대답하기도 전에 이렇게 말했다.

"불꽃놀이는 내가 폴이랑 준비할게. 당신은 피곤하면 그냥 집으로 돌아와서 쉬어도 돼. 그쯤이면 아이들 중 하나는 집에 가겠다고 할 테니까."

그 정도 제안이면 내가 어느 정도는 만족하고 행복해할 거라고 예상한 것 같았다. 나는 나와 제일 많이 닮았다고 생각하는 막내아들을 바라보며 고개를 끄덕였다. 그리고 이렇게 말했다.

"당신 생각이 맞겠지."

막내는 의자에 앉아서 멍하니 옅은 공기를 마셨다. 입을 벌리고 칠면조와 삶은 감자를 우걱우걱 씹으면서, 오렌지에이드를 마시고 잔에 기름진 입술과 손가락 자국까지 남기면서도 뭔가 곤히 생각에 잠겨 있었다. 저녁을 먹다가 하얀 셔츠에 그레이비 소스를 묻히는 바람에 직사각형의 얼룩이 남았는데 시간이 지나면서 얼룩 아랫부분이 점점 커져 마치 노르웨이 지도처럼 보였다.

티미는 식탁 아래로 발을 뻗어서 발가락 끝을 내 무릎에 가져다 댔다. 나는 건너편에 앉은 그녀를 쳐다보았고, 아까보다 한층 누그러진 표정으로 잔을 들고 건배를 했다. 이웃집에 있어도 아내는 나를 도와줄 테고 내가 집으로 돌아오는 편이 그녀에게도 편할 테니 오히려 잘된 일이었다.

9

2월의 어느 목요일, 티미가 평소보다 늦게 집에 돌아왔다. 그 남자와 함께 멀리까지 스키를 타러 간 것이다. 매번 의도했던 것보다 더 멀리까지 갔고 급기야 돌아오는 자체가 불가능할 정도까지 갔다. 자신이 얼마나 강한지 상대방에게 자랑하고 얼마나 멀리까지 갈 수 있는지 보여주고 싶었기 때문이다. 두 사람은 서로 함께 있을 때 세상 모든 것들이 얼마나 다르게 보이고, 얼마나 생기 넘치고 역동적으로 변하는지 보여주고 싶었다. 게다가 완벽한 날씨까지 한몫했다. 2월의 부드러운 산들바람이 나무 사이를 스치고, 촉촉하게 젖어 있던 눈들은 저녁이 가까워지면서 적당히 딱딱해지며 얼어붙었다. 주위가 어두워질 무렵이 되자 다른 스키어들은 어느새 자취를 감추고 남은 건 둘뿐이었다. 단

색의 외눈박이 달은 두 사람을 비추었고 하얀 눈과 잘 빠진 가문 비나무를 푸르게 바꾸어 놓았다.

티미의 귓가에는 딱딱하게 굳은 눈 위로 분주하게 움직이는 스키와 스키 폴대가 꽂히는 소리가 들렸다. 두 사람은 멈춰서 주위를 살피며 잠시 이야기를 나누었다. 사방이 뚫린 곳이라 두 사람의 목소리는 더욱 친밀하고 소곤거리는 것처럼 들렸고, 마치 눈 속에서 소리가 퍼지는 것처럼 자기 목소리가 폭신폭신하게 느껴질 정도였다. 곧 어두운 밤이 찾아올 터라 이제는 집으로 돌아가야만 했다. 티미는 온몸이 후끈하고 욱신거렸고 처음 올 때보다 집으로 돌아가는 길이 더욱 길게만 느껴졌다. 그녀는 남자의 시선을 느끼면서 비탈 아래로 활강하며 그의 앞으로 치고 나갔다. 그녀의 리듬에 따라서 그의 시선이 그녀의 일거수일투족을 평가하고 있음을 감지할 수 있었다. 티미는 완만한 경사 위로 힘차고 에너지 넘치는 동작으로 폴대를 꽂았고, 발꿈치로 온몸을 지탱하고 서서 조그만 언덕이 나올 때마다 몸을 최대한 낮게 구부려서 공기저항을 줄이려고 애썼다. 스피드와 그의 시선을 동시에 즐기고 있는 거였다.

그러다가 코너에서 지나치게 몸을 숙이다가 바로 옆에 쌓여 있던 눈더미 위로 넘어지고 말았다. 워낙 눈이 높게 쌓여 있었고 푹신거려서 전혀 다친 곳은 없었고 그저 얼굴과 목덜미에 하얀 눈을 뒤집어쓴 정도였다. 어린 시절로 돌아간 기분이었다. (그저 기분만 그런 게 아니라 정말로 어린아이로 돌아간 것처럼 순진무구한 행복을 느끼지 않았을까? 그렇다. 바로 그런 기분이었다.) 티미는 깊숙한 눈더미에 처박혀 혼자 일어설 수가 없었다. 뒤에서 따라오던 남자는 티미가 쓰러진 바로 옆으로 능숙하고 자신감 넘치게 방향을 바꾸며 멈추어 섰고, 그녀를 일으켜주려고 손을 내밀었다. 바로 그 순간 미소 띤 그의 모습은 그녀의 마음속에 그대로 각인되었고, 밤에 자려고 침대에 누웠을 때나 직장에서 일하다가 문득문득 떠올리게 되는 첫 번째 이미지가 되었다. 그 후로도 남자의 이미지는 귀에 거슬리는 소음처럼 끈질기게 그녀를 쫓아다녔지만, 정작 본인은 전혀 눈치채지 못했다. 그는 티미를 일으켜 세우고 어디 다친 곳은 없느냐고 물었다. 하지만 끝까지 손을 놓지 않아서 그렇게 두 사람은 손을 잡은 채로 서 있었다. 그는 잡은 손을 놓아주면서 그녀의 몸에 묻은 눈송이를 털어주었다. 스키용 장갑을 벗은 그의 손은 매우 컸고 따뜻했다. 두 사람의 얼굴은 앞이 보이지 않을 정도로 시커먼 어둠을 뚫고 인력에 의해 서로 이끌리는 두 개의 빛나는 행성들처럼 서로를 향해 둥둥 떠다니다가 다시 멀찌감치 사라졌다. 두 사람은 활짝 웃었고 다시 스키 타는 기술에 관한 이야기를 나눴다. (정말 그런 얘기만으로 충분했을까? 사실 두 사람은 어떤 이야기든 나눌 수 있었지만, 두 사람이 나누는 대화의 진짜 의미는 단어가 아니라 대화를 나누는 방식에 있었다.)

이제 티미는 집에 돌아가야 했다. 그도 마찬가지였다. 너무 늦기 전에 돌아온다고 말했기 때문에 최소한 자기 전까지는 돌아가야만 했다. 주차장까지 이어지는 마지막 코스에서는 남자가 앞서가며 안내했다. 그는 자신의 장비 옆에 티미의 장비를 실었다. 그녀는 자동차 지붕에 달린 스키 캐리어를 향해 남자가 두 팔을 펴는 걸 가만히 지켜보았고, 그의 몸의 전체적인 동작들이 뭐라 형용할 수 없을 정도로 우아하고 완벽해 보였다. 평소처럼 두 사람은 남자의 차에 올라탔고, 티미는 조수석에 앉아서 남자가 운전하는 차에 몸을 맡겼다. 그녀는 내게 문자 메시지를 보냈지만 아무 답이 없었다. 별로 좋은 신호는 아니었다. 내가 일찌감치 잠자리에 들었으면 하고 바랐겠지만, 그럴 가능성은 희박해 보였다. 아마도 나는 초조하고 불안해하면서 이 방에서 저 방으로 왔다 갔다 하고 있었을 것이다.

티미도 그럴 거라고 예상했다. 미리 말했던 시간보다 조금만 늦어져도 내가 어찌할 바를 모르고 초조해했기 때문이다. 처음 늦게 들어왔을 때는 다시는 늦지 않겠다고 굳게 약속했지만, 그렇게 한 번 두 번 이어지더니 이제는 밥 먹듯이 늦게 다니게 되었다. 처음으로 약속했던 시간보다 집에 늦게 왔던 날에는 우리

끼리 질펀한 주말을 보낼 계획이었다. 물론 그렇다고 평소 우리 부부가 즐겨 쓰는 '질펀한' 주말의 의미는 아니었다. 그저 조용한 오두막에서 주말을 보낼 생각이었다. 애들은 처가에 맡긴 다음 금요일 오후에 아내가 퇴근하면 바로 함께 오두막으로 떠나기로 했다. 티미는 금요일 점심시간을 마치고 그 남자와 함께 암벽등반을 하러 갔다. 회사에서 주중 2시간씩 개인 체력 단련 시간을 사용할 수 있게 해주었기 때문에 그 기회에 남자가 제안했던 암벽등반 레슨을 받기로 약속한 것이다. 그는 암벽등반을 가르쳐주었고 그러다 보니 둘 다 시간 감각을 완전히 잃었다. 티미는 8미터 높이의 벽에 대롱대롱 매달려 있었고 그는 로프와 확보 장치를 잡고 그녀의 아래에 서서 그녀를 지탱해주고 있었다. 두 사람 말에 따르면, 그 남자는 티미를 지켜준 거였고 그녀는 그 표현 자체가 마음에 쏙 들었다. 그는 어떤 부분을 붙잡아야 하는지 꼼꼼히 확인한 다음 그녀를 향해 크게 외쳤다. 좌측에 튀어나온 조그만 부분, 조금 더 위쪽, 어딘지 알겠어요? 조금이라도 힘들어하는 것 같으면, 그는 잘하고 있다며 아낌없이 격려해주었고 티미는 무척 기분이 좋았다. 그녀는 강한 다리 힘을 가지고 있었고 그가 지시하는 대로 따랐던 것이 큰 도움이 되었다고 생각했다. 그러고 나서 남자는 차로 티미를 집까지 데려다주었다. 그때 티미는 내게서 이런 문자 메시지를 받았다. 혹시 무슨 일이 생겼는지 걱정해야 하는 거야? 아니면 이제 우리가 하찮은 사이가 된 거야? 하지만 그녀는 절대로 그런 게 아니고, 나나 우리 사이 혹은 다른 어떤 것도 하찮게 치부해버린 게 아니라고 말했다. 그 날 밤 어렵사리 오두막에 도착해서 함께 저녁을 준비할 때까지도 우리는 계속 말싸움을 했다. 나는 똑바로 서서 그녀를 쳐다보며 비아냥거렸다. 그게 아니라니 참 다행이네.

그러고 나서 또다시 두 사람은 암벽등반을 하러 갔고 시간 확인하는 걸 까맣게 잊었으며, 조깅을 하러 갈 때마다 매번 계획보다 멀리까지 가서 집으로 돌아오는 시간도 점차 늦어지기 시작했다. 그러던 중, 스키 시즌이 시작되었고 그는 아내에게 당일 코스로 스키를 타러 가자고 제안했다. 하루 휴가를 쓰고 스키를 타러 갈 예정인데 시간이 되면 같이 가자고 하면서, 일종의 미팅 같은 개념이라고 말했다. 티미가 흉내 낸 그의 무자비한 웃음소리는 쉿소리가 섞인 밝은 톤의 목소리였고, 마치 곤히 잠든 사람 앞에서 요란하게 트럼펫을 부는 것 같았다. 남자는 티미가 무슨 말을 해도 웃음으로 답했고, 전혀 위험할 것 같지 않은 웃음을 보여서 그녀가 거리낌 없이 그를 닮아가도록 만들었다. 두 사람의 만남은 누가 봐도 위험해 보이지 않았다. 그저 서로 호감을 느끼며 같은 취미를 공유하는 사이였고 서로에게 좋은 친구가 되었기 때문이다. 그 때문에 두 사람의 만남이 매번 예상보다 길게 이어지는 것이기도 했다.

급기야 티미는 정확한 귀가 시간을 정하지 않고 그 사람을 만나러 가겠다고 선언했다. '정해진 시간'에 돌아오지 않는다고 귀에 못이 박힐 정도로 이야기를 들어서인지 굉장히 짜증이 난 모양이었다. 나는 아내에게 다시 십대로 돌아간 거냐고, 내가 아빠처럼 보이냐고, 우리가 부부이기는 한 거냐고 물었다. 티미는 요즘 들어 부쩍 내가 감정적이고 극단적인 표현을 사용하는 것을 자주 들었다. 나는 화를 이기지 못하고 눈을 부릅뜨고 따져 물었고, 그녀는 분노를 이기지 못해 두 손을 바들바들 떠는 내 모습을 보았으며, 급기야 반쯤 남은 우유 팩을 집어 던지는 일까지 생겼다. 티미는 나를 도와 바닥에 흘린 우유를 닦아야 했고 이대로 그냥 두고 보면 안 되겠다는 생각이 들었다. 그녀는 대체 내가 왜 그렇게까지 화를 내는지도 이해가 되지 않았다. 별것도 아닌 일에 부부가 맞느냐는 이야기까지 나왔다는 것도 도무지 이해가 안 되는 일이었다.

그리고 나서 본인은 전혀 그럴 의도가 아닌데도 마치 부정한 여자라도 되는 듯 자신을 몰아세웠다고 주장했다. 부정이라는 말을 운운하는 걸 듣고 나는 코웃음을 터트렸다. 그런 단어를 사용한다는 것 자체가 우리 부부의 위신을 깎는 문제였다. 나는 우리 사이를 하찮게 여기지만 않는다면, 그 남자는 물론이거니와 다른 남자랑 잠을 자고 다녀도 상관없다고 말했다. 또 '하찮다'라는 단어를 기왕 사용했으니 계속 사용할 작정이었다. 너무나 하찮은 인간으로 완전히 뒷전에 놓인 느낌이 들었다고도 따져 물었다. 그 단어 하나에 그동안 나를 힘들게 했던 온갖 문제들이 모두 집약되어 있었다.

한 번은 만약 두 사람이 함께 살게 된다면, 나랑 함께 살았던 것보다 더 오래 살 수 있을 거라고 말했다. 그렇게 계속해서 내가 느끼는 두려움을 소리 높여 말했고, 절대로 일어나지 않았으면 하는 것들을 전부 내 입으로 토해냈다. 티미는 고통스럽고도 분노에 가득 찬 그리고 가슴 아픈 표정으로 내 얼굴을 쳐다보았다. 나는 주방에 서서 식기세척기 안을 비우고 찬장 문을 쾅쾅 닫으면서 온갖 말들을 퍼부었다. 그리고 곧바로 자유롭게 살라고 원하는 건 뭐든 해도 좋다고 말했다. 나의 아내이자 사랑하는 사람이라는 사실만 변하지 않는다면, 누구랑 무슨 짓을 해도 이해하겠노라고 했다. 그렇게 나는 상기된 얼굴로 정신 나간 사람처럼 눈을 번뜩이며 그녀 앞에 서 있었다. 그 순간 티미가 가장 바라고 또 원하는 것은 바로 평화로움이었다.

그런데 티미는 오늘 또 늦은 시간이 돼서야 집으로 돌아가고 있었다. 정말 부부 관계를 하찮게 여기게 된 건 아닐까, 티미는 생각했다. 우리 가족이나 부부 사이를 완전히 무시하고 있는지도 모른다고 생각해보았지만, 그런다고 해서 도움이 될 건 하나도 없었다. 그녀는 운전대를 잡은 군나르의 손을 쳐다보았다. 털 하나 없이 매끈한 구릿빛 피부. 그녀는 또다시 방치된 기분이라고 그에게 말하고 싶었다. 그런데 그가 먼저 고개를 돌리고 이렇게 말했다. "평소에는 혼자 스키 타러 가는 걸 좋아해요. 그런데 요즘은 당신과 함께 스키를 탈 수 있어서 너무 기쁘네요."

티미는 그 말이 무슨 뜻인지 알고 있었다. 그 말에 어떻게 답해야 하는지도 알고 있었다. 곧이어 귓가에 자신이 대답하는 소리가 울려 퍼졌고, 그 단어들이 서서히 그녀를 향해 다가왔다. 후끈한 열기가 그녀의 온몸으로 전율하듯 퍼져나갔다. 군나르는 계속해서 운전했고 티미는 도저히 그를 쳐다볼 용기가 나지 않아서 창밖을 내다보고 있었다. 그는 고개도 돌리지 않은 채로 뭔가를 말했고, 그건 정확히 그녀가 듣고 싶어 했던 말이었다.

며칠 전, 나는 울면서 티미의 직장으로 전화를 걸었다. 울음소리 때문에 정확히 뭐라고 말하는 건지도 이해하기 힘들 정도였다. 그녀는 나를 진정시키려고 애썼고, 잠깐 밖에 나가서 바람을 쐬던가 스키라도 타라고 말했지만 나는 별 도움이 되지 않을 것 같다고 잘라 말했다. 전화를 걸기 전에 이미 아내가 장갑맨과 함께 스키 타는 코스를 다녀왔기 때문이다. 다른 건 아무것도 생각할 수가 없었다. 나는 최대한 속도를 높였고 죽을힘을 다해서 아주 멀리까지 스키를 타고 달렸고, 그렇게라도 나 자신을 혹사하려고 애썼다. 나는 내 몸을 지치게 하는 데 성공했고 몸이 너무 힘들어서 다른 생각은 할 수가 없었다. 하지만 집에 돌아오자마자, 또다시 아내와 그 남자의 잔상이 떠올랐다.

나는 아내에게 당장 만나자고, 지금 꼭 해야 할 말이 있다고 말했다. 티미는 주저하다가, 점심시간에야 나갈 수 있을 것 같다고 말했다. 나는 사무실 앞에 차를 세우고 기다렸고, 함께 드라이브를 하면서 이야기를 나누다가 급기야 눈물이 터졌다. 결국, 차를 세운 다음 이야기를 이어나갔고 그녀는 듣기만 했다. 더는 이렇게 안 되겠다고, 이건 고문이라고, 마냥 이러고 있다가는 당신이 그 남자랑 잠자리까지 가게 될지도 모르고 그러다 보면 당신이 모든 자제심을 잃게 되지 않겠느냐고 말했다. 우리 가족은 엉망진창이 될 거라고 했다. 그렇게 되면 나는 물론이거니와 아이들은 어떻게 해야 하냐고도 물었다. 그러면서 운전대를 손으로 치고 내 얼굴을 때리고, 급기야 과호흡 증상까지 와서 운전석에 몸을 움츠리고 앉아서 서럽게 울기 시작했다. 티미는 평소처럼 두 손으로 나를 쓰다듬으며 진정시키려고 했다. 몸을 숙이고 천천히 호흡하라고도 말했다. 최대한 부드럽고 다정하고 조곤조곤한 목소리로 말이다. 내가 조금 진정이 된 듯 보이자 마침내 그녀는 내 어깨를 잡고 말했다. "알았어. 그 남자랑은 절대로 우정 이상의 관계로 발전하지 않을 거라고 약속할게. 진짜로 맹세해. 이 정도면 믿을 수 있겠어?"

그제야 조금 마음이 놓였다. 티미가 나중에 생각한 바로는 그 순간 밝은 빛이 켜진 것처럼 분위기가 달라졌다. 나는 울음을 멈추고 그녀가 잘 알고 또 좋아하는 표정을 지으며 그녀를 쳐다보았다. 어느새 목소리도 평소처럼 다정하고 그윽하게 바뀌어 있었다. 다시 티미를 사무실까지 태워다줬고, 그녀가 차에서 내리려고 하기에 잠깐만 기다리라고 한 다음 이렇게 말했다.

"방금 당신이 했던 말, 나한테 정말 필요했던 말이야. 그렇지만 미리 속단하지는 마. 당신이나 내가 앞으로 어떻게 될지 누가 알겠어? 당신이 생동감 넘치는 삶을 살면 좋겠어. 자유롭게 말야. 그러니까 섣불리 맹세 같은 거 하지 않아도 돼. 갑자기 당신을 잃게 될까 봐 너무 겁이 났어. 언제나 그걸 두려워하고 있었나 봐. 이러한 두려움 때문에 우리 사이의 모든 것들이 엉망이 될까 봐. 안 그래? 셰익스피어의 희곡을 보면, 주인공이 어떠한 재앙을 필사적으로 피해 다니지만 결국에는 그 재앙을 향해 가잖아. 나 자신과 다른 사람들을 구하려고 애쓰지만 그럴수록 가장 두려워하던 일을 당하게 되는 거야. 문제는 당신이 그 사람과 사랑에 빠지느냐가 아니야. 내가 그 일을 두려워하게 될까 봐 그게 겁이 나고 두려워."

티미는 나에게 가까이 다가와서 예전의 느낌을 다시 느껴보려고 노력했다. 내 어깨에 놓인 자신의 손을 보고는 아무 생각 없이 나를 한 번 껴안았다가 놓았다. 그녀의 생각은 이미 저 멀리 향하고 있었다.

두 사람의 외출은 점점 더 잦아졌고 더욱 먼 곳으로 이어졌다. 그는 티미를 문 앞까지 데려다주었다. 집에 불이 다 꺼져서 창문에 누가 있는지조차 보이지 않을 정도였다. 그녀는 몸을 숙이고 그에게 작별 인사를 했다. 눈과 입을 다물고 뺨에 닿는 그의 살결을 느꼈다. 차갑고 시원한 바람의 향기와 격렬한 운동 후의 흔적, 그리고 갓 내린 눈의 냄새가 그녀의 코끝에 맴돌았다.

하지만 그것 말고 또 다른 것이 있었다. 장성한 남자의 옷깃 속에서 풍기는 짜릿하고 메케한 온기. 그는 티미의 뺨에 건조하지만 기분 좋은 느낌을 담아 입을 맞추었다. 그리고 "잘 가요."라고 말했고 그제야 티미는 그의 손이 자신의 무릎에 올라와 있는 것을 보았다. 눈으로 보기 전까지는 손을 올린 지도 알지 못했다. 바로 그 순간 그의 손에서 자신의 허벅지 위로 강렬한 열기가 뿜어져 나오는 것 같았다. 그 열기는 티미를 정확히 관통한 다음 그녀의 온몸을 거쳐 손가락 끝으로 빠져나갔다. 티미는 잠시 그의 손에 자신의 손을 포개고 있다가 차에서 내렸다.

현관문은 열려 있었다. 스키를 복도에 내려놓고 최대한 조용히 부츠를 벗었다. 조심스럽게 그리고 살금살금 불빛이 흘러나오는 쪽으로 걸음을 옮겼다. 나는 평소 있던 주방이 아닌 다른 곳에 있었다. 집 안에 정적이 흐르는 것으로 보아 아이들이 잠들었다는 걸 그녀도 알 수 있었다. 막내아들은 쌔근쌔근 거친 숨소리를 내며 깊이 잠들어 있었고, 첫째의 방문은 굳게 닫혀 있었다. 천장 조명이 켜져 있고 주방 식탁 위에 종이 더미가 쌓여 있었다.

티미는 내 이름을 불렀지만 아무 대답이 없었다. 식탁 위에 놓인 종이 더미를 살펴보니, 집 공사 계획서였다. (그때는 무슨 생각으로 그런 걸 계획했던 걸까?) 그제야 지하 계단에서 내가 올라오는 소리가 들렸다. 사람 뼈대처럼 하얗고 매끈한 나선형 계단, 처음 그 계단을 설치했을 때만 해도 우리 부부는 무척이나 들떠 있었다. 티미는 어둡고 불길한 뼈대 모양 계단을 지나 불빛이 난 쪽으로 걸어 나오는 내 모습을 쳐다보고 있었다.

우리는 서로를 바라보았고, 그제야 티미가 말했다. 안녕, 내가 조금 늦었지? 이번에도 아무 대답이 돌아오지 않았다. 그녀의 말에 답하는 대신 나는 그녀가 들어오는 소리를 듣지 못했노라고 말했다. 내 표정이 괜찮아 보여서 아마도 속으로 마음이 놓였을 것이다. 결국, 나라는 사람은 티미가 비밀을 터놓을 사람, 군나르라는 사람에 대한 것까지도 공유할 수 있는 대상이었다. 그녀는 군나르에게 들은 이야기를 전했다.

얼마 전, 군나르는 이웃에 살았던 한 남자에게 전화 한 통을 받았다고 했다. 이쪽으로 이사 오기 전 자기 옆집에 아이들과 함께 살던 부부가 있었는데, 담장 너머로 수다를 떨기도 하고 서로 집에 초대해서 저녁 식사를 하기도 하고 아이들끼리도 잘 어울려 노는 사이였다. 그러던 어느 날, 사람들이 전부 모인 자리에서 그 이웃집 여자가 군나르의 뺨을 손으로 만지는 일이 발생했다. 이웃집 여자는 그의 뺨을 어루만지고 그대로 자리를 떠나버렸다.

그 후로 군나르 가족은 이쪽으로 이사를 왔고, 그 사람들과는 한참 동안 서로 연락하지 않고 지냈다. 그런데 그 이웃집 남자가 갑자기 군나르에게 전화를 걸어, 자기 부부가 이혼하게 됐는데 그게 전부 군나르 때문이라고 말했다는 거였다. 자기 아내가 군나르에게 푹 빠져 있어서 도저히 결혼 생활을 유지할 수가 없다는 게 이혼 사유였다. 어쨌거나 전후 관계는 그러했다.

티미는 마치 군나르가 함께 있는 것처럼 천진난만하게 웃으면서 그 이야기를 들려주었다. 하지만 나는 도저히 이해가 되지 않는다는 표정으로 고개를 절레절레 흔들면서 그녀를 빤히 쳐다보았다.

"정말 어이없는 얘기군."

"너무 어처구니없지?"

"도저히 앞뒤가 안 맞는 얘기잖아. 안 그래? 뭔가 중요한 부분이 빠진 것 같아. 대체 그 사람 무슨 짓을 한 거래?"

"아무것도 안 했대. 그리고 그 여자도 그냥 옆집에 사는 여자였대."

"그럼 여자들이 그 장갑맨을 보기만 해도 아무 이유 없이 사랑에 빠진다는 거야? 그 남자는 아무 짓도 안 했는데?"

"그런 뜻으로 말한 게 아니었어."

"그 남자가 한 말이 그렇잖아. 당신한테 듣고 싶은 얘기가 바로 그런 거 아니겠어?"

"그냥 그런 일이 있었다고 말한 것뿐이야."

"그 남자가 그 이웃집 여자한테 무슨 얘기를 했을 것 같아? 두 사람이 어떤 대화를 나눴을 것 같냐고. 당신한테 하는 것처럼 그런 식으로 얘기하지 않았을까?"

"그렇지 않았겠지."

"아니, 그랬다고 가정해보자는 거야. 당신이랑 가까이 지내는 것처럼 그 여자와도 그랬을 수 있잖아. 그러다가 갑자기 그가 이사를 가버린 거지. 둘이 잤을 수도 있는 거고, 아니면 그냥 자기가 원하는 확신을 얻고 나서 그걸로 만족했을 수도 있겠지. 그런데 그 남자가 갑자기 이사한 이유가 뭔지는 알아?"

"애가 셋이라 조금 더 큰 집으로 이사한 거래."

"그게 전부야? 정말 그 얘기를 믿어?"

티미는 괜히 얘기했다 싶은 생각이 들었다. 그저 소소하고 재미있는 이야기를 공유하고 싶었던 것뿐인데, 그가 이렇게까지 나올 줄은 몰랐다. 문득 자신이 너무 군나르에 대해 유리하게 이야기한 것은 아닌지, 어떤 여자라도 반할 정도로 그를 멋진 남자라고 강조했던 건 아닌가 싶은 생각이 들었다. (하긴 나에게 말하지 못할 건 또 뭐란 말인가? 그녀와 모든 것을 공유하고 싶은 건 바로 나였는데.) 티미는 자신의 이야기가 엉뚱하게 왜곡된 것 같아 다시는 군나르에 대해서 이야기하지 않겠다고 다짐했다. 내 입에서 그 사람에 대한 어떤 말도 듣고 싶지가 않았다. 티미는 주방 식탁에 있는 종이 더미를 가리키며 물었다.

"저건 뭐야?"

"바닥 공사 도면이야."

"그건 나도 봤어."

"업자랑 이야기하려면 아무래도 필요할 것 같아서."

"무슨 업자?"

"부동산 업자."

"지금 우리 집을 팔자는 거야?"

"아주 멀리 떨어진 동네로 이사 가서 다시 시작하는 게 좋을 것 같아. 로포텐 제도*에 가서 일 년 살기 해보자고 했던 말 기억나지? 거기로 이사 가자. 최대한 빨리."

"로포텐 제도?"

"응, 아니면 더 멀리 가도 돼. 핀마르크**나 스발바르 제도***같은 곳 말이야. 당신도 마음에 들 거야. 언제든 스키를 타러 갈 수도 있고. 등반도 할 수 있어. 나도 당신이랑 같이 해보려고."

"하지만 회사가 여기에 있잖아."

"당신은 어디서든 일자리를 구할 수 있잖아. 의사니까."

"지금 내 일이 좋아."

"알아."

"그러게."

"당신이 왜 사무실에서 일하고 싶어 하는지 모르겠어."

"당신이 그러랬잖아."

"뭐든 당신이 하고 싶은 걸 하란 거지. 하지만 이제 이 동네에

---

* 노르웨이 북서부 제도.

** 노르웨이 북부에 있는 주.

*** 북극해에 있는 노르웨이 영토.

서 떠나야 할 상황이 됐잖아."

"왜?"

"우리 사랑을 지키기 위해서. 우리 삶과 가족도."

"큰 문제가 생긴 것도 아니잖아."

"그렇게 될까 봐 겁이 나."

"지레 겁먹을 필요가 있을까?"

"계속 그 사람 만날 거잖아. 만나고 싶을 테니까."

"그 사람을 꼭 만나지 말아야 할 이유라도 있어? 우리는 그저 친구일 뿐이야."

"그 사람한테 끌리고 있잖아. 호감도 생겼고."

"그래, 그런 말을 하기는 했었지."

"상대도 당신을 원하고 있고."

"그야 나는 잘 모르지. 당신도 정확히 모르잖아."

"그가 당신을 원한다는 건 누가 봐도 확실해. 당신 마음도 그렇고. 나도 당신이 뭐든 원하는 대로 하면서 자유롭기를 바라, 그 상대가 누구든 간에."

"그런데 갑자기 마음이 바뀐 거야?"

"당신은 내 아내고 내가 사랑하는 여자잖아. 앞으로도 계속 그랬으면 좋겠어."

"내가 안 그럴 거라고 말한 적도 없잖아."

"그래?"

"응."

"어떤 상황에 닥쳤을 때 당신이 당신 자신을 제어하지 못할까 봐 두려워. 당신이 무슨 짓을 하는지 알지 못할까 봐."

"새로운 친구가 생긴 것뿐이야. 친구. 그냥 우연히 남자인 친구가 생긴 거라고, 그렇게 생각하면 안 되는 거야?"

"그럴 수도 있겠지. 하지만 당신은 너무 변했어. 요즘은 우리랑 같이 있는 시간도 거의 없잖아. 지금 우리의 모든 것들이 산산조각이 날까 봐 너무 겁이 나. 내 심정 이해하지?"

"지금 일을 그만둘 수는 없어. 다른 곳으로 이사하는 건 불가능해."

"왜?"

"내 삶에 그 사람이 있기를 바라니까."

그 말을 뱉는 순간, 그녀는 자신의 눈동자가 초롱초롱해지고 얼굴과 손, 발가락과 무릎, 사타구니와 귓불까지 후끈거리기 시작하는 것을 느낄 수 있었다. 티미는 자기 몸에 오줌을 지리는 것처럼, 속에 있던 음식을 게워내는 것처럼, 뜨거운 눈물이 줄줄 흘러내리는 걸 감추지 않았고, 다른 곳으로 고개도 돌리지 않고 눈물을 닦아내지도 않고 나를 빤히 쳐다보면서 계속해서 눈물을 뚝뚝 흘렸다.

나는 자리에서 일어나 주방 쪽으로 걸어갔고, 주방 조리대에
몸을 기대고서 다시 그녀를 보며 말했다.

"당신 마음이 그 정도야?"

그러자 티미가 대답했다.

"응."

나는 다시 물었다.

"멈추고 싶은 생각도 없고?"

티미가 대답했다.

"응, 그럴 수가 없어."

다시 말했다.

"앞으로도 계속 그 사람을 만나겠다는 거야? 무슨 일이 생기
더라도?"

그러자 티미가 대답했다.

"계속 만나고 싶어."

그래서 그녀에게 말했다.

"좋아, 그렇다면 내가 포기할게. 다른 방법을 찾아보는 수밖
에 없겠네."

그러자 티미가 물었다.

"그게 그렇게 힘든 일이야?"

내가 말했다.

"이 일이 어떻게 끝날지 생각해본 적 있어?"

그러자 티미가 되물었다.

"끝이라니 그게 무슨 뜻이야?"

그래서 내가 말했다.

"당신이랑 나, 그리고 당신이랑 그 사람, 어떻게 될지 생각해 봤냐고 묻는 거야. 그 남자가 그렇게 좋으면 어디서 끝나게 될까? 그럼 우리 사이는 결국 어떻게 되겠어?"

그러자 티미는 아무런 감흥이 없는 목소리로 전혀 내키지 않는 듯, 마치 읊조리듯 대답했다.

"아니, 그런 생각해본 적 없어."

티미는 그런 논쟁을 벌이고 싶은 생각조차 없었다. 그럴 필요가 없지 않은가? 그녀는 앞만 보고 무작정 달리고 싶었지만, 갖가지 잔상들이 어딘지 모르는 곳에서 수시로 튀어나와 그녀에게 되돌아왔다.

자동차에 앉아서, 계단을 오르면서, 사무실 책상에 앉아 컴퓨터를 들여다보다가도 갑자기 눈앞에 예전 내 모습이 떠오르게 될 것이다. 내 얼굴의 잔상들. 그리고 우리가 나눴던 이야기들과 그녀를 향해 몸을 숙이고 있던 모습, 두려움에 가득 차서 거침없이 내뱉던 나의 목소리를 떠올리게 될 것이다.

이글이글 타오르던 내 눈빛은 좀처럼 사그라들 기미가 보이지 않았다. 티미는 내 시선을 피해서 다른 곳으로 눈길을 돌려보려고 했지만, 그럴 수가 없었다. 나는 그녀의 남편이자, 연인이자, 함께 생활을 영위해나가는 사람이었으니까. 모든 것들이 한때 우리가 스치듯이 만나 서로에게서 시선을 떼지 못했기 때문에 벌어진 일이었다. 바로 그 때문에 티미는 그 자리에 앉아서 우리가 떨어져 있는 시간 동안 스스로 쌓아 올려야 했던 그 모든 분노와 절망이 언젠가 잦아들고 스스로 불타올라 희미해질 때까지 온몸으로 그것들을 받아야 하는 거였다.

티미는 의자에 앉아서 고개를 돌리던 내 모습을 기억했다. 나는 거듭해서 손으로 얼굴을 문질렀다. 차라리 과거의 얼굴을 떼어내서 어딘가로 던져 버리고, 새로운 얼굴로 다시 살고 싶은 심정이었다. 그녀는 더는 존재하지 않는 우리의 침실에서 과거 자신의 눈앞에서 벌어졌던 모든 일과 소리를 떠올렸다. 끈질기게 사냥개처럼 그녀를 좇는 나의 목소리, 그 잔인하고 연속적이고 언쟁이 끊이지 않는 목소리가 계속되자 내가 두려워했던 것이 진실이었음을 알게 되었다.

티미는 어떻게든 거리를 두려고 애썼다. 그녀의 목소리는 점차 작아졌고 숨소리가 뒤섞이게 되었고 울림조차 느껴지지 않았으며, 그녀 자신도 제대로 들을 수 없을 정도가 되었다. "아니,

그런 게 아니라니까. 아니야, 왜 그런 식으로 얘기를 해? 아니, 아니야, 나도 잘 몰라. 모른다고."

티미는 그 모든 것들을 떠올리며, 손으로 두 눈을 가리고, 모든 것들이 이대로 흘러가도록 저 밑바닥으로 가라앉도록 했고, 다시 기억 속에서 지워버렸다.

나란히 늘어서 있는 비슷비슷한 주택가 사이, 이층집 주택, 조용한 거리, 검은 얼룩이 생긴 목조 벽, 새하얀 기둥과 창문틀, 티미는 빨간 현관문까지 종종 그리웠다. 마치 동화 속에 나오는 숲속의 집처럼 보여서 매번 집에 돌아올 때마다 기분이 좋았다. 비록 현관 꼭대기가 아치형으로 펼쳐져 있지도, 숲 한가운데 펼쳐진 집도 아니었지만 말이다. 집 뒤쪽에는 울퉁불퉁 옹이가 진 오래된 과실수들이 있는 조그만 정원도 있었다. 집이 지어지기 훨씬 전부터 그곳에서 자라던 나무들로 본래는 커다란 농장 안 큰 과수원에 속해 있었다. 덕분에 그 농장 이름을 따서 구역의 명칭을 붙였다. 농장이 사라지고 오랜 시간이 흘렀으나 근처 학교와 쇼핑센터의 이름도 그 농장의 이름을 그대로 따르게 되었다.

이쪽 테라스가 있는 주택들은 1960년대에 지어진 것들로 집마다 네 그루의 나무들이 자라고 있는데, 담장 안에 나무들을 일부러 옮겨 심은 것처럼 보였다. 우리 집 정원에 있는 나무 한 그

루는 튼튼하고 낮게 드리워진 나뭇가지가 뻗어 있어서 그네를
매달기에 적격이었다. 사실 이전 주인이 이미 그네를 매달아두
었다. 어린 시절 한 번쯤 꿈꾸어봤을 법한, 환한 햇살이 비추고
그 아래 거친 밧줄 두 개에 넓적한 판자를 매달아 놓은 그네였
다. 우리 아이들은 통통하게 살이 오른 맨 무릎을 드러내며, 그
네에 올라 다리를 쭉 펴고서 타고는 했다. 게다가 그네를 탈 때
마다 항상 노래를 불렀다. 첫째가 시작하면 둘째가 따라 부르는
식이었다. 그 집에서 보낸 여름 내내, 아이들은 그네에 앉아서
노래를 불렀고 우리 가족의 소박한 꿈은 그 노래처럼 오래오래
계속될 수 있을 줄로만 알았다.

하지만 이제 티미가 집에 돌아오면, 나는 그녀를 기다리고 있
다가 어김없이 이런 말을 내뱉었다. 우리 사이가 어떻게 될 것
같아? 어떻게 끝날지 생각이나 해봤어? 티미는 그런 생각도 할
수가 없었고, 얘기도 할 수가 없었고, 그저 혼자만의 일로 덮어
두고 싶은 마음이 굴뚝같았다.

"그냥 올라가서 쉬면 안 될까?"

그래서 내가 말했다.

"그러고 싶어?"

그러자 티미가 대답했다.

"응, 부탁이야. 너무 피곤해."

그래서 티미가 원하는 대로 함께 겉옷을 벗고 침대에 나란히 누웠다. 도저히 잠이 오지 않았다. 티미는 내 쪽으로 몸을 돌리고, 내 뺨을 어루만지고 두 팔로 내 목덜미를 끌어안았다. 어느새 내 손은 그녀의 엉덩이 쪽으로 향해 있었고, 그녀는 내가 누운 쪽으로 몸을 바짝 붙였다. 그렇게 다시 부드러운 신음과 나지막한 속삭임, 웃음과 소곤대는 소리가 들렸다. 티미는 등을 대고 침대에 누웠고 나는 그녀의 몸 위로 올라탔다.

"자기, 하고 싶어?"

내가 대답했다.

"물론이지."

그러자 티미가 말했다.

"그럼 빨리해."

그래서 내가 말했다.

"알았어. 우리 사랑은 절대 식으면 안 돼."

정말 그렇게 말했단 말인가? 이류 팝송의 후렴에서나 나올 법한 표현이었다. 티미는 그런 말을 들었다고 기억하고 있었고, 그 노래는 우리 그리고 내게서 모든 것들이 얼마나 멀어졌는지에 대한 내용이었다.

"그럴 일 없어."

그녀의 말에 내가 답했다.

"알겠어."

그러자 그녀가 다시 말했다.

"사랑해."

비록 그 말을 굳이 지금 해야 할 필요는 없었지만, 그럼에도 티미는 사랑한다고 말했고, 우리는 서로를 바라보며 사랑을 속삭였다. 서로에게 사랑한다고 외치면서, 그렇게라도 다시 그 말이 진실이 되기를 바랐다. 그녀는 두 팔로 내 등을 안고 양손으로 목덜미를 끌어안았다. 날카로운 손톱 끝이 등 뒤의 울퉁불퉁한 피부를 파고드는 게 느껴졌다. 내가 뭐라고 말하는 것 같기는 했지만 티미의 귀에는 무슨 말인지 제대로 들리지 않았다. 집 안 어딘가에서 목수가 열심히 벽에 못질이라도 하는 것처럼, 티미의 맥박이 요란스럽게 고동치는 소리가 귓가에 들렸다.

잠시 후, 티미는 곤히 잠들었다. 그러다가 침실 불이 꺼지고 내가 그녀의 허벅지를 들어 올리는 것을 느끼고 다시 잠에서 깼다. 그녀는 불룩해진 성기가 자기 몸속으로 들어오는 것을 느꼈다. 나는 그녀가 얼마나 사랑스러운지, 우리의 삶이 얼마나 사랑스러웠는지 속삭이면서 다시 한번 그녀를 안고 싶다고 말했다. 그녀의 귓가에 들리는 나의 목소리는 더없이 따뜻했고, 더는 두렵지도 않았으며 확신과 자신감에 가득 차 있었다. 티미는 내게 안정감을 주었고, (아니, 어쩌면 서로에게 안정감을 주었는지도 모르겠다.) 내가 재미있게 스키를 잘 타고 왔냐고 묻자 티미는 그렇다고 대답했다.

나는 자세한 이야기를 듣고 싶었다. 그녀는 그 남자와 스키를 타고 어디로 갔으며, 시간은 얼마나 걸렸는지, 얼마나 즐겁고 고요한 기분을 느꼈는지 이야기했다. 티미는 스키를 탈 때 들리는 소리와 갓 내린 눈 더미, 스키가 지나간 자국, 달빛과 새파란 눈 사이로 보이는 나무의 그림자 하나까지 세세히 설명해주었다. 누가 앞장서서 스키를 탔느냐고 묻자 티미는 내가 무엇을 원하는지 곧바로 알아챘다. 티미는 처음에 그 남자가 앞장서서 가는 바람에 뒤에서 그 모습을 지켜보았노라고 말했다. 그 사람이 잘생긴 것 같냐고 묻자 그녀는 그렇다고 대답했다. 잘생기고 균형 감각도 뛰어나고, 정확한 리듬에 맞추어 힘차게 걷는다고 말했다.

나는 그녀의 몸속으로 들어갔고, 티미는 자신이 내뱉는 거친 호흡 소리를 들었다. 나는 티미의 몸 위에 올라타고 있는 그의 뒷모습을 볼 수 있으면 좋겠다고 말했다. 그리고 언젠가 그런 일이 생길 테고, 아무리 피하려고 해도 어쩔 수 없이 벌어질 수밖에 없는 일이라고, 언젠가 티미가 지금 이 자리에 등을 대고 누워 있고 그녀의 위에 그 남자가 올라타고 있을 거라고도 했다. 그런 날이 오면 부디 그 모습을 내 눈으로 직접 볼 수 있기를, 그녀의 두 손이 그의 벌거벗은 등 위로 뻗어 있고, 그녀의 위에 올라탄 그의 모습을 내가 똑똑히 볼 수 있으면 좋겠다고 말했다.

"그거야 당신 생각일 뿐이지"

"그래, 맞아. 하지만 어차피 벌어질 일이니 내 눈으로 똑똑히 보고 싶어."

"당신은 절대로 못 견딜 거야."

"아니, 당신이 내 여자이기만 하다면 무슨 짓을 해도 괜찮아."

"그런 일은 생기지 않을 거야."

"기다려보면 알겠지. 내 말이 맞을걸."

"정말 그렇게 생각해? 그러라고 부추기는 거야?"

그러고 나서 우리 사이에는 여러 이야기가 이어졌다. 티미는 더는 그런 생각을 하고 싶지가 않았다. 그런데도 머릿속에서 좀처럼 떨쳐 지지가 않았다. 어둠 속에서 그리고 내 몸 아래에 누워 있으면서도, 머릿속으로는 이곳이 아닌 다른 침대 위에, 다른 남자, 그러니까 군나르와 함께 있는 모습을 상상하고 있었다. 그렇게 둘 다 절정에 이르렀을 때, 그가 갑자기 존재하지 않게 된 것처럼 더는 그에 대해 언급하지 않았다. 티미는 그런 태도가 못내 마음에 걸렸고 왜 그런지 자신도 이해할 수 없었다. 내가 원하는 건 단지 그녀를 으스러질 듯 껴안고서, 그녀의 목덜미에 고개를 파묻고 있는 것뿐이었다.

다행히 그 후 나는 곧바로 깊은 잠에 빠져들어 다시 티미를 깨우지 않고 밤새 곤히 잠들었다. 다음 날 아침 우리는 잠에서 깼고, 그녀는 샤워를 하고 나는 아이들을 깨워서 함께 아침을 먹었다. 아이들은 학교에 갔고, 막내가 먼저 떠나고 나서 첫째가 나갔다. 그렇게 우리 둘만 남고 집 안이 텅 비게 되었다. 티미는 또다시 내가 질문을 퍼부을까 봐 못내 초조해했다. 그래서 빨리 출근해야겠다는 생각에 곧바로 준비를 시작했다. 무릎까지 오는 짙은 초록색 치마에 어깨 부분이 꽉 끼어 보이는 하얀색 블라우스를 입었다. 나 때문에 그 옷을 입은 건 아니었지만, 그 모습을 보고 내가 뭔가 반응을 보이리라는 건 예상하고 있었다. 옷을 입고 나서 거의 눈에 띄지 않을 정도로 옅게 아이라이너를 그렸고, 그것만으로도 왠지 모르게 자신감이 생겼다. 나는 가만히 서서 그 모습을 지켜보았다.

"오늘 그 사람 만나기로 했어?"

"퇴근하고 커피 한잔 마시려고."

"그 남자한테 잘 보이고 싶은 거구나."

"평소처럼 단정하게 꾸미고 나가는 것뿐이야."

"그거야 그렇지만, 어쨌든 그 남자를 의식한 거잖아."

"그러면 안 될 이유라도 있어?"

나는 고개를 저었다. 눈가가 촉촉해졌다. 티미는 서둘러 나가야 했다. 그녀는 나를 살며시 옆으로 밀고 가방과 휴대전화 등 필요한 물건을 챙겼다. 나는 면도도 샤워도 하지 않고 침대에 누워 잠든 방향으로 머리에 까치집까지 생겨 푸석푸석한 몰골을 하고서 그녀의 뒤를 졸졸 따라갔다.

"그 남자랑 잘 생각이야?"

"그런 시나리오는 고민해볼 필요도 없어."

"시나리오? 그게 무슨 뜻이야?"

"그런 일은 없을 거란 뜻이야."

"그 남자랑 잔다고 해서 나랑 헤어지는 건 아니야. 당신도 알잖아."

"말은 그렇게 해도 당신은 감당하지 못할 거야."

"내가 뭘 감당 못한다는 거야?"

"당신이 내게 우선순위가 아니라는 사실 말이야."

"우선순위?"

"응."

"그럼 내가 두 번째야?"

"응."

나는 한 손에 책을 들고 다른 손에는 안경을 든 채로 가만히 서서 그녀를 바라보았다. 뺨이라도 얻어맞은 것처럼 얼굴이 붉으

락푸르락 상기되어 있었다. 티미는 문제가 더 커지기 전에 빨리 나가지 않으면 온종일 시달릴 수도 있겠다 싶은 생각이 들었다.

"존, 내가 당신을 얼마나 사랑하는지 알잖아."

그 말은 잘못된 거였고, 순간 그런 말을, 굳이 그런 표현을 사용하지 말았어야 했다는 후회가 밀려들었다. 티미는 내 얼굴 위로 붉은 기운이 퍼졌다가 곧바로 다시 새하얗게 변하는 모습을 쳐다보았다. 마치 온몸이 녹아내려서 다시 제 모습을 찾으려고 안간힘을 쓰는 것처럼 내가 불안하고 초조해한다는 걸 느낄 수 있었다. 나는 손에 있던 책을 바닥에 집어 던지고, 싱크대로 가서 유리잔을 비우고 물에 헹군 다음 쾅 소리를 내며 내려놓았다. 뭐라고 말을 하기는 했지만, 티미의 동정심을 끌어내는 데는 도움이 되지 못했다. 그녀는 이제 정말로 나가봐야 한다고 말했다. 그녀는 아무 문제도 없는데 나 혼자 필사적으로 드라마를 만들려고 애쓰는 것처럼, 우리 부부의 문제는 별로 중요치 않은 것처럼 여겼다. 물론 티미가 직접 그런 말을 한 건 아니었다.

우리는 그 자리에 서서 서로를 쳐다보았다.

그녀는 가방과 스카프를 집어 들었다.

나는 항상 그랬던 것처럼, 표정을 누그러뜨리고는 티미에게 다가가서 다정하게 포옹했다. 그녀도 나를 껴안아 주었고, 자신의 볼에 닿는 내 입술을 느꼈다. 하지만 평소보다 더 축축한 느껌이라 그리 유쾌하지만은 않았다. 티미는 나를 쳐다보았고, 자신보다 키가 크기는 하지만 군나르에 비해 작다는 것을 느꼈다. 아주 조그만 차이인데도 티미는 내심 놀랐다. 하지만 지금은 그런 생각을 할 때가 아니었다. 나는 그녀를 끌어안은 채 귓가에 대고 이렇게 속삭였다.

"당신도 나 사랑하는 거 알아."

그리고 그녀의 표정을 살피려고 거의 떠밀다시피 밀어냈다. 티미는 아무 대답도 할 수가 없었다. 뭐라고 말해야 할지 알 수 없었다. 그래서 나를 보며 고개를 끄덕이고서 환하게 미소를 지었다. 그게 티미가 내게 해줄 수 있는 전부였다. 그리고 그녀는 출근길을 나섰다. 나는 그녀가 나가지 못하도록 현관문을 붙잡고 서 있었다. 하지만 티미는 최대한 빠른 걸음으로 걸어갔고 다시 뒤를 돌아보거나 나를 쳐다보지 않았다.

사무실에 있던 티미는 예전 일을 떠올렸다가 더는 생각하지 않기로 했다. 자리에서 일어나 창문가로 걸어갔다. 어느새 밤이 깊어서 유리에 비친 자신의 얼굴을 볼 수 있었다. 한때는 두 사람이 함께하던 삶이 끝을 향해 가던 어느 날 밤, 서로 남남이 되기 직전에 있었던 일이 떠올랐다.

욕실에서 무슨 소리가 들려서 문을 열어보니, 내가 세면대에 몸을 숙이고 엉엉 울고 있었다. 나는 고개를 들어 거울 속에 비친 내 모습을 바라보았다. 티미의 기억 속에 당시 내 모습은 갈기갈기 찢긴 사람처럼 보였고, 그렇게 잠시 멈추어 서서 내 얼굴을 쳐다보았다. 그녀의 기억 속에 나는 눈물과 콧물, 침까지 흘리면서 어린아이처럼 숨을 헐떡이면서 꺽꺽 소리를 내며 울부짖었다. 하지만 나는 그 자리에 서서 거울 속에 비친 내 눈을 똑바로 응시하고 있었을 뿐이었다. 티미는 그 순간을 떠올리며 잠시 자리에 앉아 있다가, 곧바로 의자에서 일어나 사무실 밖으로 나가버렸고, 더는 그때 일을 떠올리지 않았다.

10

우리는 차가운 빛이 내리쬐는 한낮, 아내의 사무실 밖에 있는 대기실에서 대화를 나눴다. 아내가 들어가기 전 나란히 앉아 있다가, 그냥 일어나 가버릴 수도 없어서 대화를 시작했다.

"우리가 어쩌다가 이렇게 됐을까? 왜 이렇게 됐는지 당신은 알아?"

"어느 날 갑자기 당신이 나를 멀리하기 시작했어. 내 몸에 손도 대지 않고, 말도 섞지 않았지. 당신의 사랑이란 것이 끔찍한 전염병처럼 느껴지더라. 불현듯 모든 걸 거꾸로 뒤집어 버렸으니까."

"난 갑자기 세상이 핑크빛으로 변해버린 느낌이었어. 당신이랑 함께하던 삶에 만족해서 그동안 내가 어디 아픈 사람처럼 보이는지도 전혀 몰랐어. 만약 지금도 사랑이란 단어를 사용할 수 있다면, 그 당시의 나는 행복했던 것 같아. 하지만 그 남자를 만난 후로 지금까지 내가 살아온 삶을 다시 한번 돌아보게 됐어."

"당신이 느끼던 빈자리를 그 남자가 채워준 거네?"

"그것까지 대답할 이유는 없는 것 같아."

"언젠가 한밤중에 당신이 창가에 서서 혼자 웃고 있더라. 그래서 왜 웃냐고 물었지. 물론 왜 웃는지는 알고 있었지만, 그냥 묻고 싶었어. 당신은 그냥 이런저런 생각 중이라고 했어. 나한테 솔직히 말하고 싶지 않았겠지. 하지만 뭔가 비밀스러운 표정으로 계속 웃고 있었어. 아마도 당신에게 뭔가 놀라운 일이 벌어졌다는 걸 내심 내게 보여주고 싶었던 거겠지. 그 놀라운 일이란 바로 당신이 내게서 자유로워졌다는 것을 의미하는 거였어."

"난 하나도 기억 안 나."

"사랑에 빠졌다는 걸 나한테 보여주고 싶었던 거잖아."

"난 당신한테 모든 걸 이야기했어."

"그러고 나서 얼마 지나지 않아 전화벨이 울렸어. 당신은 욕실로 들어가서 전화를 받았지. 그리고 그 안에서 거의 한 시간이 넘도록 그 남자랑 대화하는 목소리를 들었어."

"내가 너무 잔인했어."

"맞아."

"하지만 어쩔 수가 없었어."

"당신이 그렇게 얘기해주니 다행이야."

"뭐가? 잔인했다는 말?"

"응, 당신이 그 말을 해주니까 도움이 되네."

"당신 마음 이해해. 그렇지만…"

"그렇지만?"

"그렇지만…"

"아, 그 말이 진심이 아니었던 거야?"

"아니, 그게 아니고, 왜 내가 하지도 않은 말을 지어내고 그래? 당신이 상상해놓고 내가 이야기한 것처럼 말야. 당신이 듣고 싶은 말을 억지로 하게 만들면서."

"내가 진짜 원하는 말은 그게 아니었어. 노력해봤지만 잘 안 되더라. 당신이 했을 말 이외의 것은 아무리 노력해도 들을 수가 없는걸. 하지만 상상한 것만으로도 도움이 됐어. 그 말 들었으니 만족해."

"나한테 진짜 듣고 싶었던 말이 뭔데?"

"당신한테 듣고 싶어서 노력했다던 그 말?"

"응."

"아마도 미안하다는 말이겠지."

"존, 미안하다는 말은 너무 단순하지 않아? 그리고 대체 내가 뭘 미안해해야 하는 건데?"

"일이 이 지경이 되도록 내버려 둔 부분에 대해서? 당신이 뭘 하고 있는지 제대로 알지 못하고, 그 사람이랑 어울려 다닌 거? 그래서 결국에는 다른 선택의 여지가 없는 것처럼 만든 걸 미안해야 하겠지?"

"하지만 나도 정말 다른 선택의 여지가 없었어."

"바로 그거야. 티미, 당신이 그 부분에 대해서 미안해했으면 좋겠어."

"그것 말고 당신이 잊고 있는 건 없어?"

"이런 사태가 벌어지기까지 모든 부분에서 내 역할이 무엇이었는지 묻고 싶은 거야? 당신 말은 당신을 자유롭게 풀어주고, 순식간에 어찌할 바를 모를 정도로 광적으로 사랑에 빠진 당신을 참고 견뎠어야 한다는 뜻이야? 그래, 그랬어야 할지도 몰라. 나도 이런 일이 생길 수 있다고 예상하고 충분히 마음의 준비를 해왔어. 우리 둘 다 이런 일에 대비해서 오랫동안 준비해왔지. 정작 이 일이 생겼을 때는 제대로 깨닫지 못했지만 말야. 어쩌면 힘들어도 끝까지 버티면서 이 또한 지나갈 거라고 믿고 기다려야 했는지도 몰라. 당신이 사랑의 열병으로부터 자유로워질 때까지, 일 년, 아니 몇 년, 어쩌면 그보다 오랜 세월이 걸리더라도 말야. 내가 참고 버텼어야 했어. 그러는 동안 부부이면서도 각자의 삶을 살아가는 그런 사람들처럼 지낼 수도 있었겠지. 사실 많은 사람이 그렇게 살아가고 있으니까. 당신은 점점 더 집에 있는 시간이 줄었을 거고, 그 남자와 더 자주, 더 멀리 싸돌아다니게 됐을 거야. 당신을 데리러 오고 집까지 데려다주는 건 물론이었을 테고. 이웃 사람들도 그 사람 차를 자주 보게 되면서 어느새 익숙해졌겠지. 어쩌면 우리 애들도 그 사람과 서서히 알게 됐을 수도 있어. 모두 우리 사이가 어떻게 흘러갈지 대충 눈치채게 될 테고, 그중 몇몇은 우리의 마지막이 어떻게 될지 예상했을 거야. 그리고 더는 그 문제를 이야기조차 하지 않는 상황이 오겠지. 우리 둘 사이에 암묵적인 동의가 이뤄질 수도 있고. 그럼 당신에게 그렇게 많은 걸 바라지 않는 순간이 오게 될 거야. 우리는 예전보다 뜸하게 잠자리를 하게 됐을 거고. 아주 특별한 경우가 아니라면 키스를 하는 일도 거의 없을 테지. 그러다 보면 그저 살짝 입을 맞추고 친구처럼 어깨나 두드리다가 말게 되겠지. 서로 다른 흥미와 다른 부류의 친구들을 사귀면서 각자의 삶을 살아가게 됐을 거야. 어쩌면 나도 다른 평범한 남자들처럼 점점 늙어갔을지 몰라. 가을에 접어들 때까지도 낡은 여름 외투를 입고 다니고, 봄이 왔는데도 겨울 외투를 입고 돌아다니고 있었을 테고. 과식하고, 낡아빠진 구두를 신고, 머리를 자르러 가서 한참을 기다렸을 테고, 나 자신을 돌보는 일에 점점 더 소홀해졌을 거야. 그렇게 괴팍스럽게 나 자신을 내버려 두다 보면 그 매력도 점점 사그라들었을 테고. 그러다가 어느 순간, 그동안 느낀 굴욕에 대한 보상 심리로 당신처럼 운동을 시작했을 거야. 아니면 그게 굴욕인지조차 알지 못하고 살아갔을지도 모르겠어. 사랑이란 결국 권력이고, 설사 한 침대를 쓰는 사이라고 해도 그 권력의 관계는 끊임없이 이동하는 거니까. 그러다 곧 나도 다른 사랑에 빠지게 됐겠지. 어느 정도 균형을 맞추기 위해서 너무나 쉽게 가볍고 서로 부담이 되지 않는 선에서 누구를 만났을지도 몰라. 분명 작업실 같은 곳에서 누군가를 만나게 됐을 거야. 짧은 머리에 앙증맞은 안경을 쓰고, 꽤 비싼 화장품 냄새를 풍기면서 쥐색 짧은 골프 카디건을 입고 다니는 스타일이었을 거야. 있잖아, 손만 대도 폭신하고 미끄러져 내리는 것 같은 그런 재질 말이야. 기지개를 켤 때마다 카디건이 위로 말려 올라가서 그 허리 부분의 하얀 속살 그대로 드러나는 그런 옷 말이야. 그녀에게 어깨동무할 때마다 그녀는 헌신적인 태도로 내 품에 안겼을 테고 그러면서도 당신이 눈치채지 못하게 했을 거야. 그렇게 살 수도 있었어. 그 여자가 기댈 수 있는 친구이자 연인인 관계로 지낼 수도 있었어. 성인답게, 서로 분별 있는 관계를 유지하면서, 집 밖에서 단순한 행복을 찾을 수도 있었단 말이야. 나란 사람에게 너무 양면적인 기질이 있어서 그 정도까지 일을 벌이지는 못했을지 몰라도, 서서히 과거의 내 모습에서 벗어나려고 했을 거야. 나는 그 여자에 대해서 당신에게 말하지 않을 테고, 우리는 더 이상 서로의 은밀한 이야기를 공유하지 않는 사이가 됐겠지. 당신도 장갑맨과 자주 만나다 보면, 얼마 안 지나서 사소한 일로 다투고 집에 돌아오는 일도 생겼을 거야. 그리고 나는 언제나 그렇듯 당신을 기다리고 있었을 거야. 그러면 당신에게 뭔가 문제가 생겼다는 것을 알아채고, 당신에게 혼자만의 공간이 필요할 거라는 사실을 이해하려고 애썼을 거야. 당신은 샤워를 하고 평소 먹지도 않는 초콜릿을 먹었겠지. 그러고 나서 아무 말도 하지 않고 내 옆으로 슬그머니 다가와서 앉을 테고, 나 역시 아무 말도 하지 않고 당신을 안아줬을 거야. 그러다 혹시라도 내 어깨에 기대서 깜빡 잠이 들었다가 눈을 뜨면, 당신이 기대어 있는 어깨가 어떤 남자의 어깨인지 헷갈렸을지도 몰라. 당신의 손이 예전에 함께 차를 타고 다닐 때처럼 내 목덜미를 따뜻하게 어루만지는 날도 오게 되겠지. 아니면 뭔가를 얘기하려고 할 때마다 그랬던 것처럼, 내 팔을 붙잡을 수도 있을 테고. 그렇지만 내 머릿속에는 당신이 그 손으로 무엇을 했을까, 그동안 내가 아닌 다른 남자랑 함께 시간을 보냈는데라는 생각이 떠나지 않았을 거야. 그러다가 어느 순간, 당신과 내가 그동안 어떻게 서로의 몸을 탐닉했는지를 떠올리며 그 순간을 그리워할 때가 올지도 모르지. 우리는 남들과 다른 삶을 살고 있다고 굳게 믿었으니까. 아니, 어쩌면 나만 그렇게 믿었는지도 모르겠어. 우리는 다른 누구도 감히 범접할 수 없는 특별한 관계를 유지하고 있다고 생각했으니까. 당신에게는 더욱 간단하고 실용적인 일이었겠지. 그게 전부야. 만약 내가 그렇게 두려워하지 않고, 그렇게 절망하지 않고, 안달복달하지 않았다면, 당신이 그 사람과 일 년, 이 년, 삼 년이 지나도 자유롭게 만나도록 놓아주었더라면, 언젠가 다시 예전 모습으로 돌아와서 나와 함께 예전과 같은 삶을 살 수도 있었을 거야. 안 그래? 그렇다면 우리가 더 성숙하고 더 적절한 수준에서, 더 현실적이면서 부드러운 사랑을 할 수 있지 않았을까? 한 번 깨지기는 했지만, 서로에 대한 신뢰도 다시 쌓아 올릴 수 있었을 거야. 게다가 나이 들수록 우리 얼굴도 점점 더 부드럽고 푸근하게 바뀌었을 수도 있었겠지. 뭔가 체념한 듯한 그렇지만 더 정제되고 온화한 호기심이 담긴 표정으로 서로를 바라보고 있을 우리 두 사람의 얼굴이 눈에 보이는 것 같아. 당신도 그렇게 생각하지 않아? 어쩌면 그때 우리의 삶은 처음 우리가 함께 했던 삶보다 더욱 끈끈하고 견고할 수도 있지. 우리에게 그런 삶을 살 가능성이 남아 있지 않았을까? 왜 아무 대답이 없어?

11

그로부터 몇 주가 지나고 내게도 약간의 변화가 생겼다. 내가 잠든 사이, 내 몸속, 어둠 안에서 뭔가 형체를 드러낸 것이다. 유일하게 첫째만 그 변화를 눈치챘지만, 아무에게도 말하지 않았다. 최근 우리 부부는 서로 떨어져 지내면서 힘든 시기를 버텨내고 있었다. 격주로 번갈아 가며 집에서 지내면서 아이들을 돌보았는데, 이번 주는 내가 집에서 지내며 아이들을 돌볼 차례였다. 저녁 시간, 막내는 벌써 잠들었고 첫째가 방에서 컴퓨터를 하는 동안 나는 덩그러니 앉아 있었다. 첫째는 심즈 컴퓨터 게임을 하는 중이었는데 평소와 다르게 문을 활짝 열어두고 있었다. 아무래도 내가 뭘 하는지 감시하려는 모양이었다.

첫째는 냉장고 속 오래된 음식을 꺼내서 버리는 내 모습을 유심히 지켜보았다. 내가 산 음식들은 거의 치웠고, 티미가 최근에 사다 놓은 음식에는 손도 대지 않았다. 우리가 부부였을 때 샀던 음식들은 찬장에서 전부 다 꺼내서 치워버렸다. 머스터드 병과 청어알 캐비어, 올리브가 든 병과 앤초비, 타코 소스와 망고 처트니 소스, 기름에 절인 말린 토마토 병, 뿌연 케이퍼, 건조한 잼, 곰팡이 핀 저지방 사워크림, 맥주캔과 쭈글쭈글한 살라미 소시지, 쪼그라든 레몬과 가장자리가 갈색으로 변한 양상추까지, 개봉도 하지 않은 꿀과 튜브형 마요네즈 몇 개, 참치 통조림과 훈제 연어 포장 뭉치도 미련 없이 던져 버렸다. 예전부터 주방을 가득 채우고 있던 물건들을 전부 다 치워버린 것이다. 그건 마치 우리 과거의 삶을 송두리째 뽑아버린 것과 같았다.

나는 쓰레기봉투를 몇 개나 가득 채워서 주둥이를 꽁꽁 묶은 다음 집 밖에 내다 버렸다. 첫째가 귀를 쫑긋 세우고 듣고 있는 동안, 집 밖에 있는 대형 플라스틱 쓰레기통 뚜껑은 가혹하고 비타협적인 쿵 소리를 내며 요란하게 닫혔다. 쓰레기를 내다 버리고 콧노래를 흥얼거리며 집에 들어왔으니 쓰레기를 버리고 나서 꽤나 기분이 좋았던 게 분명하다. 첫째는 한때 우리 가족이 먹던 음식들을 전부 내다 버리고 노래까지 흥얼거리는 내 모습이 굉장히 못마땅했다. 나는 괜스레 심술이 났고, 우리 가족에게 가혹한 변화를 가져오는데 일조한 장본인도 바로 내가 된 셈이었다. 첫째는 과거의 모든 것들을 깡그리 지워버리고 싶어서 안 달이 나 있는 내 모습을 경멸에 가까운 눈으로 바라보았다.

　냉장고 청소를 시작하려는 찰나, 첫째가 방에서 나와 대체 뭐 하는 거냐고 왜 우리가 먹을 음식을 치워버리는 거냐고 따지듯이 캐물었다. 나는 오래된 음식들이 너무 많아서 냉장고 청소를 해야 한다고 대답했다. 첫째는 한때 우리의 아침과 저녁 식탁을 채워주었던 모든 음식을 하나하나 꺼내서 쓰레기봉투에 던져 넣는 내 모습을 빤히 지켜보고 있었다. 누구도 입에 댄 적이 없어 뚜껑도 열지 않았지만, 항상 식탁 위에 올려둔 다진 고기로 만든 파테*를 보자, 첫째는 자신이 사는 세상을 안정적으로 유지하기 위해서라도 지금 식탁 위에 파테가 반드시 있어야만 한다는 생각이 들었다.

　나는 냉장고 안에서 굴러다니는 오래된 음식들을 빠르고 무감각한 몸짓으로 골라내기 시작했다. 그러다 보니 첫째의 분노와 절망, 그리고 반발심까지는 눈치채지 못했다. 첫째는 분노로 활활 타오르는 눈빛으로 나를 빤히 쳐다보며 서 있었고, 욕지기 때문에 양쪽 귀에 맥박이 빠르게 뛰는 게 느껴질 정도였다. 일부러 헛기침까지 해봤지만 나는 첫째를 본 척도 하지 않았다. 그

---

* 자투리 고기를 갈아서 밀가루 반죽을 입혀 오븐에 구워낸 요리.

대신 팔을 길게 뻗어서 냉장고 깊숙이 보관되어 있던 꽁꽁 언 과거의 음식물까지 모두 꺼냈다. 그리고 조그만 동물의 심장처럼 생긴 쪼그라든 피망을 첫째에게 내밀면서, 내 딴에는 농담을 한답시고 이걸 먹을 거냐고 물었다. 하지만 첫째는 증오에 가득 찬 얼굴로 고개를 가로저었다. 첫째는 그대로 방으로 들어가서 문을 닫아버렸다. 화가 치밀어서 눈물이 그렁그렁 맺힌 채로 요란하게 문을 쾅 하고 닫았는데도, 나는 아무것도 눈치채지 못하고 있었다.

잠시 후, 어수선하던 주방이 조용해졌다. 첫째는 내가 무얼 하고 있는지 궁금해졌다. 아마도 우리의 과거가 담긴 물건들을 전부 치우고 있었거나, 아니면 예전 사진들을 하나씩 삭제하고 있었을 것이다. 첫째는 텔레비전을 보려고 나온 것처럼 슬그머니 방에서 나왔다. 그런데 예상과 달리, 나는 조그만 잔에 레드 와인을 한잔 따라놓고, 조용히 책을 읽고 있었다. 나는 고개를 들어 비탄에 젖은 미소를 지으며 첫째를 쳐다보았다. 아내와 헤어지고 나서 전과 달리 비탄에 젖은 미소를 습관처럼 지어 보이는 모습조차, 첫째의 눈에는 죽이고 싶을 만큼 밉게 보였다. 아직 법적인 절차가 모두 마무리되지 않았지만 첫째는 우리 부부가 '이혼'했다고 확실하게 선을 그었다. 입에 올리는 것조차 싫은 단어였지만, 첫째는 입만 열면 이혼이라는 단어를 꺼냈고, '이-

혼'이라는 글자를 하나씩 힘주어서 말했다. 마치 우리의 이혼이 끔찍한 실수라도 되는 것처럼 말이다.

사실 첫째에게는 부모의 이혼이 너무도 끔찍한 현실이기는 했을 것이다. 우리 가족은 낱낱이 까발려졌고 우리가 아는 모든 이들은 그 안을 훤히 들여다보거나 혹은 들여다볼 수 있다고 생각했다. 첫째는 엄마 아빠가 너무 부끄러웠다. 그리고 마치 선잠에 빠진 것처럼 구부정한 자세로 꼼짝 않고 책을 들여다보고 있는 나를 바라보았다. 순간 나는 고개를 들어 아이를 보며, 배가 고프면 함께 뭐라도 먹자고 말했다. 첫째는 학교 끝나고 오는 길에 햄버거를 먹었다며 거절했지만, 그런 구구절절한 이야기를 하는 것조차 내키지 않았다.

첫째는 텔레비전 앞에 앉아서 다시 냉장고 쪽으로 향하는 내 모습을 쳐다보았다. 냉장고 안에 유일하게 내다 버리지 못한 음식이 하나 있었는데, 바로 먹다 남은 리소토였다. 첫째는 왜 그 음식을 버리지 않았는지 알고 있었다. 바로 내가 마지막으로 티미에게 만들어주었던 음식이기 때문이다.

티미가 출장을 갔다가 저녁 늦게 집에 돌아왔던 날, 나는 리소토를 만들어놓고 그녀를 기다리고 있었다. 저녁을 차려놓고 아내를 기다렸다는 건 하나도 이상할 것이 없었지만, 어쩌다 보니 그다음에 이어진 일련의 과정들이 이상하게 흘러갔다. 우리는 식탁에 앉아서 대화를 나누었고 너무나 차분하게 우리의 부부 관계에 마침표를 찍었다. 티미는 눈물을 조금 보였지만, 펑펑 울지는 않았다. 눈물이 몇 방울 흘러, 먹던 리소토 위로 떨어졌다. 지난 한 해 동안 너무 많이 울었던 나는 마침내 냉정하고 확고한 태도를 유지할 수 있게 되었다. 첫째도 아빠가 우는 모습을 워낙 많이 보고 또 들어왔던 터였다. 서로 대화가 끝난 후, 티미는 손님방으로 가서 잠을 청했고 나는 식탁을 정리했다. 먹다 남은 리소토는 조그만 그릇에 담아서 냉장고에 넣어두었는데, 그때 그 음식이 아직 냉장고에 남아 있는 것이었다.

그게 벌써 3주 전의 일이었다.

그릇에는 크게 부풀어 오른 밥알과 화이트 와인으로 요리한 이탈리아 포르치니, 바삭한 베이컨, 비트, 타임, 강판에 갈아낸 파르메산 치즈가 뿌려져 있었다. 나는 딱딱하게 굳은 리소토를 프라이팬에 올리고 데우기 시작했다. 첫째는 머리를 텔레비전 쪽에 고정하고서도 내 일거수일투족에 촉각을 곤두세웠다. 찬장에 있던 음식들을 하나둘 치우는 모습도 조용히 지켜보았다. 각종 곡물이 든 병과 건포도 봉지, 쓰다 남은 밀가루 봉투와 반쯤 남은 비스킷 상자까지, 아직 포장도 뜯지 않은 과자와 땅콩조차 우리 부부의 과거에 속해 있다는 이유로 쓰레기통으로 직행하게 되었다. 첫째는 다음 날 몰래 쓰레기통에 버린 과자 꾸러미를 꺼내 다시 가져다 놓으리라 다짐했다. 다음 주 월요일이 되어, 내가 이 집을 떠나고 나면 그전에 내다 버린 온갖 음식들을 쓰레기통에서 전부 꺼내 다시 냉장고에 넣어둘 참이었다.

부부 생활에 마침표를 찍었던 날, 먹고 남은 리소토만이 냉장고 속에 살아남았고 참으로 이상하게도 지금 그 리소토가 너무나 먹고 싶었다. 첫째는 황금색을 띄며 다시 끓어오르는 밥알을 휘휘 젓고 있는 내 모습을 빤히 쳐다보았다. 나는 식탁으로 가져가지도 않고 주방에 선 채로 프라이팬에 든 리소토를 퍼먹기 시작했다. 그야말로 퍼먹는다는 표현이 딱 어울릴 모습이었다. 정말 평소답지 않은 자세였다.

첫째는 그 꼴이 보고 싶지 않았는지 다른 의자로 자리를 옮겼다. 그리고 자기도 모르게 텔레비전 속에 나오는 특정 종교를 주제로 한 다큐멘터리에 서서히 빠져들기 시작했다. 미국의 신흥 종교인 사이언톨로지의 일원이던 한 여성이 나와서, 이제 다시는 예전 모습으로 돌아갈 수 없게 되었다고 인터뷰를 하고 있었다. 한때는 자신의 삶이 공허한 거라는 말에 깜빡 넘어간 적도 있었지만, 이제는 평범하고 일상적이었던 과거의 삶으로 돌아갈 수 있기만을 기다리고 있다고 했다. 첫째는 그 말을 나에게 들려주고 싶었는지, 갑자기 볼륨을 높였다. 바로 이 집, 지금, 그 여자가 하는 말은 우리 부부에게는 또 다른 의미였다.

첫째는 내가 뜨거운 물로 프라이팬을 설거지하는 소리를 듣고 있었다. 정확히 뭘 하는지는 알지 못했지만, 남은 음식을 싱크대에 버리고 있다는 것만은 확실했다. 평소 나는 싱크대에 음식물 찌꺼기 하나 남기지 않고 말끔히 닦아서 바짝 건조를 시켜야 직성이 풀리는 사람이었다. 티미나 아이들이 제대로 싱크대 정리를 하지 않았을 때, 다시 싱크대를 깨끗이 치우는 사람도 바로 나였다. 하지만 이제 나는 싱크대가 더럽거나 말거나 그대로 내버려 두었고, 첫째는 그런 내 모습을 보고 내가 뭘 원하는 건지 눈치챌 수 있었다. 나는 예전에 티미가 그랬던 것처럼 앞으로는 음식물 찌꺼기, 먹다 남은 요거트, 찻잎 등을 싱크대에 그대로 쌓아둘 작정이었다. 첫째는 예전에 엄마가 했던 대로 행동하는 것이 우리 가족에게 뭔가 도움이라도 되는 것처럼, 애써 엄마의 모습을 따라 하는 아빠의 모습을 지켜보고 있었다.

그날 저녁, 첫째는 반쯤 이불을 덮고 옷도 그대로 입은 채로 침대에 누운 나를 지켜보았다. 잠시 누웠는데 깜빡 잠이 든 모양이었다. 예전에 티미랑 함께 살 때처럼 문을 잠그지도 않고, 활짝 열어두었다. 게다가 엄청나게 높은 곳에서 추락한 사람처럼 침대 정중앙에 떡하니 버티고 누워 있었다. 불도 그대로 켜져 있었다. 첫째는 내가 침실 문을 활짝 열어두는 바람에 화장실에 갈 때마다 침대에 대자로 누운 내 모습을 봐야 한다는 것이 죽도록 싫었다. 게다가 칫솔이 바짝 마른 상태인 걸로 보아 내가 양치도 하지 않고 제대로 씻지도 않고 잠자리에 들었다는 사실도 마음에 들지 않았다. 첫째는 침실로 들어와 내 머리맡에 켜져 있는 램프를 껐다. 나는 눈을 뜨지 않았다. 첫째는 방문을 닫고 주방으로 가서 계란 프라이를 만들어 먹었다. 그러고 나서 자기 방으로 돌아가기 전에 다시 내 방문을 열어보았다. 나는 엎드린 상태로 침대 한쪽 구석에 누워 있었다. 그때는 아마 옷을 벗고 있었을 것이다. 복도에서 새어 들어오는 조명에 비친 아빠의 얼굴은 영원히 끝나지 않는 슬픔을 묘사한 샛노란 동양의 탈을 보는 것 같았다. 나는 입까지 쩍 벌린 채로 잠들어 있었다.

그로부터 2주 후, 겉모습에도 조금씩 변화가 일어나기 시작했다. 하루가 다르게 몸이 야위었고, 두 볼이 핼쑥해지고 광대뼈 부분이 몰라보게 도드라지기 시작했다. 하지만 첫째의 눈에는 내가 하루가 다르게 야위어가는 모습을 내심 즐기고 있는 것처럼 보였다. 어느 날 오후, 나는 주방용 칼로 허리띠에 새로 구멍을 뚫으면서, 사이즈가 두 개나 줄어서 새로 옷을 사야겠다고 말했다. 분명 나는 이런 상황 자체를 즐기고 있었고, 나 자신에게 미안한 기분이 들면서도 한편으로는 즐겼다. 그런 아빠의 모습이 첫째를 더욱 화나게 했다. 자신에게 무슨 일이 벌어지고 있는지 전혀 알아차리지 못하고 있는 내 모습을 보면서 아이는 엄청난 절망감을 느꼈다. 첫째는 이 모든 문제가 소규모 이탈리아 식자재 업체에서 만든 특수 유기농 아보리오 쌀을 먹어서 일어난 거라고 믿고 있었다. 깨끗이 닦지 않은 쌀알 안에 아주 적은 양의 불순물이 남아 있을 가능성이 있었기 때문이다. 실제로 우리가 먹는 아보리오 쌀은 논에서 수확한 그대로 겉껍질이 붙어 있는 상태에서 조그만 봉투에 포장되어 있었다. 물론 껍질이 그대로 붙은 쌀알은 불과 몇 개밖에 되지 않았다. 하지만 리소토를 만들 때마다 커다란 프라이팬의 가장자리에 껍질이 하나둘 쌓였고, 언뜻 보면 금빛으로 잘 달궈진 양파처럼 보였다. 그래서 일부러 가장자리를 긁어내거나 프라이팬 속으로 넣어서 잘 섞는 대신, 그냥 덜 익은 상태 그대로 리소토 위에 올려두면 나중에는 먹다 남은 그릇 위에 껍질만 그대로 남기 일쑤였다. 그러니 티미가 먹은 리소토 그릇에도 그 껍질들이 남아 있었을 가능성이 충분히 있었고, 그녀가 흘린 눈물의 짠 기운이 닦이지 않은 쌀에 담긴 불순물과 만나 일종의 화학반응을 일으켰을지도 모를 일이었다.

첫째는 인터넷에서 외계인이 사는 행성의 얼음 아래 있는 생명체에 대한 기사와 유전자 조작 식품을 먹은 사람의 내장에 새로운 질병이 발생하고 있다는 기사를 읽은 적이 있었다. 제대로 정미 과정을 거치지 않아, 쌀 껍질의 불순물이 남아 있어서 그 껍질이 그릇에 붙어 엄마가 먹었던 리소토 속에 담겨 있었을 가능성이 있었다. 그런데 그걸 다시 프라이팬에 데워서 내가 게걸스럽게 다 퍼먹은 것이었다. 나는 그릇에 외로이 남은 두 개의 쌀알, 이탈리아 북서부의 제노바의 들판에서 제대로 정미를 거치지 않은 채로 이곳까지 날아온 쌀알까지 하나도 남기지 않고 먹어 치웠다. 바로 그 조그만 쌀알들이 싹을 틔울 기회만 노리고 있던 생명의 씨앗이었다.

그 씨앗을 삼킨 초저녁, 그러니까 내가 입을 벌리고 침대에 대자로 누워서 잠들었을 때, 그 조그만 씨앗들이 내 위 속의 얇은 막에 달라붙어서 뿌리를 내리기 시작했다. 그렇게 씨앗들은 뿌리를 내리고 싹을 틔웠고 며칠 후 조그만 벼가 따뜻하고 축축한 환경 속에서 천천히 자라기 시작했다. 초록빛의 섬세한 줄기는 시커먼 위 속으로 서서히 손을 뻗어서, 본래 내 몸이 흡수해야 할 영양소들을 점차 빼앗아가기 시작한 것이다. 알다시피 유기농 생명체는 근본적으로 다른 생명으로부터 영양분을 흡수하므로, 이제 내 위는 유전자 조작 물질이 함유된 씨앗에 최적의 서식지를 제공하는 역할을 맡게 되었다.

첫째는 몰골이 엉망이 된 내 모습을 사진에 담아서 엄마에게 보여주면 엄마가 뭐라고 대답할지 목을 빼고 기다리고 있었다. 요즘은 티미와 거의 마주칠 일이 없었다. 매일 오전, 한 사람이 일찍 집을 나서면 오후 늦게 다른 사람이 집에 도착하는 식이었기 때문이다. 집을 떠나 있을 때는 주변에 있는 친구 집에서 신세를 지느라 서로 마주칠 일이 없었다. 첫째는 내가 얼마나 수척하고 과민하고 광적으로 변했는지 현재의 상태를 엄마에게 생생히 전하고 싶었다. 첫째가 찍은 사진 속 나는 어둠이 내린 창문을 등진 채 커다랗고 근엄한 눈빛으로 카메라 렌즈를 똑바로 응시하고 있었다. 엄마가 그 사진을 보고 충격을 받아서 곧바로 아빠와 만날 약속을 잡아주기를 아이는 내심 기대하고 있었다. 그렇게 되면 우리 사이에 뭔가 변화가 생길지도 모를 테니까. 하지만 엄마는 슬쩍 사진을 보더니, 아빠 수염이 조금 긴 것 같다는 말만 하고 끝이었다. 물론 티미는 내 위 속에서 이탈리아 산 아보리오 쌀알이 서서히 자라고 있다는 사실은 전혀 알지 못했다.

물론 나조차도 외계 생명체에게 내 몸뚱이를 서식지로 제공하고 있다는 사실을 알지 못했다. 첫째는 예전보다 부쩍 거울을 들여다보는 횟수가 늘어난 걸 보니 아빠도 뭔가 이상하다는 낌새를 알아차렸다고 생각했다. 눈가는 하루가 다르게 수척하고 퀭해졌고, 눈 주변의 다크서클도 오래된 핸드백처럼 시커멓게 변했다. 게다가 눈꺼풀에는 붉은 습진까지 생겼다. 이제 나는 첫째의 아버지일 뿐만 아니라, 다른 남자에게 아내를 빼앗긴, 광대뼈가 툭 튀어나온 가련하기 짝이 없는 남자이기도 했다. 생각만 해도 수치스러운 일이었다. 나는 인생에 대해서 그리고 지금까지 티미와 함께했던 삶에 대해서, 우리 가족의 삶에 관해서 이야기하려고 첫째 아들의 방을 찾았고, 그렇게 이야기를 나눌수록 나의 근심은 더더욱 커져만 갔다. 첫째는 아빠에게서 자신을 보호해야 했다. 그래서 나와 멀찌감치 거리를 두고, 나름대로 유머를 담아서 말한답시고 막대기 씨, 해골, 늙은 영감탱이 같은 말을 툭툭 던지기 시작했다. 덕분에 전보다 편한 분위기에서 빵 터져서 웃는 일도 종종 생겼다.

그리고 아이는 엄마를 새로운 관점에서 바라보게 되었다. 도저히 비집고 들어갈 틈이 없는 잉꼬부부의 한 사람으로서 엄마를 보지 않게 된 것이다. 티미는 막내가 일찌감치 잠자리에 들고 나면 첫째와 함께 거실 텔레비전 앞에 앉아서 아이가 보고 싶어 하는 영화를 틀어주었다. 예전 같으면 꿈도 꾸지 못할 일이었다. 첫째는 예전과는 다르게 엄마가 영화를 보다가 누군가 총에 맞거나 학대를 당하는 장면이 나오면 손으로 눈을 가리게 되었다는 사실을 깨달았다. 전에는 한 번도 보지 못했던 흰머리가 뿌리 부분에서 서서히 자라고 있는 걸 보면서, 한편으로 엄마가 안

됐다는 생각도 들었다. 주름이 자글자글한 목을 보니, 참 외로워 보이기도 했고 조금 우스꽝스럽다는 생각도 들었다. 그녀는 한 남자와 지독한 사랑에 빠진 중년의 여자였고, 그 사랑의 열병 때문에 자신이 가진 모든 것들을 스스로 망가뜨린 장본인이기도 했다. 아빠가 '장갑맨'이라고 불렀던 남자 이야기도 요즘은 통입에 올리지 않았다. 뭔가 엄마 뜻대로 흘러가고 있지 않다는 것만은 확실해 보였다.

하지만 아빠에게는 일말의 동정심조차 느끼지 않았다. 오히려 아빠가 더 조심했어야 했고 스스로 치욕스러운 꼴을 당하지 않으려면 더 애썼어야 한다고 생각했다. 아빠가 화를 자초한 꼴이라고도 생각했다. 언젠가 엄마를 붙잡고 원한다면 다른 남자를 만나도 괜찮다고 큰소리치던 걸 들은 적이 있었기 때문이다. (그것만으로도 첫째는 절대로 나를 용서하지 않을 것이다.) 이제 엄마를 지켜줄 사람은 자신밖에 없다고 느꼈지만, 대체 어떻게 해야 할지 도무지 알 수가 없었다. 그래서 엄마를 붙잡고 당장 미용실에 가서 흰머리를 염색하라고 말했다.

첫째는 게임 속 가상 세계에서 자신만의 새로운 가족을 만들었다. 게임 속에서 첫째의 엄마와 아빠는 여전히 잉꼬부부였고, 하나의 온전한 가족이었다. 첫째는 현실을 거의 재현하다시피 했는데, 게임 속의 집도 현재 우리가 사는 집과 거의 비슷한 형태였고, 가구와 우리 가족의 습관이나 일상까지도 비슷하게 닮아 있었다. 게임 속 엄마는 여전히 운동을 열심히 했는데, 엄마는 혼자서 조깅을 했고, 나는 여전히 의자에 앉아서 책을 읽었다. 게임 속 우리 가족들은 식사 후 자신이 사용한 그릇을 스스로 정리했으며, 밤이면 숙면을 취하고 아침이면 각자 일터와 학교로 나섰다. 돈을 벌어야 할 상황이 되었을 때는 바짝 긴장하고서 모두가 자기 몫의 돈을 벌어들이도록 했다. 게임 속에서 엄마 아빠가 뭔가 신이 나거나 뚱한 표정으로 대화를 나눌 때면 예의 주시하고 지켜보기도 했다. 첫째가 같이 게임을 하자고 제안했지만, 나는 게임 속 번드르르한 새까만 머리카락을 빗어 넘긴 아바타의 모습이 나와 전혀 닮지 않았다고 투덜거렸다. 첫째는 아바타의 머리칼을 듬성듬성하게 바꾸고 눈동자를 키우고 눈가를 퀭하게 만들고 코도 길게 늘였지만, 오히려 바뀐 후의 모습이 더욱 마음에 들지 않았다.

어느 날 밤, 첫째가 컴퓨터 게임을 켜두고 몇 분 정도 자리를 비웠는데 게임 속 아바타가 집 안에 불을 질러버렸다. 결국, 게임 속 나는 주방에서 프라이팬을 들고 요리를 하다가 거의 불에 타서 죽을 지경이 됐고, 컴퓨터 앞에 앉은 나와 첫째는 죽을 듯이 비명을 지르는 아바타의 목소리와 활활 불길이 타오르는 소리를 함께 들어야 했다. 하지만 게임 밖 세상의 나는 다시 조금씩 변화의 과정을 겪고 있었다. 위 속의 씨앗이 몇 달 만에 시들어버린 모양이었다. 분명히 제대로 빛을 받지 못해서 시들어버렸을 것이다. 나는 다시 하루도 빠짐없이 면도하기 시작했고 운동을 해서 체중 관리도 했다. 그렇게 얼마 후에는 예전의 내 모습을 되찾을 수 있었다.

하지만 첫째는 마치 아무 일도 없었던 것처럼 아빠가 예전 모습으로 돌아왔다는 사실도 마음에 들지 않았다. 첫째는 누구보다 커다란 충격을 받았고, 앞으로도 오랫동안 충격에서 헤어나지 못할 것이다. 아이는 아직 자신을 방어할 만한 능력이 없었고, 온실 속에 화초로 자랐으며, 우리 가족에게 무슨 일이 벌어질지 전혀 예상하지 못했기 때문이다. 앞으로 변해야 할 사람은 우리 부부가 아니라, 바로 첫째 아이였다.

12

그때까지 우리에게는 아무 일도 벌어지지 않았다. 티미와 나는 여전히 한집에서 지냈고, 밤이면 한 침대를 사용했으며, 그간 여러 어려움이 있기는 했지만, 앞으로도 서로 사랑하는 사람으로 살아갈 수 있을 거라고 믿고 있었다.

3월의 어느 금요일 저녁, 모두가 크고 작은 방에서 옷을 벗거나 입고 있을 시간이었다. 하지만 우리에게 오늘 밤은 절대로 끝나지 않을 것처럼 느껴졌고 오늘 밤은 현재라는 시간 안에 무한대로 펼쳐질 것만 같았다. 티미는 저녁 식사를 마치고 사무실로 돌아갔다. 저녁을 먹고 다시 사무실로 출근을 하는 건 이제 이상한 일도 아니었다. 티미는 매주 두세 번씩, 사무실에 야근하러 가는 날을 손꼽아 기다렸다. 식탁에 앉아서 메일을 확인하고 뉴스를 몇 번이나 읽고 나서야 노트북을 덮고 자리에서 일어나서 언제나 그렇듯 두 손을 머리 위로 뻗으며 한가롭게 스트레칭을 하고는 이렇게 말했다.

"이제 나가야겠어."

나는 대답을 할까 하다가 이번에는 아무 말 없이 고개만 끄덕였다. 그녀는 나를 쳐다보지 않았지만, 속으로는 내 가슴이 갈기갈기 찢어지고 있다는 걸 알았을 것이다. 티미는 내가 그녀에게 실망한 건지, 자기 자신에게 절망한 건지 알 수 없었고 굳이 알고 싶지도 않아서 더는 생각하지 않기로 했다. 식탁에 앉던 순간부터 티미는 집 밖으로 나설 시간이 되기만을 목이 빠지게 기다리고 있었다. 그래서 막내의 숙제를 도와주고 귀에 대고 세상에서 제일 착한 아들이라고 속삭이면서도 주방에 있는 시계에 시선을 고정하고 있었다.

막내는 식탁 모서리에 복장뼈를 걸치고 앉아 있었다. 이번 겨울과 봄까지 계속 그런 자세를 고집하고 있었다. 매일 식사할 때마다 아이는 식탁에 앉아서 우리 부부를 빤히 쳐다보았다. 식탁 위에 물건이 놓일 때마다 미세한 진동이 느껴졌고 때로는 우리가 내는 목소리마저도 식탁을 넘어 눈에 보일 정도의 진동을 만들어냈다. 막내는 그 미세한 진동들을 온몸으로 감지하고 있었다. 짧고 반질거리는 머리와 부드러운 손을 가진 막내는 매우 진지하고 집중력이 뛰어난 아이였다. 티미는 첫째 아들 근처를 지날 때마다 다정하게 아이의 등을 쓸어내렸고, 첫째는 엄마가 그런 식으로 애정 표현을 할 때마다 몸을 뒤로 빼기 바빴다. 하지만 엄마는 아들이 밀쳐내도 이렇게라도 아이를 만지고 싶은 심정이었다.

오늘은 티미 혼자만 떠들고 있었다. 하지만 본인이 의도한 바와 달리, 다정하거나 편안한 목소리가 나오지 않았다. 나는 주방 조리대 옆에 서서, 눈썹을 치켜뜨며 그녀가 있는 쪽으로 고개를 돌렸다. 아이들이 어릴 때만 해도 무릎 위에 앉히면 신이 나서 손가락으로 아빠 이마의 주름을 세고는 했었다. 티미는 그때 아이들이 좋아했던 깊은 주름이 내 이마 위에 굵게 파여 있는 걸 볼 수 있었다.

나는 뽀얀 젖먹이, 툭 튀어나온 배와 솜털이 보송보송한 엉덩이에 기저귀를 찼던 첫째의 어린 시절을 지금도 똑똑히 기억하고 있었다. 그로부터 몇 년이 지나지 않아서 곧바로 둘째가 태어났고, 아이들을 씻기고 나면 누가 먼저랄 것도 없이 머리가 구불거리고는 했었다. 그러다가 어느 순간, 아이들이 엄마 아빠의 침대에 뛰어오를 정도로 자랐고, 곧바로 학교에 입학하더니 그렇게 어린 시절의 절반이 후딱 지나가 버렸다. 예전의 따뜻하고 행복했던 시절을 떠올리고 나니, 가슴이 찡해왔고 갑자기 불안해지면서 펑펑 울고 싶은 심정이었다.

지독한 열병이라도 걸린 사람처럼, 티미는 왜 저러는 걸까? 정말 미쳐버린 건 아닐까? 하지만 티미는 반드시 그를 만나러 나가야 했고, 다른 도리가 없었다. 그녀는 두 개의 세상에서 머물고 있었다. 군나르는 불과 몇 킬로미터 떨어진 사무실에서 격식에 맞춘 양복 안에 털 하나 없는 구릿빛의 매끈하고 유연한 몸을 감추고 열심히 일하고 있었다. 티미는 그가 고개를 돌려 자신을 바라보는 모습, 미소를 짓고 고개를 갸우뚱거리는 모습을 머릿속으로 떠올려 보았다. 이제는 서로 낯을 가리지 않을 정도로 친해졌고, 그사이 서로에 대한 끌림과 굳은 믿음, 스릴 같은 여러 감정을 쌓아왔다.

두 사람은 우연히 사랑에 빠진 것이 아니었다. 서로를 바라보는 눈길, 서로를 만지는 손길, 서로를 향하는 단어 하나하나가 쌓이며 굳건하게 사랑을 키워나갔다. 이제 두 사람은 다시 돌아갈 수 없는 지점에 이르렀다. 두 사람은 그 누구보다 상대에게 충실해야 한다고 느꼈다. 적어도 티미는 그랬다. 군나르는 휴대전화에 티미의 이름이 찍히기만 해도 맥박이 요동친다고 말했다. 그는 자기 인생에서 오랫동안 놓치고 있던 것이 바로 그녀라고도 말했다. (그것 말고도 온갖 이야기를 했을 것이다.) 그가 말하는 모든 단어는 티미의 감정을 더욱 굳건히 만들었고, 그에 대한 기대감을 높이는 데 일조했다.

티미는 어떤 결과가 나오든 마음이 가는 대로 밀고 나가기로 굳게 결심했다. 사람들에게 그런 이야기를 하고 난 후에도 다들 티미가 거짓말로 이야기를 꾸며내기라도 한 것처럼, 이상하고 말도 되지 않는다고 생각했다. 하지만 이제 티미는 그 말도 안 되는 이야기의 한가운데 서 있었고, 다른 무엇도 원치 않고 오직 그 사람만을 원했다. 그리고 그런 사실을 자기 자신과 그 사람에게 말하고 나서는 그동안 잡고 있던 고삐를 풀고서 따뜻한 어둠 속으로 뛰어들려고 하고 있었다.

결국 나는 그녀의 앞길에 걸림돌이 된 셈이다. 나는 주방에 꼿꼿이 서서, 늦은 밤에 갑자기 다시 그를 만나러 나가려는 그녀의 앞을 막고서 변명이든 설명이든 하라는 듯이 버티고 있었다. 이번 주에만 벌써 네 번째 외출이었다. 그녀는 이제 더는 둘러댈 것조차 없다고 생각했고 어떻게든 나가야겠다는 생각뿐이었다. 나는 몸을 돌리고 최대한 차분함을 유지하면서 이리저리 움직이며 주방을 정리하기 시작했다. 내가 얼마나 불안하고 초조한지 보여줄 요량으로 바닥에 그릇을 집어 던지는 일 따위는 더는 하지 않았다. 결국, 아내를 여기까지 오도록 부추긴 것은 나였다. 정작 나는 죽을 것 같은데도 티미가 혹시 불편해할까 봐 괜찮은 척 애쓰고 있다고 말할 수도 있을 것이다. 산 사람 사이에서는 소리보다 감정의 응어리가 더욱 빠르게 전달되는 법이라 굳이 고개를 돌려 내 얼굴을 살피지 않아도 속으로는 전혀 괜찮지 않고, 힘들어하고 있음을 그녀도 느끼고 있을 것이다.

지금 내 모습에 드러나는 모든 감정의 응어리들은 그녀가 내 안에서 끄집어낸 것이었고, 최근 들어 스스럼없이 하던 행동의 결과이기도 했다. 티미는 참을성이 없었고 불쑥불쑥 자리에서 일어났으며, "그럼, 잘 있어."라고 말할 때만 부드러운 목소리로 말했다. 너무나 후회가 됐지만 이미 때는 늦어버렸다. 티미는 평소보다 더 요란하게 문을 닫고 나가버렸다. 그리고 복도에 놓인 긴 의자에 앉아서 무릎까지 올라오는 부드러운 스웨이드 재질의 부츠를 신고, 다시 자리에서 일어나 코트를 꺼내 양쪽 소매에 팔을 끼우고 깃을 잘 펼친 후에 단추를 잠갔다. 티미는 커다란 우윳빛 단추 세 개를 정교하게 수놓은 단추 구멍 속으로 능숙하게 밀어 넣었다. 티미는 거울 앞에 서서 자신의 모습을 살폈다. 머릿속으로 군나르의 시선을 상상하며, 그의 눈에 자신이 어떤 모습으로 비칠지 궁금했다. 연한 파란색 코트, 허리춤에 얇은 벨트를 묶어서 단정해 보였다. 그렇다고 해서 허리가 꽉 조일 만큼 몸매가 드러나는 건 아니었고, 적당히 허리를 조일 정도였다. 그녀는 몸이 옥죄거나 답답한 건 참지 못했다.

그 코트는 내가 크리스마스 선물로 사준 것으로, 앞으로 우리가 생일 선물조차 주고받지 못하는 사이가 되더라도 티미는 두고두고 그 코트를 입을 것이다. 이 코트를 봐도 나를 떠올리거나 우리가 사랑이라고 불렀던 감정이 떠오르지는 않겠지만 말이다. 나한테 받은 선물이기 때문에 쓰지 않는 물건들이 한두 개가 아니었다. 짧은 데님 원피스, 긴 회색 카디건, 하얀색 청바지, 거기다 평소 하고 다니는 액세서리까지 전부 다 내가 선물한 거였다. 요즘 그녀는 액세서리를 전혀 착용하지 않았다. 그런데도 그 코트만은 내가 직접 사준 건데도 불구하고 나와 전혀 연관되지 않은 것인 마냥 편하게 입고 다녔다.

지난 크리스마스 때, 우리는 서로에게 제법 가격이 나가는 물건을 선물했다. 티미는 선물을 포장한 종이를 뜯고 상자를 열어 작지만 비싼 옷가게에서 만든 하늘색 코트를 꺼냈다. 크리스마스 며칠 전, 옷가게에 갔다가 봤던 그 코트였다. 나 역시 아내에게 줄 선물을 고르려고 그 가게에 가끔 들리는 편이었는데, 그 코트를 보자마자 티미가 좋아할 것 같았다. 아내는 그 코트를 들고 너무 예쁘다고, 정말 마음에 든다고 말했고 문득 예전에도 똑같은 말을 들어봤던 기억이 떠올랐다. 그제야 티미도 자신이 실수했다는 것을 느꼈다. 일 년 전에 했던 말을 토씨 하나 틀리지 않고 똑같이 말했기 때문이다. 나는 자리에서 일어나 트리 아래에 있던 아이들의 선물을 꺼냈고, 다시 꼿꼿하게 몸을 펴고 앉았다. 티미는 내가 기분이 상했고 뭔가 불편해하고 있다는 것을 느꼈다. 내 표정은 흙빛처럼 어두워졌고 그 순간 내 안에 살아 숨쉬던 모든 것들이 연기처럼 사라져 몸속 깊은 곳으로 자취를 감추고 다시는 눈에 보이지 않게 되었다.

티미는 내가 평생 자신을 그리워할 거라고 예상할 것이다. 내가 느낄 절박한 외로움이 커질수록 자신이 누리게 될 엄청난 행복이 커질 테니까. 그녀는 다정함과 적대감의 비율이 끝없이 변화하는 사람이고, 그 정반대의 감정은 빈번하게 단 하나의 감정으로 뒤섞인다. 그건 사랑이 남기는 씁쓸한 제물인 닳고 닳은 공감대, 그리고 본래의 의미가 퇴색된 암울한 애정이었다. 그 속에서 소소하고도 초조한 온갖 감정이 그녀의 동정심과 어우러져서 나를 향하게 되었다. 그리고 누구에게도 배신자처럼 보이지 않으면서 나에게서 탈출하고 싶은 욕구를 만들어 냈다.

우리는 함께 성장했고 서로의 사랑을 확인하고자 새로운 생명을 잉태해 두 아이를 낳았다. 비록 사랑이 짧은 순간 지나가버리고 나면 사라지고, 잠시 잠깐 느끼는 육체의 이끌림에 불과하며, 만약 오래도록 지속되더라도 깊고 끈끈한 토대가 없는 경우가 허다하다지만, 자식이란 사랑의 마지막 증거와도 같은 것이었다. 많은 사람이 서로 깊숙한 토대 없이 함께 살아간다. 그것이 사실이라면, 결국 우리도 평범한 사람들과 다를 바가 없었던 것일까? 티미는 우리 부부가 그 누구보다 매우 가깝고도 깊이 연결되어 있다고 굳게 믿었었다. 우리의 사랑이 정말로 마침표를 찍게 된다면 과거를 회상하게 하는 힘을 가지게 될 것이다. 아직은 확실하지 않지만, 현실은 그렇다. 만약 어느 날 우리의 사랑이 존재하지 않는 날이 온다면, 그 사랑은 애초에 존재하지 않았던 것인지 모른다.

물론 아이들은 그대로 남아 있을 것이다. 하지만 더는 우리 사랑의 증거로서 존재하지 않으며 오히려 거기에서 벗어난 존재가 될 것이다. 이제 우리 아이들도 다른 이혼 가정의 친구들처럼 부모의 품에서 벗어나 엄마와 아빠가 서로 떨어져 지내는 상태에서 보호받게 될 것이다. 하지만 아직은 그게 어떤 건지 아이들은 알지 못하며, 그건 우리도 마찬가지였다.

티미는 여전히 집 앞 계단에 서 있었다. 목에 두른 짙은 파란색 숄을 코 아래까지 바짝 당긴 다음 입에서 뿜어져 나오는 온기를 느꼈다. 문을 닫고 서둘러 집 앞에 나 있는 도로로 걸음을 옮겼다. 하얀 눈과 거리에 줄지어 선 가로등, 은은하게 조명이 켜진 집들이 이어져 있었다. 갈비뼈 사이로 심장이 터질 것처럼 쿵쾅거렸다. 벙어리장갑을 낀 손가락을 둥글게 구부렸다. 어두운 밤이 쏟아지는 듯했고 어둠 속의 깊은 잠은 누구도 파괴할 수 없는 금속성 빛과 같았다. 그 빛이 이제 막 깊은 잠에서 깨어나려는 참이라는 걸 티미는 손가락 끝에서부터 느낄 수 있었다. 얼마 후면 눈이 가루가 되고 저녁이 더욱 길어질 것이고, 눈이 올 때처럼 푸른 정원 잔디에 맺힌 서리도 서서히 녹을 것이다.

티미가 어린 시절 그러니까 지금으로부터 40년 전만 해도 가을이면 잔디도 황금빛으로 물들고는 했었다. 하지만 지금은 마루에 눈이 쌓일 때까지도 잔디는 푸른 기운을 뿜어냈고 다시 봄이 올 때도 여전히 똑같은 초록빛을 띄고 있었다. 티미는 집에서 충분히 멀어질 때까지, 이런 생각에 집중하면서 지금의 흥분과 기대감을 유지하려고 애썼다. 얼마 후면 겨울의 기개가 회색 아스팔트 도로 위에 활개를 칠 것이고, 그리고 또 얼마 후면 실수로 혹은 과격한 분노로 하얀 눈 속에 내던져졌던 모든 것들이 핼쑥하고 비참하고 충격적인 모습을 다시 드러내게 될 것이다. 그리고 또 얼마 후면 참새와 박새, 개똥지빠귀의 노랫소리가 이른 아침부터 울려 퍼지게 될 것이다. 그렇게 봄이 오고 또 여름이 오면, 그 남자와 나 우리 두 사람에게 어떤 일이 생길까? 매 순간 그 생각만 하고 있으면서도, 티미는 감히 앞으로의 일에 대해서 예견치 않으려고 애썼다.

주중에 이틀에서 사흘, 그리고 매주 일요일이면 티미는 그를 만나기 위해 사무실로 향했다. 사무실은 야외로 함께 운동하러 갈 때를 제외하고 두 사람이 편하게 만날 수 있는 몇 안 되는 장소 중 하나였다. 두 사람은 또 다른 프로젝트를 구상 중이었고, 이번에는 경영진의 승인을 받을 수 있을 거라는 자신이 있었다. 무엇보다 그 프로젝트 덕분에 함께 일할 기회를 얻을 수 있었다. 티미의 부서 직원들은 거의 야근하지 않는 편이라서 사무실 문만 걸어 잠그면 누구의 방해도 받지 않으며 시간을 보낼 수 있었다. 보통은 막내가 잠자리에 들고 나서 사무실에 나왔지만 때로는 그보다 일찍 집에서 나설 때도 있었다. 모든 건 군나르의 스케줄에 맞춰져 있었다. 그 역시 한 집안의 가장이었기 때문이다. 아이들을 태우고 이곳저곳을 돌아야 했고 어쨌거나 표면적으로는 그도 아직 결혼한 상태인 것은 변함없는 사실이었다.

그녀는 군나르가 집에 뭐라고 얘기를 하고 나오는지 궁금했고 어쩌면 아무것도 말하지 않았을지도 모른다고 생각했다. 혼자 있을 때, 그가 무슨 생각을 하는지도 전혀 알 길이 없었다. 심지어 자신과 같은 생각을 하는지도 확인할 길이 없었다. 그래서 때로 마음이 불안하고 초조해지면서 혹시 나만 이런 감정을 느끼는 걸까? 나 혼자 사랑에 빠진 건가? 싶은 궁금증이 들 때도 있었다. 하지만 어두운 밤이 찾아와 마침내 그가 티미의 사무실 입구에 모습을 드러내는 순간, 자신 때문에 그의 표정이 얼마나 크게 바뀌는지 똑똑히 확인할 수 있었다. 그는 시커먼 어둠 속에서 벗어나 환한 빛 아래로 나왔고, 그 빛은 바로 티미에게서 뿜어져 나오는 것이었다.

티미는 사무실 문을 열고 그를 안으로 들어오도록 했고 두 사람은 서로 나란히 계단을 따라 올라갔다. 티미가 앞서 걸었고 환하게 조명이 켜진 복도에 도착할 때까지는 절대 뒤로 돌아서 그를 쳐다보지 않았다. 그리고 한참이 지나고 나서야 포옹을 허락했다. 두 사람의 얼굴은 서로를 찾기 시작했다. 인간의 얼굴이란 놀라울 정도로 벌거벗은 몸뚱이와 같았다. 쉽게 읽히고 감정이 쉽게 드러나 보였다. 인간의 몸뚱이는 항상 누군가를 찾아 헤매게 마련인데, 바로 지금 티미와 군나르도 서로를 찾아냈고 이제는 주변의 모든 것이 완전히 사라져버린 것 같았다. 그는 그녀를 붙잡았고 그녀도 그를 붙잡았다. 그리고 서로를 놓아주고 한걸음 물러서서 서로의 눈을 마주 보았다. 반짝이며 빛나는 행복, 서로에게 느끼는 끌림. 누군들 거부할 수 있겠는가? 대부분 그럴 수 없을 것이고 티미 역시 지금은 그 끌림을 거부할 수 없었다.

그녀는 남자를 사무실로 안내했다. 두 사람이 만나는 건 공공연한 사실이었고, 가족이나 동료들에게는 함께 프로젝트를 준비하는 중이라고 이야기해두었다. 오늘 저녁, 두 사람은 대형 스크린 앞에 나란히 앉아서 키보드를 주거니 받거니 치며 함께 작업했다. 그는 허벅지를 그녀 쪽으로 들이밀었고 그녀 역시 허벅지를 그에게 가져다 댔다. 예전에도 이렇게 바짝 붙어서 작업했었고 그녀는 내가 이런 상황이 벌어질 거라고 상상하고 있으리라는 걸 알고 있었다. 두 사람은 목소리를 낮추어 대화를 주고받았고 함께 웃었으며 서로 눈을 맞추었다. 이런 소소한 친밀감은 이제 두 사람 사이에서는 일종의 규준이 되었고 또한 멈출 수가 없었다.

두 사람은 실로 오랫동안 서로의 삶의 소소한 부분과 일상을 공유해왔다. 중요한 일이나 소소한 일, 아이들에 대한 일, 서로 떨어져 있을 때는 무엇을 하는지에 대한 이야기까지 말이다. 두 사람은 서로에게 들었던 이야기를 잊지 않고 기억해두었다가 계단에서 넘어졌다는 아이는 이제 괜찮은지, 주방 수도가 갑자기 터져서 기술자를 불렀는데 실수로 주방이 아니라 욕실 수도를 건드린 일은 잘 해결되었는지에 대해서 세심하게 살폈다. 비록 한동네에 살지만 각자 거리를 두고 떨어져 지내면서도 두 사람은 상대의 일상을 상세히 꿰뚫고 있었다. 사무실에 퍼지는 두 사람의 목소리는 작지만 친밀함으로 가득했고, 서로의 목소리 톤이 커졌다가 작아졌다가를 반복하면서 그렇게 서로 닮아가고 있었다. 벌써 한집에 사는 부부 같잖아, 티미는 속으로 생각했다. 수없이 많은 사람 중에서 서로를 똑 닮은 두 사람이 만나게 된 것은 어쩌면 말로는 설명할 수 없는 엄청난 행운인지도 모르겠다. 만약 서로의 눈동자를 그렇게 오랫동안 바라보지 않았더라면, 이런 일은 없었을 거라고 한참 후에 그녀는 생각했다. 둘 중 누구도 상대방에게 굴복하고 싶어 하지 않으면서 서로를 이끌었고 일단 서로 경쟁이 붙으면 둘 중 누구도 좀처럼 물러서려고 하지 않았다. 그 둘의 얇은 혈관 속에는 뜨거운 피가 흐르고 있었기 때문이다.

그날 저녁, 군나르가 갑자기 자신의 오른손을 키보드에 올려둔 그녀의 왼손에 포개고 가만히 있었다. 티미는 그의 손길이 닿은 것을 느끼고 하던 말을 멈추었다. 손톱만 한 시계가 그의 손목에 박혀 있기라도 한 것처럼, 두근두근 맥박이 뛰는 소리가 피부로 느껴졌다. 참으로 놀랍고도 믿기 힘들지만 미세하게 고동치는 그의 맥박을 똑똑히 느낄 수 있었다. 군나르가 뭔가 이야기를 하고 있는데도 무슨 소리인지 전혀 귀에 들어오지 않았고 두 사람은 거의 동시에 서로를 향해 몸을 내밀었다. 아직까지 한 번도 제대로 포옹을 해본 적이 없다는 것이 오히려 놀라울 따름이었다. 두 사람은 거의 일 년 가까이 이 순간을 기다리고 또 기다려 왔고 이제야 바로 그 순간이 온 것이었다. 티미는 그의 입에 자신의 입술을 가져다 댔고 그렇게 두 사람의 혓바닥이 뒤섞였다. 따뜻한 숨과 달리 조금 말라 있는 그의 혓바닥 끝이 왠지 시원하게 느껴졌다. 아마도 긴장한 탓에 계속 입을 벌리고 있어서 차가워진 모양이었다. 그는 이런 순간이 올 거라고 예상한 터라 굳게 닫혀 있던 입술을 열고 그녀의 입술을 탐하기 시작했다.

티미와 군나르의 첫 키스. 두 사람은 서로의 입술을 잡아먹을 듯이 빨기 시작했다. 그는 두 팔을 뻗어 그녀를 가까이 끌어당기고는 양손으로 그녀의 등과 엉덩이, 허리 그리고 어깨를 서서히 더듬었다. 마침 스웨터의 어깨 부분이 흘러내리면서 그의 손길이 티미의 맨살에 닿았다. 그는 한 손으로 그녀의 엉덩이를 잡고 가까이 끌어당겼다. 그러는 사이, 두 사람이 앉은 의자가 서로 부딪쳤다. 군나르는 그녀를 안아 자신의 무릎에 앉히려고 했지만 티미는 아직 그러고 싶지가 않았다. 군나르는 체크 셔츠에 조끼, 어제와 다른 옷을 입고 있었다. 티미는 양손을 뻗어서 한 손은 어깨 아래 날개 뼈에 대고 다른 손은 잘록한 허리 부분에 댔다. 셔츠 아래로 그의 맨살이 만져졌다. 그녀는 손가락 끝으로 그의 척추를 쓸어내리면서 처음으로 그의 맨살을 만지는 실로 비현실적인 순간을 경험할 수 있었다. 그 후로는 아무 생각이 나지 않았다. 두 사람은 한 시간, 한 달, 아니 평생이라도 키스할 수 있을 것 같았다. 그녀는 코끝으로 숨을 들이마셨고 혓바닥을 댄 채로 그의 말에 대답했다. 서로를 반기듯 입술 사이로 주체할 수 없을 정도의 신음과 환희에 찬 소리가 새어 나왔다. 티미의 신음은 그에게 자신감을 불어넣어 주었고, 그녀를 더욱 탐닉하도록 했다. 그는 손을 뻗어 티미의 허리춤 사이로 집어넣었고 그녀를 몸쪽으로 더욱 가까이 끌어당겼다. 이 정도면 충분하다. 지금보다 더 그녀에게 가까이 접근하는 건 불가능한 일이었고 그건 티미도 마찬가지였다.

사무실에서 한창 그 일이 벌어질 당시 사무실 커튼은 활짝 젖혀져 있었다. 밖에서 누가 보든 말든 티미는 개의치 않았고 일단 불이 붙고 나서는 그런 걱정 따위는 하지 않으려고 애썼다. 물론 커튼이 활짝 젖혀 있다는 점이 마음에 걸리기는 했다. 바로 그녀 자신에게서, 그녀의 안에서 사방이 탁 트인 평야에 있는 텐트에 걸린 랜턴처럼 밝은 빛이 새어 나오고 있었기 때문이다. 이제 티미는 새로운 여정을 향해 한 걸음을 내딛고 있었고, 그동안의 삶에서 한 발자국 물러서 과거를 뒤로하고 떠날 참이었다. 그리고 지금 그녀에게 무슨 일이 벌어지든 그녀가 말하고 행동했던 모든 것들이 다가올 날들 속에 서서히 스며들게 될 것이다. 그 순간 티미는 머릿속에 떠오르는 생각들을 단어와 문장으로 표현하지 않으려고 애썼다. 그녀는 몹시 흥분했고 얼굴이 상기되었으며 어찌할 바를 몰랐다. 머릿속이 새하얗게 변했고 뭐라고 말해야 할지도 까맣게 잊었다. 티미는 매 순간 고독을 찾으려 애쓰며 뿌연 공기를 바라보며 은은하게 미소를 지었다.

그날 저녁, 티미는 평소보다 훨씬 늦은 시간에 집에 돌아왔다.

조용히 문을 열고 들어와서 부츠를 벗고 코트를 벽에 걸었다. 반쯤 어둠이 내린 집 안은 말끔히 정리된 상태였고, 주방의 조리대 위로 반짝이는 얼굴들이 나란히 늘어서 있었다. 토스터기는 덩그러니 서 있고 커피머신은 작은 눈을 연신 깜빡이고 있었으며 올리브오일과 발사믹 식초의 매끈한 병들은 근엄한 자태를 뽐냈고 부드러운 조명이 반짝이는 유리 조리대 위로 조화롭고 안정된 빛을 비추고 있었다. 오직 반으로 잘린 망고 하나만이 초록색 등 위로 검은 점을 찍은 채 뒤집혀 있었다. 티미는 조심스럽게 아이들이 잠든 방문을 열고 안을 확인했다. 먼저 막내 방을 살피고 나서 첫째 방을 들여다보았다. 둘 다 쌔근쌔근 사랑스러운 숨소리를 내며 곤히 잠들어 있었다. 이제 다 컸다고 굳게 믿고 있는 아이가 하나 있었지만 그럼에도 아직 어린애에 불과했다. 티미는 알지만 아직은 그 애가 알지 못하는 것들이 있었기 때문이다. 첫째는 등을 대고 바로 누워 입을 반쯤 벌린 채 잠들어 있었고, 그 모습이 그리 오래지 않은 과거의 어린 시절 모습을 쏙 닮아 있었다.

티미는 욕실로 들어갔고, 거울에 비친 모습을 애써 쳐다보지 않으려고 했지만 어쩔 수 없이 거울을 봐야 했다. 아주 잠깐 거울 속에 비친 자신의 눈동자를 살펴보았다. '대체 무슨 짓을 한 거야. 이제 와 후회해봤자 소용없어. 그런 강렬한 감정이라니,

도저히 거부할 수가 없었어. 지금 이 모든 것들이, 앞으로 어떻게 흘러갈지 아무도 모르잖아. 내일 또 그 사람을 만나야겠어.'

그의 흔적을 지워내고 싶지 않아서 별로 씻고 싶은 마음은 없었지만 어쩔 수 없이 샤워를 했다. 그 사람의 흔적을 지워내지 않고 내 옆에 누워서 잠을 청한다는 것이 뭔가 옳지 않은 일인 것처럼 느껴졌던 모양이다. 티미는 평온함을 느끼고자 그의 흔적을 말끔히 씻어내면서, 이렇게 하면 자신이 어떤 행동을 했는지 내가 전혀 알지 못할 거라고 스스로 위로했다. 이를 닦고 온몸을 촉촉하게 만들고 로션을 바르면서, 그의 손길과 그가 어떻게 했는지를 머릿속으로 떠올렸다. 자신의 손길과 자신이 어떻게 했는지, 그리고 두 사람이 어땠는지도 떠올려보았다. 아니, 사실 티미는 최대한 빨리 샤워를 마쳤다. 지금 그녀에게 가장 필요한 건 빨리 침대에 누워서 잠을 청하는 것이었다. 티미는 침대 한쪽에 내가 누워 있는 어두운 침실로 들어왔다. 어떤 삶에서 벗어나 다른 삶으로 움직이는 것, 침대의 남은 빈틈으로 몸을 비집고 들어가는 건 생각보다 어렵지 않았다. 티미는 잠시 잠깐의 짜릿한 순간에서 한때 자신의 모든 존재였던 곳으로 돌아왔다.

티미는 침대 반대쪽 구석에 조심스럽게 몸을 눕혔다. 조심스럽게 이불을 들추다가 내가 티셔츠에 바지를 입고 잠든 걸 보고 내심 기분이 좋아졌다. 그건 우리의 관계가 이제 종착역에 접어들고 있다는 또 다른 신호였기 때문이다. 이제 더는 우리가 알몸으로 함께 침대에 누워 잠드는 일은 없을 것이다. 그런데 그때 이상하게도 내 숨소리가 거의 들리지 않는 것 같았다. 만약 지금 내가 죽는다면 어떨까? 곤히 잠든 채로 죽어버린다면? 심장마비나 뇌졸중, 혹은 치명적인 병으로 죽을 수도 있지 않은가. 중년의 남자들이 갑자기 죽음을 맞는 일은 흔한 일이었으니까. 만약 지금 내가 죽는다면 티미도 별 무리 없이 나의 죽음을 애도할 것이다. 그리고 남들 모르게 미망인의 위치에서 벗어나서 그 남자와 짜릿하게 그리고 무아지경에 빠져 마음껏 사랑할 수 있을 것이다. 정말 기막힌 아이디어가 아닌가.

그제야 티미는 자신의 배우자를 죽이고 싶어 하는 사람들의 심정을 충분히 이해할 수 있었다. 불과 며칠 전까지만 해도 비교적 행복하게 함께 침대에서 뒹굴던 사람에게 왜 독약을 먹이고 머리에 총을 쏘고 목을 졸라서 죽이는지 말이다. 그것 말고는 상대에게서 자유로워질 다른 방법이 없기 때문이다. 결국, 그 사람이 죽거나 스스로 물러나거나 사라지는 수밖에 없었다. 티미는 내게서 자유를 찾고 싶었고, 벌써 자유를 찾아서 떠나고 있었다. 그녀의 진짜 인생이자 유일한 삶이었던 나라는 남자는 마음속에서 이미 죽은 거나 다름없었고 완전히 패배해 버렸기 때문이다. 나라는 존재는 매우 조용히 사라졌고, 어느 순간부터 중요치 않은 사람이 되었으며, 미처 알지 못하는 사이 그녀의 인생에서 제일 가장자리로 밀려나게 되었다.

하지만 무엇보다 견디기 힘든 건 바로 내가 그 사실을 전부 알고 있다는 거였다. 그저 잠시 잠깐 스치는 의구심을 넘어서는 느낌이 들었다. 나는 티미의 일거수일투족을 주시했고 그녀의 마음속에서 벌어지는 미세한 변화들을 하나하나 감지할 수 있었으며 무심코 내뱉은 단어 하나까지 귀담아들었다. 거의 초능력자 수준이었다. 사방에서 심상치 않은 신호를 감지할 수 있었다. 그 과정에서 질투가 싹트기 시작한 거였다. 덕분에 그 일이 있기 오래전부터 나는 모든 신호를 알아차릴 수 있었다. 바로 그런 느낌이었다. 만약 내가 두 사람 사이의 모든 일을 이미 알고 있다고 믿지 않았다면, 티미는 그저 시간의 흐름에 따라서 모든 것들이 조용히 해결되기를 바랐을 것이다.

티미는 등을 돌리고 어디 아픈 사람처럼 양팔로 가슴을 감싸고 침대 구석에서 잠이 들었다. 정말로 어디가 아픈 건 아니었다. 그녀는 예전보다 더욱 건강한 상태였고, 앞으로 다가올 일과 방금 벌어진 일로부터 든든하게 보호를 받고 있었다. 지금 그녀에게 벌어진 모든 일이 만족스러웠기 때문에 그로 인한 변화들도 분명히 만족스러울 것이다.

다음 날 아침, 티미는 평소처럼 다정하게 행동했지만 나와 적당한 거리를 유지하며 멀찌감치 떨어져 있었다. 토요일인데도 군나르와 사무실에서 작업할 게 있다고 말했다. 마감이 코앞이라 그전에 마무리 지어야 할 일이 있다고 했다. 통보하듯 말하는 편한 목소리. 지금은 진짜 말하고 싶은 것이 무엇인지 내게 힌트를 주고 싶은 유혹만 참으면 되는 거였다. 그래서 내 시선을 애써 피하며 방에서 방으로 계속 움직이면서 내가 끼어들 틈을 주지 않고 자기가 해야 할 말만 하고 있었다. 정확히 알 수는 없었지만, 뭔가 주저함과 실망, 그리고 저항하는 것 같은 느낌이 들었기 때문이다. 하지만 티미는 그게 무엇이든 개의치 않을 것이며 이미 다른 사람과 다른 세상에서 살고 있었기 때문에 내가 어찌하든 더는 상관할 바가 아니었다.

그렇게 티미는 집을 떠나 온종일 밖에서 시간을 보냈고, 세 시쯤 돌아온다고 했던 약속이 다섯 시, 또 일곱 시로 미뤄졌다. '오늘따라 시간이 오래 걸리네.' 그리고 다시 아홉 시가 됐다. '미안, 거의 다 끝났어!' 결국 아홉 시 반이 다 되어서야 집에 돌아왔다. 그녀는 아이들이 잠들 때까지 함께 있다가 피곤하다며 이만 자야겠다고 말했다. 티미는 평화를 원했고 두 눈을 감고 자신만의 초현실적인 세계로 돌아가서 새로운 삶의 변화로부터 힘을 얻고 싶었다. 그렇지만 굳이 내게서 도망치려고 하지는 않았다. 나는 위아래 옷을 전부 입은 채로 그녀의 옆에 누워 있었다. 그러다가 티미는 내가 울고 있다는 걸, 아니 울었다는 걸 알아차리고는 내 옆으로 가까이 몸을 붙였다. 그리고 내 얼굴을 쓰다듬었다. 부드러운 목소리로 내 이름을 부르면서 나를 달래려고, 진정시키려고 노력했다. 그래야 울음을 멈추리라는 걸 알고 있었기 때문이다.

우리는 그렇게 오랫동안 침대에 나란히 누워 있었다. 그렇게 잠시 잠이 들었다가 너무 오랫동안 자고 있으면 혹시나 내가 불안해할까 봐 다시 눈을 뜨고 내 등을 쓰다듬어 주었다. 정말로 편하고 아름다우며 친밀한 기분이 들었다. 티미는 아무 말을 하지 않아도 된다는 것이 너무나 다행이다 싶었다. 나로서는 이런 일이 생기기 훨씬 오래전부터 미리 마음의 준비를 해두었던 것이 굉장히 도움이 되었다. 이런 식으로라면 차분하고 사랑스럽게 우리의 관계를 마무리 짓고 품위를 지키면서 서로에게서 벗어날 수 있을 것이다.

바로 그때 나는 그녀 쪽으로 몸을 돌렸다. 도저히 잠을 이룰수가 없었다. 티미의 손을 꼭 쥐고서 손등과 손가락을 차례대로 천천히 쓸어 올렸다. 아주 오래전에, 엄지와 검지로 그녀의 손가락을 하나하나, 아래부터 위까지 쓸어 올린 적이 있었다. 마치 하나씩 옷을 벗기듯이 그녀의 손가락을 하나씩 하나씩 쓸어

올리는 것이다. 나는 그녀의 손가락을 하나씩 어루만졌다. 먼저 엄지손가락부터 시작해서 검지로 그리고 새끼손가락까지 하나씩 쓸어 올리고 나서 다른 손도 하나씩 쓰다듬었다. 전에는 그렇게 하면 티미도 좋아했었는데, 가끔 자기 손가락을 쓰다듬어달라고 한 적도 있었는데. 지금은 제발 빨리 끝이 나기만 기다리고 있었다.

나는 그녀의 손이 얼마나 아름다운지, 그 손을 쳐다보고 있으면 얼마나 기분이 좋은지, 그 손으로 무엇을 할 수 있을지 떠올리는 것이 얼마나 기쁜 일인지 말했다. 티미는 그 손으로 무엇을 할 수 있을까 머릿속에 떠올리고는 조용히 내 대답을 기다리고 있었고, 그제야 자신에게 무슨 일이 있었는지 깨닫게 되었다. 하지만 나는 이렇게 말했다.

"당신의 이 아름다운 손으로 나와 함께할 수 있는 것들을 생각해 봐. 언젠가 다른 남자와도 똑같은 걸 할 수 있을 거야. 그 모습을 볼 수 있으면 좋겠어."

티미는 내가 등을 대고 누워서 아랫도리를 허벅지까지 내리는 모습을 지켜보았다. 나는 그녀가 나를 만져주기를, 아니, 내 손으로 몸을 만지는 모습을 그녀가 지켜봐 주기를 바랐다. 하지만 티미는 살짝 몸을 틀면서 몸을 뒤로 뺐다. 그건 우리가 더는 이런 걸 함께할 수 있는 사이가 아니라는 뜻이었고, 어제와 오늘 자신이 무엇을 했는지, 자신에게 어떤 변화가 생겼는지 내가 알고 있다고 확신한다는 뜻이었다. 지금 우리가 할 수 있는 건, 조용히 교양 있는 방식으로 서로에게 다정한 애정을 가지고서 서로를 떠나보낼 방법을 찾는 것이었다. 그 후부터는 서로 형제나 자매처럼 다정한 사이가 될 수도 있었다.

그런데도 그녀가 내 옆에 누워 있다는 사실, 내 옆에 누워서 얼굴을 쓰다듬어 주고 있다는 것 때문에 다시 마음이 편해졌다. 어쩌면 정말로 이런 일이 일어날 거라고 상상하지 못했고, 더는 티미가 내가 사랑하는 사람이 아니고 사랑하는 아내가 아니라는 걸 상상하지 못했기 때문에 마음이 편했는지도 모르겠다. 하지만 그녀가 원하는 사람이 내가 아니기 때문에 그녀는 내 사랑이 될 수 없었다.

불과 며칠 전만 해도 나는 이렇게 말했다. 우리 둘, 이 난관을 함께 헤쳐 나갈 수는 없는 거야? 그녀가 다른 남자와 사랑에 빠졌다는 사실을 내가 조금 참고 견딜 수는 없는 걸까? 내가 아니면, 어떤 사람이 이런 상황을 견딜 수 있겠는가? 티미가 아니라도 누구나 배우자가 아닌 다른 사람에게 사랑을 느낄 수 있지 않을까? 이런 식으로라도 우리의 사랑을 지킬 수는 없는 걸까? 달콤한 유혹이나 매력적인 상대, 끌리는 상대를 만나게 될 모든 경우의 수에 대해서 서로 수없이 이야기하지 않았던가? 그 모든 이야기를 한 사람은 바로 나였고, 티미는 그 말을 하던 나의 숨소리까지 똑똑히 기억하고 있었다. 너무나 변덕스럽고 친밀하고 사랑스러운 말들이 그녀의 뺨을 후려갈겼다.

티미가 집을 나서기 전, 우리는 서로를 붙잡고 자리에 서서 입을 맞추며 이런저런 이야기를 나누었고, 마침내 티미는 본인이 예뻐 보이냐고 물었다. 평소와 달리 화장을 한 모습에 그 남자한테 잘 보이려고 화장을 한 거냐고 놀렸다. 그러고 나서 티미는 문을 열고 나가며 다정하게 손을 흔들었다. 티미가 생각하기에 우리의 결혼 생활은 자신이 알던 다른 부부의 결혼 생활과는 분명히 다른 모습이었지만, 그게 자신에게 어떤 의미인지는 더는 확신할 수가 없었다.

티미는 침대에서 일어나 똑바로 앉았다. 당장 침실에서, 이 집에서 나가고 싶었다. 도대체 뭐라고 말해야 할지 알 수가 없었다. 방금까지만 해도 자신이 느낀 이 엄청난 환희와 불타오르는 열정을 어떻게 하면 나와 공유할 수 있을지 고민했다. 20년 전, 나와 사랑에 빠졌던 이후로 다른 사람을 사랑한 적이 한 번도 없었기 때문이다. 솔직히 말하면 분노에 가까운 강렬함으로 끝맺을 정도로 이렇게까지 격렬한 사랑을 느낀 적이 없었다. 티미는 이런 느낌은 처음이라고 나와 사랑에 빠졌을 때도 이 정도는 아니었다고 나에게 말하고 싶어서 안달이 날 지경이었다. 그 누구와도 진짜 사랑에 빠질 수 없다고 믿었기 때문이다. 혹시 이런 날이 오기만 손꼽아 기다렸던 건 아닐까, 비밀스럽게 이런 순간을 기다려온 건 아니었을까? 미래에는 그게 아닌 다른 거라고는 믿을 수 없게 될 것이다. 또 다른 세상이 그녀의 눈앞에 활짝 열려 있었고, 이를 공유할 수 있는 사람이 바로 나였기에 티미는 그 사실을 나에게 말하고 싶었다. 티미는 나와 차분히 대화를 나누는 것이 가능하다고 생각했다. 그리고 본인이 느낀 엄청난 환희를 나와 공유할 수 있을 거라고 생각했다. 나라면 어느 정도 거리를 유지하면서, 티미에게 생긴 변화를 함께 기뻐하고 공유해야만 했다.

그런데도 지금 티미에게 벌어진 일을 도저히 이해할 수가 없었다. 그렇게 많은 말을 하고 또 나름대로 그런 모습을 매번 상상했던 나였지만 말이다. 나는 그 모두를 이해할 수 있을 거라 믿었고, 그녀 역시 내가 이해해줄 수 있을 거라고 굳게 믿었다. 그런데 막상 그녀가 전혀 다른 사람이 되어서, 아니, 마침내 자신의 모습을 되찾고 나서 집에 돌아왔는데도 정확히 볼 수가 없었다. 다른 남자의 턱수염에 긁혀서 뺨에 자국이 남았는데도 내 눈에는 보이지 않았다. 그녀의 두 손이 다른 남자의 몸을 더듬으며 내가 상상할 수 있는 모든 것들을 했는데도 내 눈에는 보이지가 않았고, 다른 남자의 체취를 느끼거나 감지하지도 못했다. 티미는 모든 걸 솔직히 말해야 한다고, 혼자만의 비밀로 감추면 안 된다고 생각했다. 그 순간 또다시 나는 말했다.

"당신이 그 남자랑 깊은 관계가 됐으면 좋겠어. 어차피 언젠가 벌어질 일이잖아. 그리고 집에 돌아와서, 무슨 일이 있었는지 솔직히 얘기해 주면 좋겠어."

나는 또다시 말했고, 그 말을 듣자 티미는 왠지 불쾌하고 귀에 거슬리면서 진심이 아닌 것처럼 느껴졌다. 이렇게 역겨운 기분으로 내 말을 듣고 또 벌거벗은 몸을 보게 되는 순간이 올 거라고는 한 번도 생각하지 못했다. 나는 티미가 벌거벗은 내 몸을 봐주기를 기대하며 이불까지 걷어냈다. 티미가 그 남자와 무엇을 하고 싶은지 하나하나 듣고 싶었다.

하지만 티미 입장에서는 무슨 일이 있었는지, 지금은 말할 수가 없었다. 그녀의 모든 부분에 자신이 연관되어 있고, 나의 삶과 나라는 사람이 포함되어 있다고 굳게 믿으며 누워 있는 나를 보면서 차마 그 말을 꺼낼 수는 없었다. 그 사람과 무슨 일이 있었는지, 그 사람은 어떤지 도저히 말할 수 없었다. 순간, 티미는 앞으로 가장 비밀스러운 이야기를 다시는 나에게 말할 수 없다는 사실을 깨달았다. 앞으로는 그 모두가 자신의 삶이 될 테고 스스로 감당해야 할 일이고 절대 나와는 연관되지 않을 일이 될 것이기 때문이다.

　나는 아랫도리를 완전히 벗은 채로 그녀의 옆에 누워 있었다. 나는 한쪽으로 몸을 돌리고 아랫도리를 만지작거리기 시작했다. 티미의 눈에 여느 평범한 남자들처럼 성기를 잡고 있는 내 모습이 보였다. 그녀는 나를 똑바로 응시했다. 도저히 다른 곳으로 눈을 돌릴 수가 없었다. 나는 그 남자와 어떻게 하고 싶은지 얘기해 달라고 말했다. 티미는 아무 말도 하지 못했다. 침대에 나란히 누워서 내가 하는 말을 가만히 들어주는 것 말고는 어떤 말도 입 밖에 낼 수가 없었다. 그건 지금까지 내가 꿈꾸고 상상해 왔던 일종의 환상, 하나의 이야기였다.

　갑자기 그 남자가 티미를 만나려고 우리 집에 찾아온다. 티미는 그 남자를 데리고 방으로 향하고 나는 문밖에 서서, 그녀가 다른 남자와 벌거벗은 채로 신음하는 것을 가만히 듣고 서 있다. 어떻게 보면 닫힌 방 안에서 그녀가 다른 남자와 한 몸이 되어 비명을 지른다는 판에 박힌 틀에 내가 지나치게 집착하고 있는 걸 수도 있다. 그리고 얼마 후, 두 사람은 서로 뭔가를 속삭이기 시작하고, 나는 두 사람이 뭐라고 하는지 제대로 들을 수가 없다. 들리는 거라고는 그저 다정함이 가득 담긴, 어렴풋하게 들리는 목소리뿐이다.

　티미는 같은 레퍼토리를 수도 없이 들었다. 지금 그녀는 똑같은 레퍼토리를 다시 들으면서 자위를 하는 내 모습을 지켜보고 있었다. 나는 그런 순간이 오면 나란 존재는 쓸모없어질 것이고, 먼지처럼 사라질 테고, 그저 다른 남자와 섹스하는 그녀의 모습을 가만히 보고 듣기만 할 거라고 말했다. 그렇게 이 세상에서 존재하지 않게 되는 것이다. 그런 나를 보면서, 문득 티미는 오늘을 마지막으로 다시는 이런 모습을 볼 수 없을 거라는 생각이 들었다. 딱딱해진 성기는 하얗다가 빨갛다가 다시 하얗다가 빨갛게 변했고, 나는 성기를 앞뒤로 흔들면서 처음에는 천천히 그리고 점점 빠르게 리듬에 맞추어 손목을 움직였다.

그렇게 나는 한때 티미가 알고 지냈던 남자, 한때 살을 비비고 살았던 사람, 삶의 초반을 함께 보냈던 사람으로 전락했다. 빠르게 위아래로 움직이는 내 손은 그 어느 것과도 닮지 않은 독특한 움직임을 보였다. 아니, 자세히 보면 귀가 간지러울 때 개가 귀를 긁는 모습이나 리듬에 맞추어 벽에 대고 꼬리를 흔드는 강아지와 많이 닮아 있었다. 바로 그거야, 티미는 생각했다. 나는 귀가 간지러워서 미칠 지경이었고, 그 끔찍한 가려움에서 벗어나고자 열심히 노력하고 있었으며, 이제 얼마 후면 모든 게 끝날 것이다. 나는 나 자신을 위해서 조금이라도 편해지려고 노력하고 있을 따름이다.

나는 다른 손으로 티셔츠를 걷어서 배 부분이 그대로 드러나게 했다. 나를 위해서, 또 그녀를 위해서 벌거벗은 몸을 조금이라도 더 보여주고 싶었기 때문이다. 물론 곧 사정을 하게 될 거라서 셔츠를 더럽히고 싶지 않은 이유도 있었다. 그때 나는 가슴 부분에 파란색 반짝이는 오렌지 그림이 박힌 새로 산 티셔츠를 입고 있었다. 피부가 워낙 창백해서 파란색 티셔츠가 어울리지 않았지만, 요즘 들어 티미가 옷을 골라주지 않아서 아쉬운 대로 그 셔츠라도 사 입을 수밖에 없었다. 티미는 내 어깨에 팔을 올렸고 아마도 마지막으로 애정이 담긴 포옹과 지지를 보내고 싶은 심정이었을 것이다. 아마도 아직은 내가 혼자라는 사실을 느끼지 않게 하려고 그런 걸 수도 있었겠지. 그때만 해도 나도 그녀도 이렇게 되리라고 확신할 수 없었으니까. 티미는 내가 안도의 신음을 내뱉는 걸 가만히 듣고 있었다.

곧이어 온몸이 전율하면서 끈적이는 새하얀 액체가 분수처럼 뿜어져 나와 내 손을 더럽히는 모습을 보았다. 아무 의미도 없는 하얀 물줄기가 앙상한 내 손 위로 줄줄 흘러내렸다. 오르가즘은 자연적인 화학 반응과도 같다. 한 발짝 떨어져서 보면, 무의미하고 별거 아닌 것처럼 보일지 몰라도 그 짜릿함을 경험하는 사람에게는 자기 존재 전체를 순간적으로 채우고 충만하게 만들 수 있는 것이었기 때문이다. 티미는 잔뜩 일그러지는 내 표정을 지켜보았다. 나는 입을 벌리고 두 눈을 감은 채로 힘없이 손을 이불 위에 늘어트리고 있었다. 그렇게 잠시 시체처럼 가만히 누워 있다가, 몸 위로 이불을 끌어당겼다. 티미는 이불로 내 몸을 완전히 덮어주었다. 그리고 공처럼 몸을 동그랗게 구부리는 내 모습을 지켜보았다.

나는 두 손으로 얼굴을 가리고, 절망과 공허함으로 가득 차서 울부짖기 시작했다. 지금의 나는 예전에 티미가 알던 남자가 아니었다. 지금 내 목소리 역시 사람이 내는 소리가 아니었다. 티미는 내 어깨에 손을 올린 상태로 등 뒤에 가만히 누워 있었다. 그리고 이 모든 것들이 결국 지나갈 거라고 생각했다. 모든 게 그저 감정일 뿐이었다. 우리 두 사람 모두에게는 다소 폭력적이고 당황스럽게 다가오는 강력한 감정. 모든 것이 소멸하는 감정, 얼마나 강력한지 온 세상이 그 감정 때문에 바닥으로 가라앉을 수도 있을 것 같은 그런 감정. 그리고 그 강력한 감정은 얼마 후면 서서히 희미해지고 소멸하여 더는 존재하지 않게 될 테고 서서히 그 열기를 잃게 될 것이다.

지은이 **기에르 굴릭센** Geir Gulliksen

1963년생 노르웨이 문학가이자 편집자. 1986년 소설《어둠의 입Mørkets munn》을 시작으로 지금까지 시인, 소설가, 극작가, 아동문학가, 에세이스트로 다양한 작품 활동을 펼쳐왔다. 그뿐만 아니라 주로 현대문학 작품들을 출간하는 옥토버 출판사Forlaget Oktober의 편집장으로, 브라게상(노르웨이 최고 문학상) 등을 수상한 유명 소설가 칼 오베 크나우스고르 Karl Ove Knausgaard의 작품을 도맡은 베테랑 편집자이기도 하다.

여자는 수동적이고 남자는 능동적인 고지식하고 불평등한 과거의 남녀역할에 대해 끊임없이 문제를 제기하며 이들의 관계와 사랑을 주제 삼아 여러 작품을 써왔으며, 도발적이면서도 우아한 방식으로 자신만의 강력한 러브스토리를 만들어 현대문학의 새로운 기준을 써 내려갔다는 평가를 받는다. 이를 인정받아 2014년에는 노르웨이에서 가장 오래된 출판사인 아스케하우그Aschehoug에서 매년 우수한 작품에 수여하는 문학상Aschehoug Prize을 받았으며, 저서로는 소설《20일Tjuendedagen》, 《단순화Forenkling》,《구부러진 무릎Bøyde knær》등이 있다.

옮긴이 **정윤희**

서울여자대학교 영어영문학과 박사과정을 마치고 부산국제영화제, 부천영화제, 서울영화제 등 다수의 영화제에 참여했다. 소니 픽처스, 디즈니 픽처스, 워너 브러더스와 CJ 엔터테인먼트 등에서 50여 편의 개봉관 영화를 번역했으며, 그 외에도 KBS, EBS, 온스타일, MGM 등을 통해 200여 편이 넘는 작품을 번역했다. 동국대학교, 세종대학교, 중앙대학교, 숭실사이버대학교, EBS, IMBC에서 영미문학과 번역 그리고 통역을 강의했으며, 하노이 국립 인문사회대학교에 재직하며 번역에이전시 엔터스코리아에서 여러 작가의 좋은 작품을 독자에게 전달하고자 번역 작업에 매진하고 있다. 주요 역서로는《거울 나라의 앨리스》,《정글북》,《렛 잇 스노우》,《지킬 박사와 하이드》,《록스 호텔》,《메리 포핀스》,《실버라이닝 플레이북》,《비밀의 정원1, 2》등이 있으며, 장동건의 할리우드 진출작인 영화 '워리어스 웨이'를 번역했다.

결혼의 연대기

2020년 11월 11일 1쇄 발행

지은이 기에르 굴릭센
옮긴이 정윤희
펴낸이 김상현, 최세현 **경영고문** 박시형

책임편집 양수인 **디자인** 최윤선, 정효진
마케팅 임지윤, 양근모, 권금숙, 양봉호, 조히라, 유미정
디지털콘텐츠 김명래 **경영지원** 김현우, 문경국
해외기획 우정민, 배혜림 **국내기획** | 박현조
펴낸곳 (주)쌤앤파커스 **출판신고** 2006년 9월 25일 제406-2006-000210호
주소 서울시 마포구 월드컵북로 396 누리꿈스퀘어 비즈니스타워 18층
전화 02-6712-9800 **팩스** 02-6712-9810 **이메일** info@smpk.kr

ⓒ 기에르 굴릭센 (저작권자와 맺은 특약에 따라 검인을 생략합니다)
ISBN 979-11-6534-250-0 (03850)

• 잘못된 책은 구입하신 서점에서 바꿔드립니다.
• 책값은 뒤표지에 있습니다.

쌤앤파커스(Sam&Parkers)는 독자 여러분의 책에 관한 아이디어와 원고 투고를 설레는 마음으로 기다리고 있습니다. 책으로 엮기를 원하는 아이디어가 있으신 분은 이메일 book@smpk.kr로 간단한 개요와 취지, 연락처 등을 보내주세요. 머뭇거리지 말고 문을 두드리세요. 길이 열립니다.